A cualquier autor que haya escri[...] se le podría perdonar que tuviera [...] la estructura familiar mientras produce otro manuscrito. Por fortuna, Jenkins no es "cualquier autor". Aunque la historia general de cuando Jesús escoge a sus discípulos resultará familiar para algunos, es el hábil manejo que tiene el autor del lenguaje histórico y de las costumbres de la época lo que da a su más reciente creación un brillo que raras veces sienten los lectores de cualquier novela. *Los elegidos: Te he llamado por tu nombre* ha sido creado con un contexto sabio y profundo. Jerry Jenkins nació para escribir este libro.

—**Andy Andrews**, autor *bestseller* del *New York Times* con
The Traveler's Gift, *The Noticer* y *Just Jones*

Lo único que existe mejor que la película es el libro, y lo único mejor que el libro es la película. Jerry B. Jenkins ha tomado el brillante proyecto de Dallas Jenkins, esta mirada a las vidas de quienes Jesús *eligió* para ser sus seguidores, sus amigos y su "familia", y ha ido un paso (o varios) más allá. Los lectores se sentirán atraídos rápidamente a las páginas, así como los espectadores fueron atraídos a los momentos melodramáticos del proyecto cinematográfico *Los elegidos*. No puedo hablar lo suficiente de ambos.

—**Eva Marie Everson**, presidenta de Word Weavers International
y autora *bestseller*

La serie cinematográfica me hizo llorar, pero el libro de Jerry me mostró al Jesús que quería conocer. *Los elegidos: Te he llamado por tu nombre* atrae al lector a la humanidad de Jesús. Esta historia capta una mirada auténtica a su personalidad. Su amor, humor, sabiduría y compasión se revelan para cada persona con la que se encontró. Mediante la interacción de Jesús con los personajes de la vida real, también yo experimenté al Salvador que llama a los perdidos, a los pobres, los necesitados y olvidados a tener una relación auténtica.

—**DiAnn Mills**, ganadora del Christy Award y directora,
Blue Ridge Mountain Christian Writers Conference

Jerry Jenkins es un maestro narrador que ha captado la acción, el dramatismo y la emoción de la serie de videos, *Los elegidos*, en forma escrita. Mucho más que hacer una mera sinopsis de la primera temporada, Jerry ha modelado y desarrollado los primeros ocho episodios para convertirlos en una novela vertiginosa. Si te gustaron los videos, saborearás de nuevo la historia a medida que Jerry da vida a cada personaje. Y si no has visto la video serie, esta novela hará que quieras empezar a verla… ¡en cuanto hayas terminado de leer el libro, por supuesto!

—**Dr. Charlie Dyer**, profesor independiente de la Biblia,
presentador del programa de radio *The Land and the Book*

Escribiendo con precisión e inmediatez, Jerry Jenkins nos sumerge en la mayor historia jamás contada de una forma fresca y poderosa. Jenkins es un maestro tomando escenas y profundos temas de la Biblia y entretejiéndolos en viajes fascinantes, estén o no centrados en la época de Jesús o en los últimos tiempos. *Los elegidos: Te he llamado por tu nombre* amplía la maravillosa serie de televisión y acompaña a los lectores a través de su particular forma de volver a contar la historia del evangelio.

—**Travis Thrasher**, autor *bestseller* y
veterano de la industria editorial

Para una niña que creció con las historias de la Biblia, no es una tarea fácil transformar a los archiconocidos personajes en una experiencia que sea fresca y viva. Eso es precisamente lo que ha hecho Jerry Jenkins con su más reciente novela, *Los elegidos: Te he llamado por tu nombre*. Desde el primer capítulo, quedé fascinada. Y en el segundo y tercero comencé a ver con nuevos ojos y un corazón más abierto al Jesús que he amado por tanto tiempo. Este libro ofrece al lector algo más que mera diversión. Le ofrece la posibilidad de experimentar una verdadera transformación.

—**Michele Cushatt**, autora de *Relentless:
The Unshakeable Presence of a God Who Never Leaves*

Qué mejor forma de darle vida al evangelio que explorar el impacto que Jesús marcó sobre aquellos con quienes tuvo contacto. Y qué mejor aliento para todos los que hoy tenemos hambre de su presencia transformadora. Recomiendo sin duda alguna tanto el video como el libro para cualquier persona que anhele experimentar su amor transformador de una forma más profunda.

—**Bill Myers**, autor de la novela éxito de ventas, *Eli*

La historia de Jesús ha sido contada una y otra vez, pero con esta hermosa y novelable narrativa, Jerry Jenkins aporta perspectivas únicas y atractivas a los relatos bíblicos de Jesús y sus seguidores, haciéndose eco de los que aparecen en la aclamada serie *Los elegidos*, creada por Dallas Jenkins. Como alguien que siempre piensa que el libro era mejor que la película, me agradó mucho descubrir un libro y una video serie que sean igualmente fascinantes e incluso transformadores.

—**Deborah Raney**, autora de *A Nest of Sparrows*
y *A Vow to Cherish*

Los
ELEGIDOS

LIBRO
UNO TE HE LLAMADO POR TU NOMBRE

JERRY B. JENKINS

Te he llamado por tu nombre

Editor de la versión inglesa: Larry Weeden
Diseño de portada: Michael Harrigan
Fotografía de portada: Michael Harrigan/Wirestock/stock.adobe.com
Traducción, adaptación del diseño y corrección en español por LM Editorial Services | lmeditorial.com | lydia@lmeditorial.com con la colaboración de Belmonte Traductores y Candace Ziegler.

ISBN: 978-1-4245-6316-6 (tapa dura)
e-ISBN: 978-1-4245-6317-3 (libro electrónico)

Impreso en China
Printed in China

21 22 23 24 25 * 5 4 3 2 1

A la hermana Pam,
quien irradia el amor de Dios

Basada en *The Chosen* (Los elegidos), una serie de videos de varias temporadas creada y dirigida por Dallas Jenkins y escrita por Ryan M. Swanson, Dallas Jenkins y Tyler Thompson.

«No cabe duda de que *Los elegidos* se convertirá en una de las obras más reconocidas y aclamadas de los medios de comunicación cristianos de la historia». *MOVIEGUIDE® Magazine*

NOTA

La serie *Los elegidos* fue creada por personas que aman la Biblia y que creen que es la Palabra inerrante de Dios. Aunque hemos imaginado algunas historias de fondo para los relatos de la Biblia acerca de Jesucristo, nos tomamos en serio el aviso contra añadir o quitar nada del evangelio en sí.

Hemos combinado o condensado algunos lugares y cronologías y hemos inventado algunos personajes y diálogos para dar cuerpo a cómo las historias de Jesús y sus seguidores podrían haber sido.

Nuestra intención es que todo el contenido bíblico e histórico, así como la imaginación artística, apoyen por completo la verdad y el propósito de las Escrituras. Nuestro deseo más profundo es que indagues por ti mismo en los Evangelios del Nuevo Testamento y descubras a Jesús.

No temas,
porque yo te he redimido,
te he llamado por tu nombre;
mío eres tú.

ISAÍAS 43:1

PARTE 1
El pastor

Cuando César Augusto se convirtió en emperador de Roma, Judea se convirtió en una provincia romana.

Durante 400 años, los profetas de Israel habían guardado silencio. Los sacerdotes leían las Escrituras en voz alta en las sinagogas, mientras los oficiales romanos patrullaban las calles, imponiendo fuertes impuestos a los hebreos.

Las profecías rumoraban sobre la llegada del Mesías que salvaría al pueblo de Dios.

Capítulo 1

OBSESIÓN

Cedrón, Israel

De baja estatura, pero muy musculoso, con una cascada de rizos balanceándose sobre su frente, Simón sabe que luce más joven que de veinte años de edad. Sin embargo, será el responsable de sus tres hermanas menores cuando reciba el legado de la tierra y el rebaño de su padre, lo cual podría suceder hoy si fuera esa la razón por la que sus padres lo han llamado cuando debería estar en los pastos.

Su padre ha estado enfermo por dos años, y sin poder acompañarlo en los campos. Simón extraña la ayuda y la mentoría de su padre, pero eso le ha forzado a aprender mucho. Los oficiales de Cedrón habían visitado a sus padres el día anterior, y aunque Simón deseaba haber sido incluido, supone que hoy le informarán de los detalles.

Se encuentran en el cuarto de sus padres, donde su papá yace tendido en la cama.

—He fallado —comienza diciendo el viejo.

—No digas eso —dice Simón—. Has hecho todo lo que pudiste.

—Déjalo hablar —dice su madre—. Está intentando disculparse.

—¡Pero no tiene por qué disculparse! Yo sé que estaría en el campo conmigo si no fuera por…

Su padre levanta la mano.

—Lo hemos perdido todo. No tengo nada que dejarte.

—Pero…

—¡Déjame hablar! —carraspea su padre—. Me siento muy mal, pero les he fallado a todos ustedes.

—¿Qué estás diciendo?

—No tienes que regresar a los campos. Los nuevos dueños ya están aquí.

Simón se tambalea.

—Pero las ovejas, mis hermanas, nuestro futu…

—Es culpa mía —dice su papá—. ¡Lo siento! No hay nada más que decir.

Asombrado, pero a la vez deseoso de consolar a su padre, Simón quiere darle las gracias por todo lo que le ha enseñado, por cómo ha alimentado la obsesión del muchacho por las Escrituras, las profecías, el Mesías prometido. ¿Qué hará él ahora? ¿Y qué será de todo ese estudio?

—Tendrás que irte y encontrar un trabajo —dice su mamá—. Nos quedamos con esta casa, pero sin tierras ni ganados. Y todavía cinco bocas que alimentar.

—Haré lo que sea necesario, por supuesto —dice Simón—. Pero ¿dónde iré? ¿Qué voy a hacer?

Su padre se incorpora apoyándose sobre un codo.

—Siempre has querido ir a Belén. Sus rebaños suministran al templo de Jerusalén para los sacrificios. Es muy probable que los pastores siempre necesiten ayuda.

¡Belén! Tan solo a unos treinta y cinco kilómetros al este, ¡pero aparece en las profecías! Simón se imagina visitando la sinagoga allí. Pero ¿tendrá tiempo para eso? Tendría que buscar que alguien lo contratara si esperaba mantener con vida a sus padres y sus hermanas.

Todo el futuro de Simón ha cambiado en un instante, y sin embargo la idea de reubicarse en Belén ya ha amortiguado el golpe.

• • •

Una semana después

Desesperado por no quedarse atrás, Simón tira del ronzal de un cordero blanco y camina con esfuerzo apoyándose en la tosca y áspera muleta que se ha fabricado con la rama de un árbol. Por delante, los tres pastores mayores a los que sirve, cada uno llevando su propio cordero hacia Belén, hacen una pausa y se giran para provocarlo. Aarón, de piel oscura en contraste con su túnica de algodón blanca, imita la cojera de Simón, fingiendo que su bastón de caminar es una muleta.

—¡Vamos! —grita Joram, el de más edad, con su canosa barbilla que reluce bajo el incesante sol— ¡Sigamos!

Las ganas de Simón de demostrar que él se preocupa tanto de su oveja como sus jefes, habían hecho que se lastimara. Había llevado un rebaño hasta una cueva caliza durante una tormenta, y cuando una se escapó, él la persiguió, cayendo por un desfiladero y lastimándose el tobillo izquierdo. Habría agradecido un poco de compasión o gratitud, pero solamente había recibido desdén. Y ninguna ayuda, a no ser por una huraña sugerencia del barbinegro de Natán de "vendarlo fuerte". Natán es el único que al menos mira al joven cuando habla.

Simón espera alcanzar a los tres hombres cuando se detienen en el pozo de camino a la ciudad, así que se sigue esforzando. Se dobla del dolor con cada paso, y le cae el sudor por su rostro mugriento.

A poca distancia, Simón ve a los otros pastores que llegan al pozo. Cinco mujeres cargan vasijas de barro y odres, muy ocupadas hasta que los pastores se acercan. A Simón le sorprende que las mujeres no intentan esconder su aversión, cuatro de ellas se retiran de inmediato, tapándose la nariz.

—Bonito día, ¿no creen? —dice Natán en voz alta a una de ellas, la cual asiente y sonríe, pero se cubre el rostro y se va rápidamente—. ¡Regresa! —le dice, mientras ella se va.

Cuando Simón llega al pozo, los otros pastores ya han llenado sus odres de agua y comienzan a reanudar la marcha. La única mujer que aún estaba allí se va cuando llega Simón. Él llena su odre y se va apresurado, intentando que los demás no se alejen demasiado. Al pasar por la señal que apunta a Belén, se acuerda de las Escrituras que tanto atesora, ya que su padre lo había educado con una pasión por estudiar la Torá. Aunque Aarón y los demás se burlan de su pasión, Simón ha memorizado largos pasajes, especialmente acerca de su nuevo hogar. Mientras se obliga a seguir caminando, con el cordero balando, Simón repite en voz alta:

«Pero tú, Belén Efrata, aunque eres pequeña entre las familias de Judá, de ti me saldrá el que ha de ser gobernante en Israel. Y sus orígenes son desde tiempos antiguos, desde los días de la eternidad.

»Por tanto, Él los abandonará hasta el tiempo en que dé a luz la que ha de dar a luz. Entonces el resto de sus hermanos volverá a los hijos de Israel.

»Y Él se afirmará y pastoreará su rebaño con el poder del Señor, con la majestad del nombre del Señor su Dios. Y permanecerán, porque en aquel tiempo, Él será engrandecido hasta los confines de la tierra.

»Y Él será nuestra paz».

¿Podría ser? ¿Podría salir de aquí el Mesías? Parece que eso es esperar demasiado, pero al mismo tiempo Simón cree a los profetas con todo su corazón. Se imagina al Elegido defendiendo a los judíos y arreglando las cosas entre ellos y los romanos.

Capítulo 2

UNA SEÑAL

Los niños corren y juguetean en el abarrotado mercado de Belén mientras los hombres regatean en voz alta. Los mercaderes están comprando, llenando sus jaulas de animales que venderán a los peregrinos para el sacrificio en el templo en Jerusalén, a menos de diez kilómetros de distancia. Simón y sus superiores han seleccionado solo lo mejor de sus rebaños, deseosos de conseguir el precio más alto.

Los mercaderes engatusan a los pastores y granjeros para que reduzcan los precios, mientras que los pastores y granjeros elogian la calidad de sus rebaños y sus productos. Joram gesticula apasionadamente mientras discute con un mercader cerca de donde un niño pasa sus manos por una piel de oveja recién esquilada. Aarón se agacha junto a un puesto para oler especias frescas. Mientras Simón se abre paso cautelosamente entre la multitud, se escuchan todo tipo de balidos por todas partes, asaltándolo con el hedor del estiércol.

Un fariseo sale de la sinagoga local para juzgar los posibles sacrificios, y Simón lo ve como su oportunidad. El hombre santo sostiene el cordero negro de Natán, girándolo hacia todos los ángulos mientras Natán exclama:

—¡Perfecto! Nada, sin defecto, nada. Nada mal. ¿Lo ves?

—¡Impecable! —dice el fariseo—. Este es bueno.

Ahora le toca el turno a Simón, y él levanta su cordero blanco ante el fariseo y habla con un tono lastimero.

—Maestro, tengo una pregunta sobre el Mesías. He estudiado la Torá todos los días y...

El fariseo suspira, sin apartar su vista de la inspección.

—Un *pastor* quiere aprender...

—¡Sí! —dice Simón, sonriendo, y vuelve a recuperar después su seriedad—. ¿Cree que el Mesías nos liberará de la ocupación?

—Sí —dice el fariseo rotundamente, claramente aburrido—. Él será un gran líder militar.

—¿Está seguro? —dice Simón, apresurándose a continuar—, porque el último *sabbat* el sacerdote leyó del profeta Ezequiel, y no dijo...

—¡Cómo te atreves! —dice el fariseo.

Aarón se acerca rápidamente.

—Lo siento, maestro. Está obsesionado...

—¿Trajeron ustedes este animal?

Simón y Aarón asienten.

—Dije "¡impecable!" —dice el fariseo.

—¡Impecable, sí! —responde Aarón.

El fariseo gira el animal para que puedan ver una herida que hay en su costado.

—Estos son para hombres justos, para el sacrificio *perfecto* —deja el animal en el suelo—. ¡No puedo enviar este a Jerusalén!

Aarón agarra su cuerda y se dispone a retirarse, inclinándose.

—Lo siento mucho. Lo siento mucho. Lo siento mucho.

El fariseo mueve un dedo ante el rostro de Simón mientras Joram y Natán se acercan.

—¿Te preguntas por qué no ha venido el Mesías? Se debe a personas como tú, ¡que impiden su venida con sus errores! Si vuelven aquí sin un cordero *perfecto*, los desterraré a todos del mercado.

Al ver al fariseo escupir en el suelo delante de los pastores, Simón duda si quiere disculparse, pero Natán susurra: —Ahora, vengan. Vengan.

Simón se mueve para seguirlos, pero Joram se pone delante de él.

—¡Te advertimos de esto! ¿Además de cojo estás sordo?

—¡Lo siento!

—¡No te vamos a esperar! Carga este animal de nuevo hasta la colina. Si no tendrás que intentar ir a nuestro paso o buscar tu camino de regreso.

Simón mira fijamente al suelo, y mientras los otros se van, Natán se detiene y toca la mejilla del joven.

Humillado, pero sin querer regresar él solo hasta los rebaños, Simón intenta abrirse paso entre la multitud para alcanzar a los otros tres. Pero su tobillo y el cordero le hacen ir despacio, y su muleta se resbala en el barro. Se cae estrepitosamente sobre el codo derecho y se hace un corte en el antebrazo. Mientras está de rodillas busca a los otros dos entre la multitud, pero han desaparecido.

Simón se esfuerza por ponerse de pie y oye una voz sonora. Se da cuenta de que está delante de la pequeña sinagoga, así que orando para que nadie se percate de su presencia, entra a través de una puerta lateral con una cortina para descubrir un santuario elegantemente dispuesto.

En la *bima*, el sacerdote lee del rollo: «El pueblo que andaba en tinieblas ha visto gran luz; a los que habitaban en tierra de sombra de muerte, la luz ha resplandecido sobre ellos.

»Multiplicaste la nación, aumentaste su alegría; se alegran en tu presencia como con la alegría de la cosecha, como se regocijan *los hombres* cuando se reparten el botín».

En la parte trasera de la sinagoga, un hombre mira fijamente a Simón, que está en la entrada con su cordero. El hombre se levanta y se acerca hasta él con el ceño fruncido al ver el codo de Simón, que gotea sangre en el umbral, y da un empujón a Simón.

—¡Tienes que irte de aquí!

—¿No puedo escuchar solamente?

—¡No! ¡Este es un lugar santo!

—¡Por favor!

—¡Vete! ¡Sal de aquí! —y va empujando a Simón hasta hacerlo salir por la cortina, y después limpia el piso mientras el sacerdote continúa hablando. Simón escucha desde fuera.

«Porque tú quebrarás el yugo de su carga, el báculo de sus hombros, y la vara de su opresor, como en la batalla de Madián. Porque toda bota que calza el guerrero en el fragor de la batalla, y el manto revolcado en sangre, serán para quemar, combustible para el fuego».

Simón vuelve cojeando al bullicio del mercado, entusiasmado con lo que ha oído acerca del Mesías. Aparta sus ojos del fariseo que le había amonestado y esquiva a un guardia romano. Mientras Simón se abre camino entre la multitud, se le acerca un caminante enlodado con rasgos afilados, con su rostro sucio y lleno de sudor. Va tirando de un burro que lleva encima a una jovencita embarazada.

—Disculpa, amigo —dice el hombre—. ¿Podrías decirme dónde hay un pozo en esta ciudad? Mi esposa lleva horas sin beber.

Simón asiente.

—Sí. Al otro lado de la plaza.

—Gracias, hermano.

Mientras el hombre se aleja tirando de su burro, Simón consigue ver mejor a la mujer, muy avanzada en su embarazo y con claras muestras de sufrimiento.

—Espera, espera. Aquí —Simón le entrega al hombre su propio odre de agua.

—Oh, gracias por tu amabilidad —dice el hombre, entregándoselo a la mujer. Ella bebe ansiosamente.

—¿De dónde vienen? —dice Simón.

—De Galilea. Nazaret.

Simón mira a su alrededor y susurra: —No lo digas en voz muy alta por aquí. Dicen que no puede salir nada bueno de…

—Sé lo que dicen sobre Nazaret —interrumpe el hombre, sonriendo.

—No te preocupes. No se lo diré a nadie. Tu secreto está a salvo conmigo.

—Gracias por tu amabilidad —dice el nazareno, y su esposa sonríe tímidamente.

Simón le extiende su mano al hombre para estrechársela y se presenta.

Pero antes de que el hombre pueda responder, el fariseo se acerca, gritando: —¡Apártense de mi camino!

—Tenemos que irnos —dice el hombre, y su esposa le devuelve su odre de agua mientras avanzan.

Mientras Simón saca su cordero del mercado, aún puede oír débilmente al sacerdote: «Fortaleced las manos débiles y afianzad las rodillas vacilantes. Decid a los de corazón tímido: Esforzaos, no temáis. He aquí, vuestro Dios viene con venganza; la retribución vendrá de Dios mismo, mas Él os salvará».

El sol está muy bajo en el horizonte mientras Simón empieza la larga caminata de regreso hasta la colina, junto al resto del rebaño, esperando que sus jefes lo perdonen. Estará oscuro cuando llegue allí, y el hambre le roe por dentro. Pero le ha alentado la lectura del sacerdote, y mientras dirige al cordero imperfecto, recuerda el resto del pasaje del profeta Isaías. Lo recita: «Entonces se abrirán los ojos de los ciegos, y los oídos de los sordos se destaparán. El cojo entonces saltará como un ciervo, y la lengua del mudo gritará de júbilo, porque aguas brotarán en el desierto y arroyos en el Arabá. La tierra abrasada se convertirá en laguna, y el secadal en manantiales de aguas; en la guarida de chacales, su lugar de descanso, la hierba se convertirá en cañas y juncos».

• • •

En la oscuridad de la noche, Simón llega a la colina donde el rebaño descansa durante la noche. Joram, Natán y Aarón están sentados junto a una pequeña fogata, disfrutando de su cena. Se ríen, relatando abiertamente su tiempo en el mercado. Aarón dice: —Sí, bueno, la próxima vez me limpiaré las manos con su túnica. ¡Se desmayará!

Natán hace un gesto con un pedazo de pan.

—Un fariseo es tan tacaño, que cuando escribe su testamento ¡se designa a sí mismo como único heredero!

—¡Y no hereda mucho! —dice Aarón.

Joram se gira cuando Simón llega a la luz de la fogata. Algunas luces cuelgan de la tienda, dando también luz.

—¡Eh! ¡Por fin! ¡Ha vuelto!

—Hola, Simón —dice Natán.

—¡Quédate con las ovejas! —desafía Joram.

—Es un inútil —dice Aarón—. ¿Por qué no se deshacen de él?

—Es un buen chico —Joram se encoje de hombros. —Seguro que quiere algo de comer.

—Aarón hizo la cena hoy —dice Natán—. ¡Así que no ha cocinado nada!

Mientras Joram se ríe, Aarón dice: —La comida es buena. Es una receta de mi abuela, ¡así que no digas nada!

—Por eso tu abuelo se fue —dice Joram, y Natán se ríe a carcajadas.

Simón devuelve con poca energía a la oveja con su madre y observa mientras se tumban en el pasto. Cuando se dirige hacia los demás de nuevo, ve que su tobillo ha empeorado, y apenas lo puede mover. Los otros tres ancianos aún siguen hablando del día.

—Desearía que esa mujer no se hubiera ido del pozo —dice Natán.

Aarón asiente, con los ojos mirando a la distancia.

—Era muy bella.

—Muy bonita, muy bonita —dice Joram.

Simón se apoya sobre su muleta.

—¿Puedo comer algo ahora?

—Con nosotros no —responde Aarón meneando negativamente la cabeza—. Llévate allí tu plato —y señala a los rebaños.

—Después de lo que ha ocurrido esta mañana —dice Joram—, dormirás esta noche con las ovejas.

—Y esta vez presta atención —le dice Aarón.

Joram señala a Simón.

—Cuidado con los lobos.

Natán menea un bocado de comida en la palma de su mano.

—Cuidado con el fariseo... puede que venga a buscarte a ti.

Simón agarra una antorcha y la pone en el fuego hasta que prende una llama.

—Un romano se llevó ayer otra oveja —dice Aarón a los demás.

Mientras Simón se marcha a pasos cortos con su plato, Natán lo llama.

—¡Simón! Están hablando otra vez sobre los romanos.

—¡La cocinó delante de mí! —dice Aarón—. ¡Toman lo que quieren!

Joram menea su cabeza.

—Hablemos de otra cosa.

Simón camina fatigosamente por un terraplén cubierto de hierba hacia un arroyo, jadeando, y cada paso le requiere un mayor esfuerzo. Nunca se ha sentido tan solo. Pone su plato sobre una roca y camina por el agua hacia las superficiales aguas pantanosas, clava su antorcha en el barro, y se inclina lentamente para lavar su brazo herido en el arroyo, enjuagándolo con cuidado. Por encima de él, los otros tres se han quedado en silencio, y lo único que escucha son los golpecitos de sus palos atizando el fuego.

Simón deja a un lado su muleta y se desliza para sentarse junto a su plato. Cansado, se esfuerza por contener las lágrimas. Su herida le hace sentir sucio, y está demasiado cansado para comer. Con su antorcha iluminando el agua, le sorprende verla turbia. En la luz del día, el arroyo había estado claro.

De repente el aire se calma, y las ovejas, las aves y los insectos se quedan en silencio. Cuando el viento vuelve a soplar, las ovejas se ponen de pie. Las ramas se balancean, las hojas aletean y la antorcha de Simón se apaga.

Él echa una mirada hacia arriba en la colina, donde Joram, Natán y Aarón se esfuerzan por ponerse de pie, sosteniendo sus túnicas ante el viento. El fuego y las luces colgantes de las tiendas se apagan, y los tres desaparecen de su vista, hasta que el cielo se llena con una luz más brillante que la luz del sol del mediodía. Los hombres caen de rodillas, Joram se postra con su rostro en el suelo, Natán y Aarón miran fijamente con los ojos como platos, y boquiabiertos.

Un ángel aparece entre ellos, y lo que Simón solo puede describir como la misma gloria de Dios brilla a su alrededor. No se puede mover.

El ángel dice: —No temáis, porque he aquí, os traigo buenas nuevas de gran gozo que serán para todo el pueblo; porque os ha nacido hoy, en la ciudad de David, un Salvador, que es Cristo el Señor.

Soñando, repite Simón para sí mismo. *Estoy soñando. ¡No puede estar sucediendo esto! ¿Este día? ¡En el transcurso de mi vida!*

El ángel continúa: —Y esto os servirá de señal: hallaréis a un niño envuelto en pañales y acostado en un pesebre.

De repente, aparece junto al ángel una multitud de las huestes celestiales, alabando a Dios y diciendo: —Gloria a Dios en las alturas, y en la tierra paz entre los hombres en quienes Él se complace.

Igual de rápido que habían llegado, los ángeles ya no están. Simón se esfuerza por ponerse de pie y oye a sus compatriotas reírse como niños. Sabe que ellos, al igual que él, irán de nuevo a Belén lo más rápido que puedan.

Simón hinca su muleta en el suelo y se impulsa desde el arroyo hasta la falda de la colina, y comienza a correr. Parece haberse olvidado de su tobillo lastimado, corriendo como lo hacía cuando estaba bien. Y mientras más rápido va, trozos de su harapiento vendaje se caen hasta que su pie izquierdo queda descalzo. Enseguida arroja la muleta y siente como si estuviera volando hacia la ciudad.

¿Qué estarán pensando los otros? Les ha molestado durante días, entreteniéndolos con su fascinación por las profecías antiguas y sus preguntas a los fariseos. Pero más aún, ¿qué pensarán de su imposibilidad de alcanzarlo? Simón les ha retrasado durante mucho tiempo.

¿Será cierto? ¿Qué quiso decir el ángel con "acostado en un pesebre"? ¿El *Mesías*? ¿El rey?

Simón se gira para ver a Joram, Natán y Aarón que van corriendo, pero sin ser capaces de darle alcance. Al igual que él, se habían quedado paralizados de miedo, y ahora gritan, dan voces y se ríen. Si Simón se estuviera imaginando todo esto, ellos eran parte de su fantasía. ¿Lo ha querido, lo ha deseado por tantos años que su mente se lo estará inventado? Los profetas no han hablado durante cientos de años, ¿y ahora aparecen ángeles con estas noticias?

Simón no siente dolor, ni fatiga, ni siquiera le falta la respiración mientras corre por los campos hasta el camino y más allá del pozo, con versículos de las Escrituras llegando a su mente debido a las incontables horas de lectura, estudio, memorización. *Por tanto, el Señor mismo os dará una señal: He aquí, una virgen concebirá y dará a luz un hijo.*

Pero ¿un *pesebre*? ¿Dónde? ¿Qué tan lejos?

Simón aminora la marcha y se detiene al ver un pequeño establo, con los animales apiñados dentro y afuera. Seguro que este no puede ser el lugar.

Y sin embargo está iluminado en el interior, mientras todo a su alrededor permanece en oscuridad.

Capítulo 3

EL MUNDO
DEBE SABER

A través de la puerta del establo, Simón ve a un hombre dentro que agarra a un bebé que llora. ¡El hombre es el caminante al que Simón dio agua en el mercado! Simón se queda absorto, mientras el hombre, con el rostro lleno de emoción, envuelve al niño en pañales, tal y como dijo el ángel.

¡La mujer que había bebido de su agua había tenido al Mesías!

Joram adelanta a Simón, dándole un leve empujón. Aarón y Natán van justo detrás de Joram. Simón ha sido el primero en llegar, pero ahora será el último en salir. Joram empuja la puerta para abrirla, y cuando los cuatro pastores entran, el hombre le entrega el bebé de nuevo a su madre y los mira, con las manos arriba y una expresión de miedo en su rostro. Su esposa parece agotada, con el cabello mojado del sudor, pero también aliviada.

Joram cuenta efusivamente la historia del anuncio del ángel y las huestes celestiales. Cuando el hombre ve a Simón detrás de los demás, su expresión se suaviza, y les da la bienvenida a todos. Su esposa los saluda con una sonrisa mientras los pastores lentamente se postran ante la nueva familia.

El hombre toma de nuevo al bebé, que ahora duerme, y se lo acerca a los pastores. Joram estira los brazos para cargarlo, pero el hombre fija sus ojos en Simón y le entrega el bebé. Los otros miran, con los ojos muy abiertos por el asombro.

Simón no sabe qué decir. El bebé es como una pluma comparado con un cordero. ¿Realmente podría estar sosteniendo al Cristo, el Señor? Es demasiado para poder asimilarlo. Sus ojos se llenan de lágrimas.

—¡Es muy hermoso! —dice Joram.

El tiempo parece haberse detenido. Mirando al bebé, Simón apenas se da cuenta de que sus compatriotas están conversando con los padres, que se presentan como José y María de Nazaret. Los pastores ofrecen su ayuda, sugiriendo poder encontrar un hospedaje más apropiado. Pero el caminante y su esposa ponen reparos, insistiendo en que están bien.

Simón habría cargado al Cristo durante horas si le hubieran dejado. ¿Quién creerá esto? ¡No podrá convencer ni a su propia familia! Quiere decírselo a todo el mundo.

Aún de rodillas, los demás lo miran como para indicarle que debería compartir el privilegio, pero no está dispuesto a hacerlo a menos que los padres insistan.

Por fin, Aarón dice: —Debemos contárselo a alguien.

Natán se levanta.

—¡Debemos decírselo a *todos*!

—¡Sí, a todos! —dice Joram.

—¡Sí, sí, gracias! —dice Simón.

Ellos salen corriendo, dejando a Simón acunando tiernamente al niño. Este diminuto y precioso bebé librará a Israel de sus opresores. Simón le susurra a José: —¡Hemos esperado este momento durante mucho tiempo! ¡Mucho tiempo!

Simón les entrega el bebé, y el niño comienza a quejarse de nuevo. José se lo entrega a María, quien observa la herida en el brazo de Simón.

—Estás herido —dice ella.

—Ah, no es nada.

María desenrolla un pedazo de los pañales al bebé y se lo entrega a José, quien se lo da a Simón. Él sostiene un extremo con sus dientes y rápidamente se venda el brazo.

—¿Cómo lo llamarán? —dice Simón.

María echa una mirada a José y dice: —Jesús.

—Lo llamaremos Jesús —dice José.

—Tengo que irme —dice Simón—. La gente debe saberlo. El mundo debe saberlo.

José asiente.

—El mundo debe saberlo.

• • •

Simón corre hacia el mercado, con más versículos inundando su mente. *Porque un niño nos ha nacido, un hijo nos ha sido dado, y la soberanía reposará sobre sus hombros; y se llamará su nombre Admirable Consejero, Dios Poderoso, Padre Eterno, Príncipe de Paz.*

El aumento de su soberanía y de la paz no tendrán fin sobre el trono de David y sobre su reino, para afianzarlo y sostenerlo con el derecho y la justicia desde entonces y para siempre.

Cuando Simón llega al mercado, Joram y Natán y Aarón han causado tal alboroto que las personas de la ciudad salen a sus puertas. Los pastores se acercan a todos los que ven, ya sean romanos, líderes religiosos, cualquiera, y le cuentan la historia del ángel, las huestes celestiales, lo de encontrar al bebé, el Mesías.

—El bebé, el Cristo, ¡yace en un pesebre! —grita Aarón.

—¡En un pesebre! —dice Natán—. Los ángeles nos dijeron dónde encontrarlo, ¡y así fue!

Los pastores no pueden contenerse, ni siquiera pueden esperar la respuesta de la gente. Uno incluso se acerca al hombre que había expulsado a Simón de la sinagoga, pero él se aparta, claramente convencido de que estos hombres están locos.

—¡El Mesías, les digo! —grita Joram.

Simón llega al medio de la plaza justo cuando Natán se aparta de alguien. Muestra una gran sonrisa y abraza a Simón, acercándolo contra él.

—¡Tenías razón! —dice—. ¡Tenías razón todo este tiempo!

Mientras Natán se aleja para decírselo a otros, Simón se topa cara a cara con el fariseo que se había encontrado esa misma mañana.

—¡Tú! —dice el líder, señalando a su rostro—. ¡Te dije que no regresaras aquí! Y ¿dónde está? ¿Has encontrado al cordero sin mancha para el sacrificio?

Simón se detiene, con los ojos brillantes, mientras se muestra la verdad en la expresión de su rostro. Y lentamente comienza a sonreír.

PARTE 2

Te he llamado por tu nombre

Cuando pases por las aguas,
yo estaré contigo,
y si por los ríos,
no te anegarán;

cuando pases por el fuego,
no te quemarás,
ni la llama te abrasará.
Porque yo soy el Señor tu Dios,
el Santo de Israel,
tu Salvador…

Yo, yo soy el que borro
tus transgresiones
por amor a mí mismo,
y no recordaré tus pecados.

Isaías 43:2-3, 25

Capítulo 4

POSEÍDA

Dos años después

Campamento beduino

Justo en las afueras de la pequeña ciudad de Magdala, iluminada con antorchas, acunada entre onduladas colinas, Anouk, un hombre fornido y moreno, se sienta afuera de su tienda familiar a altas horas de la madrugada. Tarareando en voz muy bajita, enciende una pequeña hoguera.

Su tarareo, sin embargo, se convierte en tos, y mientras más intenta sofocarla para no despertar a la familia, más ganas tiene de toser. Su hija de cinco años, María, aparece por la puerta de la tienda, descalza y con una muñeca muy rudimentaria que él le ha fabricado.

—¿Papá?

Anouk se sobresalta, lamentando que su tos le haya despertado.

—Deberías estar dormida, pequeña.

—No puedo dormir —dice ella, con un tono que a él le lastima.

Él extiende su mano hacia ella.

—Siéntate. Siéntate —Anouk la acerca y se sienta en su regazo—. ¿Otra vez te duele la cabeza?

—No.

—¿Estás pensando en la nueva gran estrella? Mira, ¡está justo ahí! ¡La ves? —y él la señala.

—No.

—¿Por qué no puedes dormir?

—Tengo miedo.

—¿De qué?

—No lo sé.

• • •

Es cierto. La pequeña María no lo sabe. Le gusta el frescor de la noche, cuando la temperatura baja de treinta y siete grados centígrados y no empapa su ropa de sudor. Pero es una niña temerosa, con miedo a los leones, a los lobos, los chacales, los guepardos, incluso a las hienas rayadas. Nunca ha visto de cerca a ninguno de esos animales, pero los ha escuchado, los ha visto de lejos, y sabe que están ahí afuera.

María también se siente amenazada por lo que no conoce. Algo en su interior le produce dolores de cabeza, le impide dormir, pero esta noche no es eso. Está preocupada por la tos de su papá.

• • •

Anouk acerca más a María y la estrecha con fuerza entre sus brazos. Es muy pequeña para estar pasándolo tan mal. Quizá él y los demás hombres en el campamento deberían tener más cuidado de quién anda cerca cuando hablan sobre el peligro de los animales salvajes que les rodean.

—Oye, ¿qué hacemos cuando tenemos miedo?

—Decimos las palabras.

Él asiente.

—Las palabras de Adonai. Del profeta…

—Isaías —dice ella.

—Del profeta Isaías —asiente él—. «Mas ahora, así dice el Señor tu Creador, oh Jacob, y el que te formó, oh Israel: No temas» —Anouk acaricia la mano de su hija—. Vamos, María, quiero oírte decirlo. Quiero oír tu preciosa voz. Venga…

—«No temas, porque yo te he redimido, te he llamado por tu nombre; mío eres tú».

—«Mío eres tú». Eso es —y tiernamente, besa su mejilla.

• • •

Ciudad de Capernaúm, veintiocho años después

Una mujer de unos treinta y algo de años se incorpora rápidamente en su cama y examina su entorno mientras la intensa luz del sol de la mañana le invade. Respira con dificultad como si estuviera emergiendo de aguas profundas. Sus ojos se mueven a toda velocidad, y se levanta para mirarse en un plato a modo de espejo en la pared. Su rostro maquillado está estropeado bajo una gruesa capa de sudor.

¿Ha soñado con que su papá la consolaba hace tantos años atrás? Se toca la mejilla donde él la solía besar y entonces ve la palma de su mano manchada de sangre. Tiene las uñas de ambas manos rotas.

¿Qué me ha sucedido? Examina su túnica rasgada, también manchada de sangre, y afuera oye a un hombre gritar: —¡Ayuda! ¡Que alguien me ayude!

Ella se asoma por la cortina desde donde ve el bazar, puesto por puesto, donde grupos de personas de muchas razas regatean en lenguas extranjeras.

El hombre se abre camino a golpes, tumbando artículos, señalando atrás hacia el lugar donde ella está.

—¡Intentó matarme! ¡Alguien… algo… algún…!

El mercado se paraliza mientras todo el mundo mira fijamente. En cada dirección en la que él mira, la gente retrocede ante ese hombre loco. Una mamá aparta a su hijo. Los clientes y los mercaderes lo maldicen.

Un enorme guardia romano lo agarra por el hombro, y después lo suelta al ver sangre en su mano.

—¡Perro inmundo!

El hombre agarra al guardia y lo mira fijamente a los ojos.

—¡Demonios! Viven dentro de ella.

Confundida y avergonzada, la mujer regresa a su sucio cuarto en la posada de Rivka, sin recordar nada de lo que ha ocurrido. Ya le han acusado antes de esto, aunque ella nunca ha sido una mujer de la noche. Sabe por qué algunos creen que sí lo es, ya que abundan en el Barrio Rojo. Y la gente habla de sus hechizos. Ya no es la pequeña María del campamento del desierto cerca de Magdala, pues se ha escondido detrás del nombre de Lilith por años.

Siempre se ha buscado la vida peinando a otras mujeres. Pero se siente sucia, dañada, imposible de contratar. A duras penas se gana la vida pidiendo y aprovechándose. Intercambia arreglarle el cabello a Rivka por este andrajoso lugar entre los residentes locales. Sea lo que sea que le haya hecho al hombre, o los demonios hayan intentado hacerle a través de ella, no duda ni por un segundo de lo que él dice.

Capítulo 5

MAESTRO DE MAESTROS

Bajo la escasa luz del alba, unos esclavos dirigen un extravagante carruaje adornado por un camino lleno de baches que va de Judea a Capernaúm. En su interior, Nicodemo ora en silencio mientras su hermosa esposa Zohara va sentada enfrente de él. Los dieciocho vestidos ostentosos que le adornan, y su barba arreglada y con motitas de oro lo identifican como uno de los principales fariseos del Sanedrín de Jerusalén. Recientemente, se ha cansado de todas las trampas de su puesto. De hecho, por eso precisamente va orando, pidiendo perdón en silencio por las veces que se ha alegrado por la adulación de clérigos más jóvenes y por las deferencias del público.

Debe confesar que este viaje, su estadía anual para enseñar en la sinagoga y la escuela rabínica en Capernaúm, se ha convertido en una piedra de tropiezo para su humildad en ocasiones pasadas, y no quiere que esta vez suceda lo mismo. Sabe que su arrendador aquí le adulará y les ofrecerá tanto a él como a Zohara un hospedaje muy lujoso. Nicodemo no quiere parecer estar por encima de todo aquello ni tampoco menospreciarlo, ya que un trato así es apropiado para su posición. Pero anhela ser tan devoto como la versión más joven de sí mismo, hace años atrás cuando fue elegido por la gran asamblea para unirse al Sanedrín. Demasiados colegas suyos permitieron que sus disciplinas espirituales menguaran cuando llegaron a la cima, dejando que sus posiciones y reputaciones sustituyeran a una relación real con lo divino. *Señor, líbrame de esa idea*, ora en silencio.

—¡Alto! —grita un esclavo antes de que Nicodemo se asome por la ventana—. Disculpe, Rabino...

Zohara reprende al esclavo por no darse cuenta de que Nicodemo está inmerso en sus plegarias, pero cuando el esclavo dirige su atención hacia ella, él rápidamente desvía sus ojos como si la hubiera visto al salir de la bañera. Ella de inmediato se cubre la cabeza.

—Pero, señora... ¡se acercan!

Cinco legionarios romanos a caballo se acercan a galope, y el caballo que va más al frente porta a un joven con una túnica inmaculada y un yelmo imperial que contrasta claramente con la indumentaria de los soldados que le acompañan. Los esclavos se mantienen de pie con la cabeza agachada mientras él descabalga, y los otros cuatro legionarios parecen estar con los ojos muy atentos.

—¿Por qué nos detienen? —pregunta Nicodemo al joven oficial.

—Solo para saludar.

—Estoy en un asunto oficial —dice el fariseo.

—Solo los asuntos romanos son asuntos oficiales —dice el joven, claramente agradado consigo mismo—. Mi nombre es Quintus. Soy el pretor de Capernaúm.

—Yo soy...

—Eres el gran Nicodemo. Las noticias vuelan.

—¿Me está arrestando?

Quintus se ríe.

—No, amigo mío. Soy un magistrado, no un militar. Yo sirvo a la voluntad del pueblo. Y a Pilato.

—Y yo sirvo solamente a Dios.

—Sí, sí. Igual que hacen tus enemigos, los saduceos; y los esenios, los zelotes, y pícaros predicadores en el desierto que desvarían con un Mesías venidero. Todos compiten por ganarse el afecto del pueblo.

Nicodemo ha oído suficiente.

—¿Qué quieres, Quintus?

—Creo que no se están pagando los impuestos. Si me ayudas, yo ayudaré a que los fariseos sigan... prosperando.

—¿Cómo puedo ayudar? La gente ya se está ahogando en impuestos.

—Dígame, Nicodemo, ¿qué puede estar debajo del agua y no ahogarse nunca?

¿Qué tipo de pregunta es esa? Nicodemo frunce el ceño.

—¿Los peces?

Capítulo 6

RECAUDADOR DE IMPUESTOS

Capernaúm, distrito norte

La bellísima casa está bañada con la luz temprana de la mañana, su enorme salón decorado muy caro y con gran estilo, con ventanales que van desde el piso hasta el techo con vistas a la ciudad. Los pisos brillan, y un lujoso tapete de piel de ciervo está ante una chimenea de mármol. La habitación es impecable, pero a la vez curiosamente impersonal.

Un hombre delgado cerca de los treinta años con ojos agudos, piel lisa y labios gruesos permanece inexpresivo delante de un armario enorme lleno de filas de ropas blancas inmaculadamente planchadas. Meticulosamente hojea las opciones varias veces y finalmente selecciona un atuendo antes de envolverse en él. Sabe exactamente qué ropa elegir, pero también se siente atraído a realizar esta rutina aparentemente interminable cada día.

Ninguna otra persona que él conozca sufre de lo mismo. Como de niño se burlaban de él sin piedad por ser extraño, de algún modo ha canalizado su amor por el orden y la precisión, de cosas sumadas y alineadas, en algo que le ha servido bien. Aunque ocupa una posición que sus colegas judíos denigran, él los ha sobrepasado por mucho en su sueldo. Aunque incluso su familia lo ha desheredado, esta casa, en lo que se conoce como la comunidad de publicanos, le sirve como su recompensa. Aquí se siente seguro, capaz de ser él mismo, sin que nadie lo vigile ni juzgue su estado de ánimo.

Hace mucho tiempo que es capaz de enfocarse en una sola cosa a la vez, manteniendo sus excentricidades a raya a través de varios rituales. Se come la última uva en un plato de porcelana, se pone incienso en las muñecas y después repite el mismo proceso que hizo con la ropa para seleccionar las sandalias entre los varios pares caros que tiene. Finalmente, agarra una servilleta de tela de un montón y se dispone a salir.

Al acercarse a la enorme puerta monolítica, un siervo le entrega una bolsa de cuero que contiene su libro de contabilidad y su tabla entre otros elementos esenciales; está preparado para cualquier cosa. Y a pesar de la interminable promesa del siervo de asegurar el hogar palaciego tras su salida, él mismo al salir cierra la pesada puerta y le pone la cerradura con una llave de bronce, tres veces, solo para asegurarse.

Avanza rápidamente por las estrechas y dificultosas callejuelas detrás de los lujosos hogares de otros de su riqueza y posición. Evita los callejones normales donde lo reconocerían, abuchearían, escupirían, y quizá asaltarían. Yendo por las callejuelas donde la gente tira la basura y las aguas residuales, y donde vuelan las moscas, se cubre la nariz y la boca con la servilleta. Está buscando que lo lleven al mercado donde está situada su caseta de impuestos. Le da a un ciudadano una exención de impuestos a cambio del privilegio de esconderlo bajo una lona que tapa lo que lleva en su carreta. Aunque no es lo ideal, de esta forma Mateo evita el ridículo que soportaría si fuera caminando todo el recorrido.

Al bordear a un lugareño, hábilmente consigue sortear unas cuantas ratas, pero pisa justo encima de una bola de estiércol. Se inclina y le dan arcadas. Mientras saca de ahí la sandalia empapada, oye desde el final del callejón: —¡Mateo! Oye, oye. —es su viaje hasta el trabajo.

—¡Habla en voz baja!

—Perdone usted, señor publiiicano —dice el mugriento repartidor—. Soy yo quien no quiero ser visto contigo, ¿recuerdas?

—Es publicano —dice Mateo.

—A mí me gusta más así, hombre de los impuestos.

Mateo se quita las sandalias empapadas y saca un par nuevo de su bolsa, dejando las otras tiradas en la calle.

—¡Eh, eh, eh! —grita el conductor—. ¡Eso vale la suma del salario de un mes de todos mis hijos juntos! ¿Y tú las tiras sin más?

—Son de mi propiedad. Hago con ellas lo que quiero. Te pago para que conduzcas. Recoge la basura en tu tiempo libre.

—Llevarte a ti es un poco hacer eso en este momento, ¿no crees? —dice el hombre, riéndose. Retira la lona, dejando ver un suelo de madera mugriento.

Cuando Mateo se sube a la carreta, el conductor añade—: Pero si cualquier ciudadano pregunta por mi cargamento, tendré que decirle la verdad: ¡es el mayor cargamento de estiércol de todo Capernaúm!

Mateo frunce el ceño y se esconde.

Capítulo 7

EL BARRIO ROJO

Los estudiantes rabínicos vestidos de blanco rodean con entusiasmo a Nicodemo, el venerado invitado de la escuela hebrea del Sanedrín de Jerusalén y orador destacado de hoy. Tras ellos, de negro, están sus maestros, incluyendo al ahijado de Nicodemo desde hace mucho tiempo y rabino principal de la escuela: Samuel. Con una comodidad y confianza propias de su posición, Nicodemo comienza a hablar.

—Ahora bien, sinceramente, siempre espero con anhelo mi visita anual a Capernaúm, y a su magnífico Mar de Galilea. Es verdaderamente la envidia del reino.

Los estudiantes y los profesores aplauden, aparentemente fascinados.

—Incluso mis hijos estaban enamorados de él. Nadaban todo el día, jugueteaban en la arena y observaban a la gente. Finalmente, un día les dije: «Veo que les encanta esto, ¿por qué nunca van al mar cuando vamos a visitar a los abuelos en casa?». Mi hijo me contestó: «Pero padre, nunca hay nadie allí. ¡Está muerto!».

Mientras su adorable audiencia ríe, Nicodemo se inclina y cambia su tono.

—¡Y su mar tiene la pesca más exquisita! Qué desgracia tan grande que los que en realidad pescan sean paganos, groseros, dados al juego en guaridas secretas, y que incluso pesquen en *sabbat* —hace una pausa—. ¿Podemos nosotros comer la pesca y no contaminarnos por los pecados del pescador?

—No se equivoquen: es pecado comer peces pescados en *sabbat*. Lo que entra en el cuerpo de un hombre lo contamina. ¿Por qué nuestros hermanos judíos sacan sus barcas a pescar en *sabbat*?

Acaba de dejar pasmados y sin hablar a sus jóvenes pupilos.

—Les aseguro que el Mesías no vendrá hasta que se limpie esta maldad de nuestra mente —Nicodemo recorre sus rostros, pero la mayoría de ellos apartan la mirada—. Sus acciones están siendo vigiladas, estudiadas. Dios les ha confiado ser ejemplares en todos los sentidos. Ahora bien, si su posición es una carga demasiado pesada, no merecen llevar el nombre de Israel.

A los fariseos siempre les ha fascinado que sea capaz de hablar mientras piensa en otras cosas al mismo tiempo. Su mente parece girar hacia otro lado al pensar en la venida del Mesías. Durante años, Nicodemo se ha preguntado por qué sus compañeros del Sanedrín hablan cada vez menos de la más sagrada, y según su entendimiento, la más emocionante de todas las profecías. ¿Acaso no deberían vigilar y esperar al Mesías? Quizá los años de silencio del cielo han nublado la expectación de sus colegas. Lo único que han hecho ha sido elevar la suya propia.

• • •

Cuando Nicodemo termina su discurso, Samuel y su alumno Yusef se adelantan deprisa hacia una sala adornada, la siguiente parada para el invitado de honor. Dos esclavos están ocupados sacando brillo al oro y la piel, además del bronce de una mesa magnífica que hay delante de lo que parece más un trono que un mero asiento.

—Quiero ver mi reflejo en él nítido como el día —dice Samuel a los esclavos—. Este maestro ha viajado desde Judea. Es un miembro del Gran Sanedrín en Jerusalén, y no dejaré que se siente en una mesa sin brillo.

Mientras su alumno sirve una copa de vino, Samuel dice: —Yusef, arréglate el *talit*.

El joven se ajusta rápidamente su chal de oración, y después echa un vistazo a la conmoción que hay en el pasillo.

—¡Ya está aquí!

Samuel dice a los esclavos: —¡Fuera! ¡Váyanse! ¡Busquen a los demás!

Mientras se apresuran a irse, él alisa su túnica y sale para recibir a Nicodemo, que está rodeado de varios estudiantes y profesores. Samuel se inclina y sonríe.

—¡Maestro! ¡Nos ha conmovido a todos!

Nicodemo lo saluda inexpresivamente: —Samuel.

Samuel se derrite y señala a la sala de la Torá con otra reverencia.

—¿Nos hará el honor, Rabino?

—Si ahí es donde guardan las sardinas blancas...

Samuel parece asombrado, girándose hacia Yusef.

—Bueno, yo... nosotros, en realidad podríamos conseguir...

—Era una broma, Samuel —dice Nicodemo, y Samuel sonríe como un prisionero condenado que ha sido perdonado.

El siervo de Nicodemo aparece entre la cortina y la sostiene abierta mientras él entra. Los esclavos han sido reemplazados por más estudiantes, rígidamente alistados como si esperaran una inspección.

—Una buena sala de Torá es el corazón de una sinagoga digna, Samuel —dice Nicodemo.

—Gracias, Maestro de Israel. Nos hace usted un gran honor.

El siervo echa atrás el asiento de honor, y Nicodemo se sienta.

—El honor es mío. No solo por sus brillantes estudiantes, sino también por el alma de esta ciudad. ¿Escucharon mi discurso?

—Por supuesto —dice Samuel—. Sus palabras resonarán durante generaciones.

—Fue usted brillante —dice Yusef.

—En mis comentarios pregunté, retóricamente: ¿por qué los judíos están sacando las barcas al mar en *sabbat*? Esa pregunta era para ti, rabino Samuel. Los reportes son demasiado frecuentes como para ignorarlos.

Con el rostro pálido, Samuel asiente con la cabeza.

—Por supuesto, Rabino. Nosotros... *yo* lo controlaré mejor. Los romanos creen que no trabajamos en *sabbat*, así que no patrullan. La avaricia vence a los pescadores, y me tem...

—O simplemente intentan alimentar a sus familias —dice Yusef.

Samuel fija sus ojos en Yusef con una mirada ácida como si hubiera blasfemado, pero les interrumpe otro fariseo que aparece por la puerta.

—Ruego que me perdone, Rabino. Hay un centurión aquí. Demanda hablar con usted.

—Por favor, dile que tenemos un invitado de honor —dice Samuel—, ¡y no se le puede interrumpir!

Un guardia romano adelanta al fariseo con un empujón.

—No puedo esperar —dice él.

Samuel mira al cielo.

—Mesías, ven pronto.

El guardia se quita el yelmo y mira a su alrededor, silbando.

—Impresionante. Parece que no somos nosotros los únicos que cobramos impuestos al pueblo.

—¿Qué quiere, comandante? —pregunta Nicodemo.

—No soy comandante, pero al menos usted conoce su lugar.

—Él es Nicodemo —dice Samuel—. ¡Maestro de maestros! ¡Muestra algo de respeto!

—¡Ah! Justo el hombre a quien quería ver. Estoy aquí por una mujer hebrea del Barrio Rojo. Digamos que ha estado causando molestias.

—¡Tiene toda una legión romana a su disposición! —dice Samuel.

—Gracias por el recordatorio, judío. Pero ella necesita a un hombre santo.

—Nosotros somos hombres de Dios —dice Nicodemo—. No es nuestra costumbre frecuentar el Barrio Rojo.

—Quizá no fui muy claro, Maestro de maestros. Me acompañarás al Barrio Rojo o lo quemaremos con nuestro fuego de fuegos.

Capítulo 8

LA CASETA DE IMPUESTOS

El conductor de Mateo se detiene.

—Oye. Esta es tu parada.

Mateo levanta la lona, y la expresión de su rostro decae.

—¡Espera, estamos en el lugar más lejano del mercado!

—¡Fuera!

—No.

—¿No?

—¡Tenemos un trato! ¡Tú conduces para que yo no tenga que caminar por el mercado!

—¡Hay demasiada gente! ¡Sal!

—Te pagaré el doble.

—El dinero no bastará para quitar esta peste de mí y de mi familia si me ven contigo. ¡Fuera!

Mateo se levanta y se limpia sus ropas.

—Esto es muy poco profesional.

—Despídeme —dice el hombre, y se apresura a irse.

Mateo acelera el paso por el corazón del mercado, cabizbajo, contando sus pasos.

—¡Recaudador de impuestos! —grita alguien.

—¡Oh, ahí está!

—¡Ya lo veo!

Alguien escupe: —¡Traidor!

—¡Deberías avergonzarte!

Mateo siente sobre sí todas las miradas, pero no interrumpe su paso. Casi se cae cuando alguien tira de su túnica: un mendigo ciego, y no lo suelta.

—Por favor —dice Mateo.

—¿Eres tú el Mesías? ¿Eres tú el Mesías?

—¡No! No lo soy.

—Por favor, ¡déjame saber cuando venga! ¡Por favor!

Mateo se suelta y rápidamente da la vuelta a una esquina, dando un suspiro de alivio. Una fila de unas doce personas llega hasta su caseta de recaudación. Una selección variada, que lo miran cansados, con círculos oscuros bajo sus ojos. Algunos sujetan las manos de niños descalzos. Con ropas harapientas, rebosan pobreza y opresión.

Mateo se detiene, sintiendo que llama la atención, esperando a su guardia romano. Cuando finalmente llega, Mateo dice: —Llegas tarde, Gayo.

Gayo, calvo y de rasgos marcados, sonríe, y Mateo puede ver que él disfruta de la idea de que Mateo esté ahí afuera de pie, solo y expuesto.

—¿Puedes sentirlo? —dice Gayo.

—Sentir ¿qué?

—El mercado. Hoy está que arde. Todos están nerviosos. Basta con que una persona enloquezca y estás…

—Tan solo haz tu trabajo.

—Será por tu bien —dice Gayo con una sonrisa. Saca una llave y abre la caseta, dejando que Mateo entre antes de volver a cerrarla por la propia seguridad del recaudador.

• • •

El Barrio Rojo

Mientras tanto, otro guardia romano acompaña a Nicodemo, Samuel y Yusef por una callejuela estrecha detrás de una posada de ladrillo de dos pisos que parece haber tenido días mejores. El guardia sonríe de satisfacción al ver la obvia repugnancia de Nicodemo. El líder fariseo solo ha escuchado hablar de este distrito, y tiene que admitir que lo que se imaginaba se queda muy corto al ver la sórdida realidad.

Los vendedores ambulantes venden sus bienes en calles repletas de basura que le hacen desear haber perdido su sentido del olfato. Prostitutas cadavéricas, mujeres y hombres jóvenes, haciendo señas a los viandantes desde las sombras. Otro guardia intenta vigorosamente limpiar de la pared una pintada que dice: «EL MESÍAS DESTRUIRÁ A LOS ROMANOS».

¿Acaso no sería hermoso?, piensa Nicodemo. *Ojalá él estuviera aquí ahora para librarme de esto.*

El romano se detiene afuera de una posada.

—Arriba —señala—. El antro de Rivka.

El fariseo hace muecas solo de pensar en tener que entrar en un lugar tan horroroso.

—No se preocupe, Rabino —dice el guardia—. Ya quitamos a los canallas para proteger su delicada sensibilidad.

Nicodemo se sobresalta con el sonido de un grito inhumano proveniente de una ventana en el piso de arriba.

—¡No! ¡No!

—¿Qué *es* eso? —pregunta Samuel, claramente horrorizado.

La mente de Nicodemo va a toda velocidad. Si ese no es el sonido de una posesión demoniaca, no sabe qué otra cosa puede ser. Fue testigo de un exorcismo hace años atrás, y aunque le habían enseñado los detalles del procedimiento, había esperado que eso fuera lo más cercano que estuviera jamás a un espectáculo tal.

¿Cómo puedo yo combatir esa maldad?

Pero parece que todos lo miran solo a él.

—¡Necesito materiales, Samuel! Azufre, ortiga, eh… mandrágora, cardo seco. ¡Ve!

—Sí, Maestro —dice él, y junto a Yusef desaparecen.

—Bueno —dice el guardia—, haz tu trabajo.

Nicodemo se arma de valor y mira de frente al hombre. Es lo único que puede hacer para no gritar.

—Escucha. Yo acepté la *petición* de Quintus, no es una *demanda*, porque él no debería demandarme nada, para detener la pesca del *sabbat* porque ya es nuestra ley, y hacerlo no era una violación de mi práctica. Intentaré ayudar a esta mujer, aunque estaría fuera de mi competencia. Pero no me vean como una herramienta para arreglar los problemas de los romanos.

—*No* seguiré usando mi posición de influencia religiosa para beneficiar a los que menosprecian a mi pueblo, ¡tanto si eres tú como si es alguien como

Quintus! Así que, yo *haré* esta tarea, pero quiero que sepan algo tus superiores: ¡esta es una excepción!

El guardia lo mira fijamente de manera impasible.

—¿Podemos subir ya?

—¡Sí! —responde Nicodemo, tras haber reunido hasta el último gramo de falsa valentía que pudo encontrar.

Capítulo 9

EL PESCADOR LUCHADOR

En los alrededores de Capernaúm

Un joven robusto se retuerce en el suelo mientras otras dos decenas lo rodean, animando y abucheando mientras su dinero cambia de manos. Tras ellos hay un hombre más alto.

—¡Quédate tumbado, Simón! —dice el hombre—. ¡No te levantes, por tu propio bien!

Intentando dejar de ver las estrellas, Simón se gira hacia un lado para echar una mirada a su hermano, Andrés, que está mirando junto a los demás. Los dos han sido inseparables desde que eran pequeños, cuando su difunto padre, Jonás, los llevaba de pesca mucho antes de que fueran suficientemente mayores para ayudarle. Aprendieron el oficio del padre observando sus movimientos, y habían vivido desde entonces en el Mar de Galilea.

Se pueden comunicar entre ellos sin palabras, como muchos hermanos cercanos aprenden a hacer. Andrés, a escondidas, le señala a Simón a su oponente, que va avanzando. Con un esfuerzo tremendo, Simón se pone de rodillas, justo a tiempo para que le vuelvan a tumbar de un golpe, dejándose caer con un golpe seco. Su atacante resopla y sacude su puño, obviamente dolorido. La mitad de los espectadores animan mientras se pasan más dinero unos a otros.

—Demasiado, Josafat —dice Simón—. Eres demasiado fuerte.

—¡Así es! —grita Josafat—. Eso es lo que te digo cada vez que te veo —se vuelve hacia la multitud —. ¡Como le digo a mi *hermana*!

Ellos gritan de risa.

Simón se gira de nuevo hacia su hermano.

—En serio, solo puedo recibir, quizá dos...

Andrés menea la cabeza.

—¿Uno?

Su hermano asiente.

—¡Un puñetazo más! Uno más y se acabó.

La multitud estalla. Alguien grita: —¡Dice que está acabado!

Otros gritan: «¡No!», y más apuestas pasan a manos de Josafat, quien le da la espalda a Simón para animar a la multitud.

Hábilmente, Simón se pone de pie de un salto.

—¿Josa...?

El hombre se gira, y antes de poder incluso levantar su mano, Simón le lanza un derechazo al rostro. Después un golpe de izquierdas.

—¿Qué estabas diciendo? ¿Algo acerca de tu hermana? —continúa con dos golpes al estómago de Josafat—. ¿Piensas que, si sigues pegándome fuerte, me separaré de Edén? —le lanza un golpe con la izquierda a los lumbares, y el hombre cae al suelo—. Por eso me llaman "manos de vino", por lo que le hago a tu hígado.

Mientras su cuñado intenta ponerse en pie, Simón se pone en cuclillas y susurra a su oído.

—No quiero hacer esto, Josafat. ¿Podemos por favor dejar de pelear cada semana? Sé que nunca has confiado en mí, pero amo a tu hermana más que a nada en el mundo.

Sobre sus manos y sus rodillas, resoplando, Josafat dice: —Dejaré de pelear contigo.

—¿Lo harás?

—Sí, pero mi hermano, no.

—¿Tu hermano? —Simón se gira justo a tiempo para recibir un golpe de izquierda a su nariz que pone fin a la pelea. Mientras permanece tumbado de espaldas, ve a Andrés entregando su dinero.

• • •

Media hora después, Simón y Andrés están en la orilla del Mar de Galilea, con su barca anclada cerca. Simón camina de un lado a otro, mirando al cielo, presionándose la nariz ensangrentada con un paño. Andrés está sentado en la arena, mirando abatido.

—¿Dónde está escrito, Andrés? ¿Eh? Respóndeme a eso.

Andrés sacude la cabeza y musita: —Soy un necio

—¿Cómo puede ser un doble noqueo si son dos contra uno? Esa regla la inventaron ellos.

—Inventada o grabada en piedra, ¿qué importa? Hemos perdido, y debería haberlo sabido.

—No, no —dice Simón. Se sienta junto a Andrés—. Es culpa mía. Yo te metí en esto.

Ambos escuchan en silencio el tranquilo vaivén de las olas.

Finalmente, Andrés pregunta: —¿Manos de vino?

Simón se encoje de hombros.

—Sonaba mejor en mi mente —cambia de tema—. Se acerca el día de pago de impuestos.

—Hum-hum.

—A dos amaneceres. *Sabbat* y después…

—Me doy cuenta, Simón. Gracias. Podríamos perder la barca.

—¿Qué vas a hacer? —pregunta Simón.

—No lo sé. Sacar sangre de una piedra.

Simón se pone de pie repentinamente. Se dirige a la barca.

—¿Dónde vas? —dice Andrés.

—Voy a trabajar.

—¿Trabajar? Dentro de una hora empieza el *sabbat*.

—Los fariseos hacen concesiones si hay vidas en juego —dice Simón, desatando la barca.

—¡No está en juego la vida de nadie!

—No, no, en este momento no, pero enseguida lo estará —echa una mirada a Andrés—. ¿Qué, se lo vas a contar a tu amigo come bichos?

Su hermano se ha quedado fascinado por un loco predicador en el desierto que vocifera sobre el Mesías venidero. El hombre es un hazmerreír, vestido con pieles de animales y subsistiendo a base de comer langostas y miel.

Andrés da un suspiro y levanta sus manos al aire. Se mueve para ayudar a Simón con la barca, pero Simón se lo impide.

—Solo yo. No te quiero arrastrar a esto.

—¿Y qué ocurre con Edén?

—Ella se quedará con su mamá esta noche.

—Estás loco, lo sabes, ¿no? —dice Andrés.

—No, solamente desesperado.

Capítulo 10

UN ENCUENTRO INFAME

—¿Cuánto tiempo lleva así? —pregunta Nicodemo a Rivka, en cuyo rostro se muestran las marcas de haber tenido una vida muy dura.

Claramente molesta por toda la atención de los romanos y ahora del fariseo, responde: —Así ¿cómo?

Nicodemo a duras penas puede contener su furor.

—Estoy intentando ayudarla, Rivka.

—Lo único que conseguirá es ponerlo todo patas arriba. Y después ¿qué? ¿Se detendrá a echar una mano para recogerlo todo, Rabino?

—¡Los demonios que atormentan su alma reducirán a polvo este lugar! Aunque no te importe nada su alma, al menos…

—Lilith nunca le hizo daño a nadie que no le lastimara a ella primero… principalmente —Rivka parece triste—. Ella tiene estos hechizos. Le dejamos tranquila, y después vuelve a ser dulce como un ángel —Rivka se gira hacia el sonido de unos gritos como de animales que proceden de arriba. Después, un golpe—. ¡Maldita sea, Lilith! —Rivka se calma y vuelve a mirar a Nicodemo—. ¿Puede poner fin a esto?

Al fariseo le encantaría asegurarle que sí, pero la verdad es que no está seguro y preferiría estar en cualquier otro lugar. Pero ahora le toca enfrentar la situación.

Los centuriones usan un ariete para tirar la puerta abajo, y después se retiran rápidamente para permitir que entre Nicodemo. Él se acerca despacio, balanceando un incensario, haciendo salir el humo del incienso. Samuel y Yusef se detienen en la entrada, mirando atentamente hacia el interior.

Nicodemo se aventura a entrar, sintiendo que le traga un cuarto iluminado solo por los rayos de la luz del sol. El aspecto es ruinoso, paredes manchadas, la cama volcada, todo lo que se puede romper hecho añicos por el piso. ¿En qué momento el exorcismo se convirtió en parte de sus tareas? Por lo general, vistiendo tan elegantemente, es muy bien recibido, respetado, reverenciado, adorado. Ahora es como si hubiera entrado en el infierno.

Sabe que la poseída, Lilith, está por aquí, en algún lugar. Puede sentirlo. Hace sonar la cadena del incensario e intenta hablar con un tono de autoridad, pero su voz se proyecta monótona, apenas enmascarando su temor.

—¡Te conjuro por los santos ángeles Miguel, Gabriel, Rafael, Uriel y Raziel! Te conjuro a ti, maldito dragón, y a las legiones diabólicas, ¡salgan!

La mujer solloza, y él ve movimiento en una pila de sábanas. Lilith está en posición fetal, frágil y a la vez amenazante, y se retuerce, suda, y tiene su cabello largo apelmazado.

Es lo único que Nicodemo puede hacer para continuar.

—¡Te conjuro, engendro de Belzebú, Abadón y Seol! Por la proclamación de los vigilantes y de los santos...

Los gemidos guturales de Lilith son ásperos y bajos.

Nicodemo grita: —... en el nombre de Adonai, Dios de los cielos, ¡dejen de engañar a esta criatura humana! —se acerca un ápice, con el humo ahora ante el rostro de ella—. Te ordeno, en alianza con Abraham y los nombres de Jacob, Isaac, Moisés, el todopoderoso El Shaddai...

Lilith se retuerce, con lamentos y quejas.

Con urgencia y envalentonado, él termina con un grito: —¡Sal de esta alma inocente!

Lilith gruñe de forma sobrenatural e inhumana, y tiene espasmos, hasta que finalmente se queda quieta.

Nicodemo se acerca otro ápice, hasta que ella se gira para mirarlo con una mirada fría y cómplice. Sus ojos desdeñosos nunca se apartan de los de él. Parece entretenida, como si estuviera jugando con él. Hay una extraña belleza exótica que permanece en su rostro torturado, pero su voz parece la de varios hombres hablando a la vez.

—No le tenemos miedo.

Nicodemo se queda helado.

—Usted no tiene poder aquí, Maestro.

Nicodemo siente la verdad de esas palabras hasta su misma alma. No tiene nada más que ofrecer y se apresura a salir.

—Hemos terminado aquí —dice, y se mueve a trompicones pasando junto a Samuel y Yusef, cuyas miradas de horror a la mujer poseída se convierten ahora en miradas lastimeras de sorpresa y decepción.

Capítulo 11

ESTOICO

Temprano en la mañana del *sabbat*, un agotado Simón camina fatigadamente por su gueto de clase trabajadora en la zona este de Capernaúm. Sintiendo que llama la atención al llevar su cubo de madera, asiente tímidamente ante sus vecinos que van vestidos con ropas de ir a la sinagoga.

Por fin en casa, entra haciendo el menor ruido posible y se limpia los pies, preguntándose si será posible que Edén aún esté dormida. No habrá tal suerte. Ella aparece como de la nada, mostrando una mueca en su rostro.

—¡Simón!

—¡Oh! —dice él animadamente—. Hola, mi amor.

Ella permanece de brazos cruzados.

—No me vengas con eso de amor. ¿Por qué te peleaste con Josafat?

—¿Qué?

—¡Mi propio hermano!

—¡Él *me* atacó! ¡Otra vez!

—Él tiene que saber que el esposo de su hermana es fuerte. ¡Pero Andrés no tenía derecho a abalanzarse sobre Abrahim por detrás!

—¿De dónde te has sacado eso?

Edén estalla de risa.

—Mis hermanos. Son unos cuentistas fabulosos, ¿no?

—Contadores de historias fantásticas. Sí, lo son.

—Me dieron todo lujo de detalles. Verdaderamente debes haberles dado una paliza.

—Sí, bueno, lo estaba haciendo bien, hasta que Abe salió de la nada. Andrés y yo perdimos mucho dinero.

—¡Ah, no! No deberían engañarte de ese modo, ¡especialmente cuando tú también haces trampas!

—De acuerdo, de acuerdo —dice Simón, sentado en una mesa baja—. Perdóname por decir eso, mi amor, pero tu familia…

—¡No te atrevas!

—¿Qué?

—No digas que mi familia está mal de la cabeza, Simón.

—De acuerdo —dice él, sonriendo.

—Somos coloridos —dice ella, acercándose a él—. Y divertidos —y acerca el rostro de él con sus manos—. Eres estoico y decidido —le dice sentándose en su regazo.

—¿Crees que soy estoico?

—Bueno, comparado conmigo sí. Juntos, somos perfectos.

Simón no puede discutir eso. Él la besa.

—Estoico, ¿eh? Nunca antes lo había oído. Me gusta. Tú y yo. Fuego y agua.

—Hum-hum —dice ella—. Me gusta.

—Entonces, ¿cómo fue la cena de *sabbat* con tu madre?

—Fue hermosa. ¿Cómo fue la pesca?

—¿Qué?

—¿La pesca de ayer? ¿Hay buenas noticias?

—Oh, sí —dice él—. Pude atrapar algo. Podría ser algo grande.

—¡Bien! Vayamos a la sinagoga. Y por favor, cámbiate… todavía hueles.

La mente de Simón está en otro lugar. Lo que sacó podría ser realmente grande.

Capítulo 12

LA MUÑECA
DE MADERA

El Barrio Rojo

Lilith está profundamente dormida en una callejuela cerca del lugar de Rivka.

En su sueño, es de nuevo una niña en Magdala, acurrucada en el regazo de su papá.

—¿Qué hacemos cuando tenemos miedo? —dice él.

—Decimos las palabras.

—Las palabras de Adonai. «Mas ahora, así dice el Señor tu Creador, oh Jacob, y el que te formó, oh Israel: No temas…».

Podría quedarse así para siempre en su cálido abrazo. Querida. Segura.

Pero se despierta de un sobresalto, desalentada desde lo más profundo. ¿Cómo ha llegado a esto? Está cubierta de suciedad y sangre de la cabeza a los pies, pero los viandantes ni siquiera la miran. Saben quién es. Creen que saben lo *que* es. Ella se esfuerza por incorporarse, con su espalda contra la pared. ¿Ha tenido otro de sus hechizos? ¿Cómo puede enfrentar así a otro nuevo día?

Consigue ponerse erguida y espera que se le pase el mareo. Camina lentamente y tambaleante entre la multitud, atrayendo la atención solo cuando se acerca demasiado al puesto de algún mercader.

—¡Aléjate! —grita él.

Finalmente llega hasta el lugar de Rivka y comienza la lenta subida hasta su cuarto. Se detiene ante su puerta estropeada, con sollozos atrapados en la garganta. Esta es su vida. ¿A qué otro lugar podría ir? Lilith empuja la puerta. No recuerda qué fue lo que provocó ese caos. Se dirige hacia el lavabo que hay debajo del plato reflectante sobre la pared, pero apenas tiene valor para mirarse. Mete un paño en el agua y se toca suavemente la cara. Necesitará mucho más que eso.

Lilith no deja de frotar sus mejillas hasta que la sangre y la suciedad desaparecen y queda expuesta su piel de tono oliva. Proveniente de la entrada de abajo, la tos de alguien le transporta de repente otra vez a su infancia y a la tos preocupante de su papá. Está en su dormitorio, aferrada a la muñeca que él le había fabricado, con su madre detrás de ella y con las manos sobre sus hombros.

Anouk deja de toser. La pequeña María susurra «¿papá?», mientras alguien cubre el rostro de su papá con la sábana.

Lilith rompe a llorar y se gira para ver qué queda de la muñeca ahora. Cae de rodillas para recuperarla, la madera está desgastada y lisa por el tiempo, y la cabeza desprendida revela un diminuto pedazo de pergamino enrollado dentro. Llorando, rápidamente lo desenrolla y con la voz entrecortada lee las palabras en voz alta: «Mas ahora, así dice el Señor tu Creador, oh Jacob, y el que te formó, oh Israel: No temas…».

¿No temas? ¿Eso dice el Señor que me creó? ¡El mismo que se llevó a mi padre! ¡Y a mi madre!

Al mismo tiempo, otro recuerdo invade a Lilith. Su papá había estado enfermo y débil durante tanto tiempo que, al morir, María (como se la conocía entonces) y su madre perdieron su tierra. Aunque ella supo después que había menos de diez kilómetros, para una niña pequeña fue como una caminata interminable ir desde la planicie de Magdala hasta la villa pesquera de Capernaúm. María llevaba solo su muñeca, y a pesar de rogarle insistentemente a su madre que la cargara, la mujer llevaba encima un montón de ropa, cosas de la casa y algunas escasas pertenencias.

Lo más aterrador para María era que su mamá estaba enferma. Aparentemente había adelgazado y estaba frágil al haber tenido que realizar las tareas de su esposo además de las suyas. El viaje a Capernaúm la dejó cojeando durante días, aunque buscó alojamiento y trabajo en la villa pesquera. Lo único que pudo encontrar fue un trabajo de labor doméstica en el distrito rico, donde ella y María recibieron un diminuto cuchitril para los siervos y una paga más que escasa, y alimentos que sobraban de las comidas del amo.

Cuando María llegó a la adolescencia, su mamá estaba totalmente desmejorada para los años que tenía y era incapaz de trabajar. María se ocupó de sus tareas para no perder su cuarto, pero el amo le pagaba aún menos, aunque ya era mayor de edad. Ahora era una joven hermosa, y era consciente de que los hombres le miraban distinto a como lo hacían antes.

Un día, mientras compraba en el mercado para su amo, María aguantó la mirada lasciva de un soldado romano. Temblorosa, se fue a toda prisa. La siguiente vez que estaba en el mercado, sin embargo, no pudo escapar de sus insinuaciones. Incluso ahora, años después, vive atormentada por el recuerdo de cómo le arrastró hasta un cuarto pequeño de una callejuela y consiguió hacer con ella lo que quería. Su capa roja y su pluma aparecen en su mente.

No se atrevió a contarle ni siquiera a su madre lo que le había ocurrido antes de que la mujer muriera pocos meses después. María buscaba razones para evitar el mercado, lo cual tuvo como resultado que la despidieran. Cierto o no, ella sentía que todos los ojos la miraban y que todos sabían que había sido violada. Cualquier sueño que hubiera tenido jamás de casarse algún día y tener una familia se había desvanecido. Forzándose a buscar un empleo y un lugar para vivir, finalmente encontró un lugar en la posada de Rivka en el Barrio Rojo.

Desesperada por volver a comenzar otra vez, se presentó a la propietaria africana como Lilith y se ofreció para hacer cualquier trabajo a cambio de alojamiento.

—Sabes lo que hacen la mayoría de las mujeres que viven aquí para ganarse la vida, ¿verdad, Lilith? —le había dicho Rivka.

—Me lo imagino.

—No, no te lo imaginas. Y por mucho que a mi clientela le encantaría pensar que eres una opción, yo no te haría eso. Eres casi una niña aún. Y el fuego en tu mirada me asusta.

Sus propios ojos también le daban miedo, tanto que "Lilith" ya no se miraba en el espejo si podía evitarlo. Y tampoco le podía contar a Rivka lo de sus hechizos, cuando alguien o algo dentro de ella le hacía chillar y revolcarse.

—No deben asustarse de mí —le dijo Lilith a Rivka.

—Espero que no. ¿Quién te peina?

—Yo misma.

—¿Podrías peinar para mí?

—Podría intentarlo.

—Muchas otras mujeres aquí necesitan el mismo servicio —dijo Rivka—. Eso podría merecer un pequeño cuarto, incluso algo de comida... aunque no mucha.

Lilith demostró ser tan buena con el cabello de otras mujeres como con el suyo, pero enseguida fue consciente de que el público, los hombres, se acercaban a ella con las otras en sus mentes. Ella tenía que pasar la mayor parte de su tiempo evitándolos y esquivándolos. Mientras tanto, deseaba trabajar en uno de los establecimientos de peluquería fuera del Barrio Rojo, en vez de hacerlo en un lugar sucio no lejos de su propio cuarto irrisorio.

Por fortuna, Lilith se había hecho querer para Rivka y muchas de las otras mujeres de la posada antes de ver su primer hechizo. De vez en cuando ella se sentía superada, con algo que no podía describir. Comenzaba con una ligera sensación de angustia, y después de oscuridad, y a menudo se desmayaba, solo para que después le dijeran que había gritado y se había revolcado, a veces gruñendo, hablando con voz de hombre, a veces con más de una voz a la vez.

• • •

Lilith vuelve a irrumpir en sollozos, desesperada por sacar de su mente las imágenes de su pasado, pero sus esfuerzos son en vano. ¿Cómo podría el Dios que la formó, que la creó y que la animaba a no temer, permitir que le hubiera ocurrido todo esto? Desesperada, intenta leer de nuevo el rollo. «No temas, porque yo te he redimido... redimido...».

Las palabras no le causan alivio alguno. Lilith se siente cualquier cosa menos redimida. Grita a la vez que hace pedazos el pergamino. Agotada, ya no puede soportar ese cuarto. Limpiándose un poco, se pone una capa ligeramente menos sucia, mete la muñeca de madera en una bolsa, y se va. En una puerta casi inadvertida en un callejón sin salida, toca la puerta con un código con mucho sigilo. Cuando la puerta se entreabre, susurra una contraseña y entra.

Esta tenue taberna/botica secreta, conocida para los asiduos, principalmente hombres trabajadores, como El Martillo, recibió ese nombre en honor a Judas "El Martillo" Macabeo, un legendario zelote que dirigió una famosa revuelta.

Los clientes se encorvan sobre sus bebidas y sus juegos de dados, y dan con los nudillos en las mesas abarrotadas en el piso principal. Cubas de líquidos potables, jarras de pociones y copas de hierbas dominan una pared.

Salomón, el eunuco africano que está detrás de la barra, se apresura a acercarse, y ella intuye por su mirada que le sorprende que ella esté ahí.

—¡Lili! ¡Estás viva! —le da un abrazo—. Oímos que tuviste problemas. Ven, siéntate.

—No me puedo quedar mucho rato.

—Lo sé. Por favor, siéntate —él señala a una caldera que hierve. —Recién salido del barco, desde Chipre.

Huele fuerte, y Lilith dice: —No, no tengo fuerzas.

—Vamos. Ya sabes lo que dicen… una taza de prevención… —llena un vaso para ella y lo mezcla con hierbas.

—No hay prevención para esto, Sol, y tampoco una cura.

—Vamos, Lili…

—Se está poniendo peor. Ayer, trajeron a un hombre santo, alguien importante… quizá incluso de Jerusalén. Solo recuerdo partes e imágenes.

—¿Un fariseo?

—Es un líder de los fariseos, y salió corriendo de miedo.

—Un pez gordo religioso es tan arrogante como el que le sigue.

—¡No, estoy en un infierno! —grita Lilith, haciendo que otros se callen y miren. Ella se encoge.

—Lo siento —dice Sol en voz baja, poniendo la copa delante de ella—. Por favor, tan solo pruébalo.

Lilith ladea la cabeza como gesto de gratitud, pero ignora el trago. Entonces se acuerda.

—Te traje algo —le entrega la muñeca que llevaba en su bolsa.

—No tenías que hacerlo.

—Es para tu sobrino, o para uno de tus sobrinos.

—Gracias. Parece que alguien la quiso durante mucho tiempo.

—Solía contener algo de valor, pero ya no lo necesito.

—Empiezas a asustarme —dice él.

—A ti y a todos los demás —ella da un sorbo de la copa y sonríe—. Oh, ¡está horrible!

Sol se ríe y ella sonríe, pero su sonrisa se convierte de inmediato en un sollozo mientras le da las gracias. Él la estudia mientras una lágrima recorre su mejilla. ¿Se debería atrever a decirle que ha llegado al final de sus fuerzas? No puede seguir así.

—Hay algo que tengo que hacer —llega a decir.

Alguien grita: —¡Eunuco!

Antes de ir a atender a su cliente, Sol le dice a Lilith: —Escucha... termínate este. Y el siguiente, y después el siguiente. Y después te quedarás aquí hasta que te sientas mejor o hasta que llegue el infierno. Y si llega, lo enfrentaremos juntos.

Lilith sonríe de agradecimiento y le echa una larga y cálida mirada... un adiós.

—Ni a mi peor enemigo le haría eso.

—Eunuco, ¡tenemos sed por aquí!

—¡Ya voy!

Mientras Sol se aleja, Lilith apura su copa y se va apresuradamente.

Capítulo 13

SOLO DIOS MISMO

Casa de invitados en Capernaúm, avanzada la tarde

Nicodemo está sentado con preocupación, afectado por su fracaso en el Barrio Rojo. Zohara abre el armario.

—Llegaremos tarde a la cena.

Él suspira, y se presiona la frente con su mano.

—Lo sé.

—Hiciste todo lo que pudiste por ella. Ahora sácatelo de la mente —ella lo dice como si fuera algo fácil.

—Nunca podré olvidar lo que vi hoy.

Zohara se acerca con una túnica vestal y se la pone a él sobre los hombros.

—Esta noche eres un invitado de honor. Los líderes esperan que hables y que lo hagas con ingenio.

—¿Por qué? —demanda él—. ¿Por qué tengo que actuar? Primero tengo que actuar para Quintus…

—Tú enseñas la Ley de Dios…

—…¡después para los soldados! ¡Luego para los habitantes del barrio bajo! ¡Y esto! ¿Qué tipo de actuación es esta? ¿Cuándo se convirtió el *sabbat* en un teatro?

Zohara regresa al armario.

—Tú eres el Maestro de Israel —ella lo señala—. Tú no tienes preguntas, sino respuestas. Tú tienes autoridad. Tú produces claridad, no confusión.

Nicodemo se calma y mira a la única persona en el mundo a quien le permite hablarle de esa manera. Con reprimenda, pero con amor.

—Ven —dice él. Ella se detiene y le entrecierra los ojos—. Ven aquí —ella se vuelve a acercar lentamente, y él hace un gesto señalando la pared—. Dime. ¿Qué ves en el espejo?

Ella mira, solo para burlarse de él.

—Es un cristal barato. Apenas si puedo ver nada.

Él está perdido en sus pensamientos.

—A veces me pregunto si lo que podemos saber de Adonai y de la Ley es igual de confuso. ¿Y si no estamos viendo la imagen completa? ¿Y si es más hermoso, y más extraño, de lo que podemos imaginar?

El rostro de ella se pone serio mientras le mira estudiándolo.

—Eso es lo más ridículo que he oído jamás. Podría incluso ser una blasfemia.

Ella le ha herido.

—Es solo un pensamiento —dice él.

—Y nunca lo mencionarás en público.

Ahora ella ha ido demasiado lejos. Indignado, él dice: —Un hombre es libre de indagar en su propio corazón, Zohara.

—¡Entonces déjalo en tu corazón! —le ruega con la mirada—. Este es un compromiso serio, y esperan a un maestro erudito, no a un necio que duda y blasfema.

Nicodemo se ocupa en ponerse un anillo. Finalmente, musita: —Otros vieron lo que ocurrió en el Barrio Rojo.

—¿Y qué vieron? Llegaste a tu posición por méritos propios. Has dedicado el trabajo de tu vida a servir a Dios, no a convertirte en Él.

Eso es cierto, él lo sabe, pero no puede evitar la verdad mayor.

—Fracasé —susurra.

—¡Basta! Fue un error estar ahí, en primer lugar. A partir de ahora, limítate a lo académico. Deja el exorcismo para los exorcistas.

¡Qué sabiduría! Por eso se casó con ella hace mucho tiempo atrás.

—Tienes razón. Nunca debería haber ido allí.

—Dijiste las palabras; el demonio no respondió.

—*Demonios*. Muchos. Solo Dios mismo podría haberlos expulsado.

Ella está en la puerta, lista para salir.

—¡Nico!

—Ya voy.

Y dice para sí: «¡Solo Dios mismo!».

Capítulo 14

DEFENSA

La mañana siguiente

Bajado por su conductor, Mateo se dispone a trabajar con reticencia en su caseta de pago de impuestos a solas, expuesto.

Mientras tanto, Andrés introduce en su túnica una pequeña bolsa con dinero y se dirige al mismo lugar.

No muy lejos de allí, Simón mira a su esposa que está medio dormida antes de salir a acompañar a Andrés.

• • •

En la escuela hebrea, Nicodemo puede sentir que los estudiantes, y los profesores, lo miran bajo una nueva luz. Ya no se inclinan hacia delante, deseosos de su sabiduría, sino que parecen mirarlo con cautela. Pero él alcanzó su posición y su rango por un motivo. Puede que otra cosa no, pero es riguroso y está preparado, y enfrenta la controversia de cara.

Sin preámbulo, comienza a hablar.

—Quizá estén pensando que nunca debería haber entrado en el Barrio Rojo, y puede que estén en lo correcto. A menudo, tomamos decisiones apresuradas con el deseo de corregir a un alma perdida. Pero... ¿cómo explicar lo que ocurrió cuando estuve allí? Hermanos, cuando seguimos la Ley de Dios al pie de la letra, Dios está vivo a través de nosotros. ¿Están de acuerdo, alumnos?

—Sí, Rabino.

—Y él vive a través de ti, y de ti, y de ti —dice, señalando— *si* siguen su Ley. Ahora, imaginen, si pueden, a alguien que solo haya prestado atención a la maldad toda su vida—. Hace una pausa para que ellos consideren lo impensable. Los demonios se arraigan en las almas perversas, como los cerdos en el lodo. Una posesión como esa era fatal, y un alma como la de ella, tristemente, está fuera del alcance de cualquier ayuda humana.

Nicodemo aparenta un aire de lamento y conmiseración, y puede sentir que ha vuelto a recuperar tanto a los estudiantes como a los profesores. Están con él una vez más, quizá incluso con más fervor que antes.

Capítulo 15

EL ABISMO

Lilith se despierta en la miseria de su cuarto en el alojamiento de Rivka, poco dispuesta, o mejor, incapaz, de pensar en la idea de vivir un día más. Al no saber cuándo se podría manifestar en ella otro hechizo, ni siquiera puede mirarse en el espejo. Ni se baña ni se cambia de ropa. En cambio, recoge los pedazos de la Escritura que habían estado en su muñeca por tantos años, la supuesta verdad que su papá aceptó con todo su corazón.

¿Qué pensaría él de ella ahora? ¿Quién es, en quién se ha convertido? Él ni siquiera la reconocería. ¿Es verdad lo que dicen los demás, que realmente está poseída por demonios? No cabe duda de que puede ser violenta, y las víctimas le acusan de rasgarles la carne. ¿Son los demonios los causantes de sus atroces dolores de cabeza?

¿Cuándo se habían apoderado de ella y habían sido mucho peores que los que tenía en su infancia? ¿Cuándo maldijo a Dios por la muerte de su papá? ¿Cuándo la salud de su madre se deterioró tanto que la jovencita tuvo que convertirse en mamá? ¿Cuándo fue violada María por el romano? ¿Quizá de algún modo había recibido lo que merecía? ¿Y cómo fue que, incluso antes de ir a vivir al Barrio Rojo, todos parecían saber que ella no tenía potencial ya para convertirse en una novia?

¿Cuántas veces había intentado arrepentirse, solo para sentir como si Dios mismo sintiera repulsión por ella? ¡Cómo anhela regresar a la maravilla de su infancia y las reconfortantes palabras del libro santo!

Pero no. Todo se ha perdido. Lilith no puede imaginarse un futuro con tan solo un rayo de esperanza. ¿Está apenada? Por supuesto que está apenada. Confundida. Torturada. Sin opciones.

—¡Me arrepiento! ¡Me arrepiento! —dice a gritos, pero nada cambia nunca. ¿Qué más puede decir o hacer? Puede arreglar su cuarto, arreglarse ella misma, pero ¿con qué fin? Ella es lo que es, y es lo que siempre será.

Se ha deshecho en lágrimas y ahora se arrodilla con los pedazos de la Escritura arrugados en su mano. ¿Cuál sería la forma más rápida de poner fin a esto, de acabar con ella misma, de hacer un favor a Sol y a Rivka y a los demás de la posada? Sol podría idear algo para lograr lo que ella quiere, pero Lilith sabe que él nunca hará eso. ¡La ironía de que un eunuco sea su único amigo de verdad! Qué molestia debe ser ella para él.

¿Qué falta por hacer, qué cuentas tiene que saldar? Le ha regalado a Sol el último lazo que tenía con su vida pasada, y solo puede esperar que pueda servir de entretenimiento para uno de sus sobrinos. Ella intenta prever cualquier forma de enfrentar un mañana más, pero no podrá ni siquiera soportar su propio cuarto, así que no digamos nada de enfrentarse a sí misma. Lo que haya que hacer, debe hacerlo ahora.

Lilith sabe qué hacer y cómo hacerlo. Su última experiencia agradable en esta ciudad dejada de la mano de Dios había sido hace media vida atrás, cuando llegó por primera vez. Había escuchado de la vista espectacular del Mar de Galilea desde un precipicio a más de quince metros de altura sobre una ensenada rocosa. Incluso la subida le pareció estimulante, principalmente debido a la anticipación de la grandiosidad, la cual no le decepcionó.

El aire había sido tonificante, el cielo despejado y brillante, el mar de un azul intenso que le cortó la respiración. No lo disfrutará hoy como lo disfrutó entonces, porque ya no es la misma persona. Ni siquiera tiene el mismo nombre. Lo que le atrae al precipicio ahora son las rocas puntiagudas que hay abajo. Prometen un dulce alivio.

Lilith hace una pausa en la puerta de entrada. ¿Cómo puede haber soportado esta mazmorra elevada del terreno ni siquiera un instante, ya no digamos por años? ¿Qué tan cerca de la muerte ha estado ella, o sus visitantes, aquí? ¡Cómo detesta cada centímetro de este lugar, y qué satisfactorio es cerrar la puerta para siempre!

• • •

La subida demuestra ser más peligrosa, más difícil que cuando era una adolescente. La vida le ha pasado una elevada factura a su cuerpo. Pero Lilith lo ve apropiado. También le parece extrañamente gratificante que el clima también sea diferente. Con nubes recorriendo el horizonte, seguro que la vista no se parecerá a la que vio la primera vez.

Cuando era joven, María había tenido cuidado de no acercarse al menos a cinco metros del borde. No será así hoy. Lilith avanza con decisión hasta el borde mismo del precipicio, esperando que una ráfaga de viento le empuje y caiga por el precipicio. Mira por última vez a los pedazos de pergamino que agarra en la mano y los suelta. Caen y bailan con la brisa hacia el agua.

Aunque ahora está llorando, saber que irá detrás de ellos enseguida le causa una sensación de cierre. Lamenta su vida. No habrá lamento en la muerte. Cierra sus ojos y respira profundamente.

La mitad de sus sandalias asoman por el precipicio, y ella se bambolea con el viento. Un paso más, y todo habrá terminado. Se inclina hacia delante, pero una sombra se mueve por encima de su rostro, y ella mira hacia arriba. Una paloma agita sus alas por encima de su cabeza, bajando y subiendo. Algo le fuerza a seguirla con los ojos. La paloma vuela indolentemente a sus espaldas, alejándole del precipicio, del mar, de las rocas.

Capítulo 16

ARRUINADOS

Mientras caminan por la ciudad hacia la caseta de impuestos, Simón está afectado por la tristeza que ve en el rostro de Andrés. Simón pregunta: —¿Cuánto confías en mí?

Andrés le da una mirada.

—Con mi vida.

—Deja que sea *yo* el que hable con el recaudador.

—¿Hablar con Mateo? No confío tanto.

—¿Y si te dijera que podría salvar la barca y nuestra buena posición?

—No.

—¡Ni siquiera sabes lo que voy a decir!

—No me importa —dice Andrés—. Es una tontería, y finalmente estoy listo para enfrentar esto.

—Mira, esto me afecta a mí también. A mí y a Edén.

—Quizá deberías pensar en ello la próxima vez que quieras desaparecer una semana...

Simón se detiene y lo mira fijamente.

—Es muy propio de ti.

—...o jugar a los nudillos en El Martillo. ¡O engañar a tus cuñados por un rasguño fácil!

Simón se acerca y susurra en su oído: —Conocí a un tipo.

—Ah, ¿de veras? ¡Vaya! Traigan el papiro... ¡Simón conoció a un tipo! —Andrés lo dice en voz alta y atrae las miradas.

El rostro de Simón se muestra serio y señala hacia la plaza.

—Bueno, vayamos a entregar nuestro sustento. Ya he terminado.

—¿Has terminado?

—Como nunca.

Los hermanos se ponen en una larga fila de gente que espera para pagar sus impuestos, y la mayoría parecen nerviosos, revisando sus documentos o contando las monedas. Detrás de la reja de su caseta, el recaudador se encorva sobre su libro de contabilidad. Gayo, el guardia romano, está de pie afuera, mirando cautelosamente la fila. Simón se ha quedado callado, decidido a dejar que Andrés se las arregle solo mientras avanzan lentamente hacia Mateo. Finalmente, llega el turno de Andrés, y Simón avanza con él.

Andrés le entrega su recibo a Mateo, que lo despliega cuidadosamente y lo estudia.

—¿Tu último tributo fue cobrado en el primer mes del verano?

Andrés asiente.

—Por lo tanto, según la cuenta debe… —presiona su dedo gordo contra sus otros dedos, contando— cuarenta días. A una tasa de penalización del diez por ciento semanal…

—¡Seis semanas! —dice Andrés.

Los ojos de Mateo están sobre el documento y su libro de contabilidad.

—Así es. Tienes suerte de no estar preso.

Andrés parece sorprendido y se gira hacia Simón, susurrando.

—Dice que es el sesenta por ciento de penalización.

—¿Cuánto sería eso?

—¡Simón, traigo un sesenta por ciento de lo que debo! Ni siquiera puedo pagar el… estamos arruinados.

Simón sonríe y asiente.

—Vaya, ¿ahora sí es *estamos*?

—Es una cifra muy elevada —dice Mateo, finalmente despegando la vista el libro—. Digo esto basado en el historial de pagos y —con una mirada consciente a Simón— perspectivas de futuro. ¿Cómo quieres saldar tu cuenta?

Andrés le entrega su bolsa de monedas, la cual parece causar repudio a Mateo. Le pone una servilleta de tela por encima antes de levantarla.

—¿Hay gemas dentro?

—Solo plata.

—¿Oro?

Andrés agacha la cabeza. Simón no puede soportar verlo así. Se queja con Mateo.

—Tan solo abre la bolsa.

—Esto cubrirá como la mitad del saldo de la penalización —dice Mateo.

—¿La mitad de la penalización? —dice Andrés.

—Mi historial indica que pediste una extensión no una, sino dos veces... Ahora Simón participa.

—Solo necesitaba un par de días extra, hombre.

Andrés susurra: —Estoy arruinado.

Mateo continúa.

—Las tarifas de extensión suponen un agravante al quince por ciento— dice mientras desliza el dedo por las entradas en su libro—. Como garantía, has incluido una barca de pesca y una propiedad en...

Simón aparta a Andrés a un lado.

—Está bien, está bien. Lo siento, hermano —se dirige ahora a Mateo, que aún tiene su nariz metida en los libros—. Lo que mi hermano no ha mencionado es nuestro arreglo con Quintus.

Eso capta la atención del guardia, y también la de Mateo. Finalmente, Mateo alza la mirada de su trabajo, como si viera a Simón por primera vez.

—¿Tienen negocios con Quintus?

Simón asiente.

—Sí, la deuda de mi hermano y un año *gratis*. Para los dos.

Mateo mira inquieto, pero también escéptico.

—Verificaremos esto directamente con Quintus. Si hay alguna incoherencia...

—No habrá ninguna —los hombres se miran—. Ahora, ¿puedes devolverme el no oro de mi hermano, recaudador?

—Verificaremos esto con Quintus. Si estás mal informado...

—Lo sé, lo sé. Ya verás.

Mateo vuelve a usar la servilleta para entregarle la bolsa. Mientras los hermanos se separan de la caseta, Andrés dice: —¿Qué acaba de suceder?

—No hables, tan solo camina.

Capítulo 17

EL ARREGLO

Simón y Andrés están sentados susurrando bajo la cacofonía de la juerga en el abarrotado Martillo. Andrés ha demandado saber de qué estaba hablando Simón en la caseta de recaudación.

—La pesca no resultó exactamente como había planeado la otra noche —dice Simón.

—¿Qué tiene eso que ver con...?

—No pesqué nada. Una red tras otra, y otra red, vacías. Pesqué una brisa en ese momento, y de repente supe por qué las redes estaban vacías... una flota mercante. Seis barcos que lo pescan todo.

—¿Y qué hiciste?

Simón se acerca más y baja la voz.

—Los seguí. Pensé que los sorprendería durmiendo, y que podría arrebatarles una red, pero... no funcionó.

—¡Por supuesto que no!

—Tiempos desesperados, ¿sabes? Incluso eché el ancla y nadé, pensando que quizá conseguiría algunas sobras, pero ellos lo cargaron todo como un reloj. Tenían carretas y mulas listas para moverse. Así que emprendí la vuelta, me detuve en la orilla, ¿y sabes lo que pasó? Había un romano lloriqueando allí. No me lo podía creer. Ellos nunca se molestan en patrullar en *sabbat*.

—No, no, no.

—Sí, sí, sí. Ni siquiera me molesté en intentar correr.

—Buena idea, teniendo en cuenta cómo corres.

—Da igual... a medida que se acercaba a mí, yo intentaba saber por qué estaba allí. A ellos no les importan nuestras reglas. Entonces me di cuenta... ellos no consiguen los impuestos porque nosotros no reportamos de ninguna pesca en *sabbat*. Así que le dije que, si me llevaba directamente con Quintus, le haría saber quién pescó más en una noche que todo lo que el tipo al que están arrestando pesca en toda una semana.

Andrés levanta una mano.

—¡Espera, espera, espera, espera! Entonces... ¿te ofreciste a delatar a los pescadores?

—No, pescadores no... comerciantes. ¿Y sabes quién apareció detrás de mí?... ¡adivínalo!

Andrés se queda mirando, claramente sin estar dispuesto a picar.

—¡Quintus! —dice Simón—. Él es riguroso, imagino. Así que sí, hablamos, y lo que le dije a Mateo es cierto.

Andrés sacude su cabeza, claramente disgustado.

—No me gusta. Es peligroso.

—Sí, bueno, también lo es dormir afuera. Además, ¿qué ha hecho un comerciante alguna vez por ti?

—Eso no importa. ¡Ellos son...! —él baja la voz—. Son nuestra gente.

—Nosotros abriremos el camino para el pequeño...

—¿*Nosotros*?

—...nivelando el terreno de juego. ¡Sí, *nosotros*!

—*Tú* serás maldito si reportas sobre ellos. *Nosotros* no hacemos nada.

Simón ha terminado.

—Andrés —le dice, mirándolo con desdén—, está bien. Pero es mejor que te muevas si quieres alcanzar al recaudador de impuestos. Quizá todavía habrá luz del día suficiente para que salgas de tu casa antes de que se queden con ella.

Simón se levanta de forma abrupta y se va pisando fuerte. Andrés da un puñetazo en la mesa y lo sigue.

Capítulo 18

REDIMIDA

Afuera de El Martillo

Incluso años después de una existencia miserable, Lilith nunca se ha sentido tan sucia. Su cabello grueso desaliñado; su rostro embadurnado de suciedad. Su túnica de lana pareciera que necesita algunos arreglos desde hace meses, por no decir que no han tenido un buen lavado.

Si algo sabe es que está en un lugar más oscuro que cuando estaba en el precipicio. Sigue asqueada por su fracaso al no haber seguido adelante con su plan, y está decidida a regresar al precipicio, esta vez sin dudarlo. Sin recuerdos, sin contemplaciones. Tan solo correr hasta el borde del precipicio, y después todo habrá terminado.

Pero sus ojos están fijos en el cielo. Lilith ha estado mirando esa paloma, la que parecía haberle distraído de su decisión y alejado de allí. ¿O ha sido solo su imaginación? Algo parece dirigirla incluso ahora, pero ¿hacia El Martillo? ¿Por qué? Uno de los pocos rostros compasivos de su vida está ahí, pero ya se despidió de Sol una vez.

Ella duda cerca de la puerta, y un hombre sale apresuradamente. Su rostro está tapado, los dientes apretados, y le sigue otro hombre que se le parece tanto que Lilith piensa que podrían ser hermanos. El segundo hombre se tropieza con ella sin decir una palabra y sigue por su camino. Ella se pregunta si estos hombres pueden ver lo que ella ve en el cielo. No es probable. Ella ya se ha ido, tiene miedo, de la indignidad a la locura. Por mucha diversión que encuentre en El Martillo, nada le impedirá regresar al precipicio, y a las rocas, esta noche.

La llamada a la puerta y el código le permiten entrar, y va directamente a la barra, donde se sienta y agacha su cabeza. Sol se aproxima, y le pregunta si su brebaje de la última vez le alivió algo. Ella menea negativamente la cabeza, con un nudo en la garganta.

—Lo siento, Lilith.

Un comerciante moreno se acerca hasta ella dando tumbos, con una copa en la mano y una mirada lasciva.

—¿Lilith?

Ella lo mira. Esta vez no.

—¿Qué?

—Deberíamos... hablar, ¿eh?

Aunque ella fuera lo que él piensa que es, ¿por qué iba él a quererla, especialmente en su mal estado tan obvio? Ella le muestra una expresión de desplante.

—Déjame en paz.

—¿Y si no lo hago? —dice él, dándole un empujoncito con el codo—. ¿Me vas a arañar también?

—Vamos, ahora no— dice Sol.

—Sol, ella es...

—No. Ahora.

El hombre duda, y Lilith teme que provoque una discusión, pero él da un trago y dice: —Está bien. De todas formas, apesta.

Mientras el hombre se aleja tambaleándose, Sol la mira con tristeza en su mirada, y susurra: —No sé qué más puedo hacer para ayudarte.

Lilith asiente mirando hacia una de sus jarras.

—Dame de eso. Y mucho.

—Eso no resolverá tus problemas. Solo te distraerá de ellos.

Ella lo mira fijamente.

—No me sermonees más. Tan solo dámelo.

—Lilith, por favor, escucha lo que te digo...

Las lágrimas bajan por sus mejillas mientras dice: —Por favor.

Sol mueve la cabeza, con lástima en sus ojos. Da un suspiro mientras sirve el líquido, y pone la copa delante de ella. Pero antes de que pueda alcanzarla, la mano de un hombre cubre la de ella. ¿De nuevo el borracho?

—Te dije que me dejes en... —pero mientras se gira hacia él, se da cuenta de que se trata de otro hombre. Un rostro con barba con una expresión tierna e intencional.

Con un pequeño movimiento de su cabeza, él dice: —Eso no es para ti.

Lilith aparta su mano de un tirón de debajo de la mano del hombre.

—¡No me toques! —hace un gesto, presionando su frente con su mano.

¡Oh! ¡El tormento! ¿Qué... o quién... dentro de ella se siente tan repudiado por este hombre?

—¿Lili? —dice Sol—. ¿Lili? ¿Estás bien?

Ella no está nada bien, pero se masajea la cabeza y habla.

—Sí, yo... —se levanta y agarra su copa—. Me tengo que ir.

Mira al desconocido, y le arde la cabeza. Con voz calmada ahora, dice: —Déjame en paz.

Ella se va a tropezones, dando un gran trago de su copa mientras aún se agarra la cabeza. Desde la puerta, mira hacia atrás. El hombre la sigue. ¡Estos hombres!

—¡Aléjate de mí! —Lilith acelera el paso por la calle desierta.

Él la llama desde atrás.

—¡María!

¿María? Ella se detiene en seco, de espaldas a él, incapaz de moverse. ¿Cómo es posible...? Ni una sola persona en Capernaúm conoce su verdadero nombre.

—María de Magdala —dice él.

Ella deja de respirar y suelta su copa, que se hace pedazos contra el suelo. Lentamente, se da la vuelta y lo mira fijamente. Esto no puede estar ocurriendo. Él la mira de una forma que no había sentido desde que era niña. Con compasión.

—¿Quién eres? —dice ella—. ¿Cómo sabes mi nombre?

Él la mira calmadamente, con mirada de complicidad. ¿Qué es esto? ¿*Quién* es este? ¿Quién podría haberle hablado de ella? Él dice: —Así dice el Señor tu Creador...

¡Incluso conoce el pasaje que ella había memorizado de niña! ¿Será brujería? La cabeza está a punto de estallarle. Si alguna vez ella se había sentido invadida...

—...y el que te formó...

¡Esto debe terminarse! Ella no puede encontrarle el sentido, y siente que viene sobre ella un hechizo. ¿Acaso este hombre, sea quien sea, sabrá que podría ser su próxima víctima? ¿O una víctima de lo que sea que vive dentro de ella?

Él avanza lentamente. Ella no puede moverse. Le palpita el cráneo. Todo lo que hay en su interior se opone a este hombre.

—«No temas, porque yo te he redimido».

Ella mira fijamente asombrada. ¿Está afirmando él ser el que la creó? Eso es una blasfemia, ¿no? Sea lo que sea que hay dentro de ella quiere atacarlo y, sin embargo, a pesar de sí misma, se siente bañada en amor.

—«Te he llamado por tu nombre».

¡Sí, él le *ha* llamado por su nombre! Pero ¿cómo?

Él le extiende su mano, como si pudiera ver dentro de su alma.

—«Mía eres tú».

A pesar de la rabia de su alma, ella no puede correr, ni gritar ni luchar. ¡Así es como se siente antes de sus hechizos! Pero también anhela pertenecer a alguien, ser el "mía" de alguien.

Él toma su rostro entre sus manos y ella respira con dificultad, casi a punto de desmayarse. El alboroto reunido en su interior la amenaza como si, ellos, quisieran destruirla, matarla, y a él también. Pero el desconocido le acerca tiernamente hacia su pecho y la abraza, haciéndola suya. Él susurra con urgencia a todo, a cada uno, que la ha poseído alguna vez: «¡Fuera!».

Y mientras ella comienza a sollozar, todo lo que le ha atormentado por tanto tiempo se va de ella como un torrente, dejándola vacía; y libre de su dolor. Le tiemblan las rodillas. A salvo en el abrazo del liberador, ya no es Lilith. Realmente nunca lo fue. Nunca volverá a serlo. A pesar de su suciedad, su hedor y su fracaso, ella se siente nueva. Totalmente nueva. Vuelve a ser María: querida, perdonada, liberada, redimida.

PARTE 3
Sabbat

Capítulo 19

CADA SIETE DÍAS

Casi 1000 años antes

La ciudad amurallada de Cineret se encuentra al sur de Capernaúm en la orilla norte del Mar de Galilea, antes conocido como el Mar de Cineret. En un campamento beduino en un valle cercano, cuando el sol comienza a ponerse el viernes, una gran familia prepara las mesas fuera de sus tiendas para cenar, como lo hacen muchos más habitantes en tiendas por todo el desfiladero. Una decena de hombres (jóvenes, de mediana edad, ancianos) se pasean mientras las mujeres están ocupadas con los preparativos de última hora. Hay dos mesas cargadas de pan *jalá* y vino. Estas familias, al igual que a sus compatriotas judíos por todo lugar, guardarán el *sabbat* desde que aparezca la primera estrella hasta que aparezcan otras tres estrellas más la noche siguiente.

Una Rebbetzin enciende velas mientras su nieto de ocho años y su esposo están de pie junto a ella. El niño señala al cielo.

—¡Veo una estrella!

Su abuela sonríe, pero no mira.

—Y si piensas que me lo voy a creer, Eli, debes pensar que nací ayer.

—¿Había un *sabbat* cuando eras pequeña? —pregunta Eli.

—¡Por supuesto! Desde los tiempos del Pacto

—¿Cada siete días? ¿Por qué tantos, Savta?

—El *sabbat* es un tiempo para descansar —le dice ella—. Y un tiempo para honrar tres cosas: la familia, nuestro pueblo y Dios.

—¿Familia como Savta y Saba?

Ella se gira hacia él.

—Sí, y tú, Ima y Abba, por supuesto. Los amigos cercanos también son familia.

—¿Quién más?

—Honramos a nuestros compatriotas en *sabbat*.

—¿Los extranjeros, Savta?

—Todos somos el pueblo de Dios. Incluso amigos que no hemos conocido. Pero lo más importante es que honramos a Dios y todas sus obras. Descansamos porque Él descansó el séptimo día. Descansamos para refrescar nuestras almas para conocerlo mejor.

Desde detrás de ella se oye una voz que ella conoce bien.

—¡Mujer de valor! —dice su esposo, el rabino—. ¿Quién la puede encontrar?

El trabajo se detiene mientras toda la familia escucha. La Rebbetzin susurra a Eli: —Es Eshet Chayil, una oda a las mujeres de valor.

—Su valor supera en mucho al de las joyas —continúa su esposo—. En ella confía el corazón de su esposo, y no carecerá de ganancias.

Los ojos de Eli se abren como platos, y vuelve a señalar al cielo.

—¡Allí!

Mientras los demás miran y murmuran, la Rebbetzin pone una mano sobre Eli.

—Que Dios te haga como Efraín y Manasés.

Un hombre joven pone su mano encima de la cabeza de su hija.

—Que Dios te haga como Sara, Rebeca, Raquel y Lea.

Cada hombre presente pronuncia la misma bendición sobre sus hijos, incluso los abuelos con sus hijos e hijas adultos.

Mientras todos se sientan, el rabino se pone de pie, sirve vino en su copa y pasa la jarra. Mientras pasa alrededor de toda la mesa, él cita versículos sobre los cielos y la tierra que fueron completados el sexto día, y cómo Dios descansó el séptimo, bendiciéndolo y santificándolo.

—Bendito eres tú, Señor nuestro Dios —termina diciendo—, Rey del universo, creador del fruto de la vid. Amén.

Capítulo 20

JAZMÍN

Capernaúm, alrededor del año 30 d. C.

María, incluso cuando se escondía detrás de su apodo de Lilith, siempre había apreciado a Rivka, pues había visto en ella un rincón de decencia, de compasión. Ah, la mujer puede ser tan dura como el basto abrojo de hierro que usan los romanos en la batalla. Y las autoridades en su mayor parte la ignoran, especialmente si quieren seguir manteniendo en secreto sus propias visitas a su establecimiento.

Pero Rivka también es ferozmente leal y cuida de sus inquilinas, al margen de los servicios que ella ofrece a sus clientes a través de ellas. Está pendiente de Lilith regularmente y nunca le ha presionado para que haga algo que no sea arreglar el cabello a cambio de hospedaje y el dinero justo para comer.

La mañana después de su encuentro con el desconocido, María toca suavemente la puerta de Rivka.

—¡Mejor que sea una emergencia! —ruge Rivka.

—¡Oh, no, lo siento! —dice María—. Soy yo. Puedo regresar luego.

—¡Lilith! —dice Rivka, bajando el tono de su voz repentinamente. Abre la puerta de par en par—. Sabes que eres bienvenida siempre. Es tan solo que tengo que asustar a los intrusos.

Rivka señala hacia una silla.

—¿Un trago? —dice.

—No, gracias. No te entretendré mucho. Solo quería charlar.

Rivka estudia el rostro de Lilith.

—¿Qué se ha metido dentro de ti? Pareces distinta. Pensaba que no podías parecer más joven, pero...

—De eso es de lo que quiero hablar contigo.

Rivka se sienta enfrente de ella.

—Cuéntame...

María relata su historia, desde su triste infancia hasta las muertes de sus padres, la violación, todo.

—Conocía mucho de esto —dice Rivka—, pero no todo.

—Tú fuiste muy buena dejando que me quedara aquí, incluso cuando mis hechizos empezaron a asustar a todos y afectar tu, hum, negocio.

—Ni tú ni yo éramos muy populares durante un tiempo —dice Rivka—. Pero no habría estado bien dejarte tirada en la calle.

—Lo habría entendido. Y me atrevo a decir que algunos desearon que lo hubieras hecho.

—No puedo negarlo, pero debieras saber a estas alturas que raras veces hago lo que me dicen. Ahora vayamos a la parte buena. ¿Qué te ha ocurrido, Lilith?

—Primero —dice María—, quiero que me llames por mi verdadero nombre.

Entonces relata toda su historia hasta la noche anterior. Rivka frunce el ceño.

—Tú sabes que yo no me creo lo de la posesión demoniaca y todo eso. Los fariseos que vinieron por aquí demostraron que todo eso era un montón de...

—Yo misma no sabía qué pensar —interrumpe María—, pero anoche fue distinto. Pensarías distinto de todo esto si estuvieras en mi lugar.

—Bueno, el desconocido de El Martillo ciertamente te dejó impactada, no cabe duda.

—Desconocido es una buena palabra Rivka, porque ni siquiera conozco su nombre.

—Eso no es bueno Lil... María. ¿Cómo sabes que no es algún tipo de...?

—Yo tenía las mismas sospechas que tú, pero ¡él me conocía! Me llamó por mi nombre.

—Pero alguien se lo podía haber dicho...

—Rivka, nadie lo sabía. Nadie. Si se lo hubiera dicho a alguien alguna vez,

habría sido a ti. Pero él captó toda mi atención al conocer mi nombre. Él me
liberó. No solo me sentí limpia, ¡sino también perdonada!

—Ten cuidado ahora. Yo soy la persona menos religiosa, pero incluso yo
sé que ningún hombre puede perdonar...

—Te estoy diciendo cómo me siento, lo que me sucedió. Sea lo que fuera
que había dentro de mí, se ha ido. Mis dolores de cabeza, la agitación, ¡han
desaparecido!

Rivka parece dubitativa.

—Aún no ha pasado un día completo. Déjame observarte un...

—Tú misma dijiste que viste algo distinto en mí.

—Lo sé, pero...

—Te lo ruego, Rivka, no menosprecies esto.

—No es mi intención. Tan solo me preocupo por ti y...

—Lo sé.

—¿Puedo al menos conocer a ese hombre?

—Se lo presentaría a todos los que conozco, pero no tengo ni idea de si
volveré a verlo otra vez. Pero sí, por supuesto, si alguna vez...

María se pone de pie para irse, y Rivka le abraza.

—Necesitas ropa que encaje con tu nueva persona —saca unas cuantas
monedas de una copa.

—Oh, no, tú...

—Vamos, deja que haga esto —dice Rivka, poniéndolas en su mano a la
fuerza—. Aséate. Arréglate el cabello tan bien como arreglas el de las demás,
y consíguete una túnica y un manto nuevos. Quiero que tengas tu mejor
aspecto cuando te recomiende a las peluqueras que hay cerca del mercado.

—¿Lo dices en serio?

Rivka sonríe.

—¿Acaso alguna vez no he hablado en serio?

• • •

Tres semanas después

María de Magdala atiende a clientas en un salón de peluquería a las afueras
del mercado de Capernaúm, sirviéndoles vino. La dueña le ha contratado
gracias a la recomendación de Rivka, segura de que su nuevo y alegre rostro
le convierte en un activo. Y quién sabe, quizá algún día deje de ser ayudante

para convertirse en peluquera. Ya ha ganado lo suficiente para permitirse un pequeño lugar propio donde vivir, lejos del Barrio Rojo.

María observa a una aprendiza que hace trenzas, y susurra: —Eres muy buena haciendo esto.

—¡María! —dice la joven con una sonrisa—. Prueba tú.

—¡Oh, no! No, yo no puedo...

—¡Sí! Te he visto trenzar el cabello de Lea. Eres maravillosa. Vamos.

María sonríe tímidamente y se dispone a hacerlo, secretamente emocionada. Cuando termina, le pregunta a la aprendiza: —¿Cómo me ha quedado?

—¡Le dije que era excelente! —le dice la aprendiza a la clienta—. Es una lástima que solo Ananías lo verá.

Mientras María coloca el velo gris clarito de la mujer, la aprendiza pregunta: —¿Sabes lo que sería estupendo? ¿Tenemos alguna flor?

A María le encanta la idea.

—Conseguiré un jazmín —dice ella rápidamente, y a la clienta: —No se mueva.

Se apresura a salir a la disonancia del bullicioso mercado, donde mercaderes y compradores se interrumpen entre sí en varios idiomas. En su prisa, María se va chocando con varias personas en la multitud, disculpándose mientras avanza. Está explorando la plaza buscando la flor de David, el resistente jazmín que florece incluso en este clima. Esta flor quedaría perfecta en el cabello de la mujer.

• • •

Yusef, estudiante de Samuel, rabino jefe de la escuela hebrea, entra en el mercado con su túnica farisaica, con un andar pausado, con la cabeza alta. Al tener que mostrar sumisión en presencia de su superior, no puede negar que disfruta de la atención que recibe aquí. En cuanto los demás lo ven, guardan silencio y ceden el paso, con sus cabezas agachadas. Él hace como si no se diera cuenta.

Pero ahora otra persona ha distraído al público. Una mujer hermosa parece tener prisa. Ha agarrado una flor amarilla y la acerca brevemente a su nariz, oliéndola. Mientras vuelve de regreso entre la multitud, él no puede quitarle los ojos de encima.

No puede ser, ¿o sí? ¡Es muy familiar! Finalmente, Yusef puede verla con claridad. Asombrado, solo puede quedarse mirándola fijamente. ¡Es ella! La mujer de la posada que había causado tal disturbio que tuvieron que enviar al mismo Nicodemo para liberarla.

¡Pero ahora está resplandeciente! Parece incluso más joven, y aunque su túnica es sencilla, también está impecable. Brilla de la cabeza a los pies.

Él quiere hablar con ella, preguntarle qué ha sucedido, pero ella ha entrado en el salón de peluquería donde las clientas no tienen sus cabezas cubiertas. Sin embargo, no hay duda en su mente. Es Lilith. Él se va apresurado, incapaz de contener esta noticia.

Capítulo 21

DÓMINUS

La autoridad romana, pretor del cuartel general en Capernaúm

Gayo, como siempre hace al terminar los días de recaudación de impuestos, escolta a Mateo, cargado con su bolsa, su libro de contabilidad, documentos e ingresos, hasta la abarrotada escalinata que conduce a la tesorería, donde el fastidioso hombrecito entrega su recaudación. Solo hoy, Mateo insiste en que Gayo le conceda una audiencia con el mismísimo pretor.

—¡Solo déjame ver si Quintus puede verificar su historia! —dice Mateo.

Más que preocupado, Gayo está asustado. Con el yelmo debajo de un brazo, y con su otra mano en la empuñadura de su espada, está decidido a hacer que Mateo desestime su locura.

—Si esas ratas de mar hebreas estaban mintiendo, Quintus hará que los maten y recaudará sus impuestos… ¡de ti!

Pero claramente, Mateo no se deja convencer. Continúa insistiendo hasta que finalmente llegan al decorado vestíbulo justo a las afueras del patio interior. Gayo le dice que espere mientras él se acerca a un capitán centurión.

—Tenemos que ver a Quintus de inmediato —susurra Gayo—. Es urgente, cuestión de vida o muerte.

Mateo está inquieto, intentando evitar a otros guardias romanos que pasan a su lado bruscamente. El capitán le lanza una mirada de repulsión.

—Atiende a tu perro —le dice a Gayo.

Cuando Gayo regresa, Mateo le pregunta cuál fue la respuesta del capitán.

—Te detesta tanto como yo.

—¿Y?

Gayo menea la cabeza.

—Esta ha sido una idea horrible.

—Gayo, ¡tenemos que ver a Quintus!

—O si no ¿qué? Él no tiene que verificar nada contigo, y ¿tienes una idea de quién…? No, claramente no la tienes. Pregunta necia.

—¿Idea de qué?

—¡De con quién estás lidiando!

—¡Sí, lo sé!

—¿De veras?

—Sí —responde Mateo—. Es el supervisor de la ocupación romana de esta región, y sus principales responsabilidades son hacer cumplir la ley y asegurar la estabilidad económica.

—¡Ya sé cuáles son sus responsabilidades! Creo que no eres consciente de lo que él es capaz de…

—Y si ha hecho un trato con este Simón, tengo información valiosa pertinente a su trabajo.

—¿Alguna vez has escuchado de alguien que tome una decisión basada en una corazonada? —dice Gayo, sudando y mirando alrededor como un animal atrapado.

—Si lo ha hecho —dice Mateo—, debo hacérselo saber.

Increíble. ¿Cómo es posible que este hombre pueda ser tan ingenuo? Tendrá que aprender por las malas.

—Sí. Deberías. Pero escucha, no quiero tener que cargar con tu cadáver, así que voy a esperar afuera a tu reemplazo. ¡Buena suerte!

—No lo entiendo.

—¡Eres muy necio!

A siete metros por el pasaje, Gayo oye a Quintus y lentamente se gira para mirar al pretor.

—¿Un publicano solicita una audiencia? —resplandeciente con su uniforme y comiendo uvas afuera de su despacho espléndidamente amueblado, Quintus mira a Mateo.

—¿Publicano?

—Sí, Dóminus —responde Mateo.

—¿Eres tú su escolta, centurión?

Atrapado, Gayo apenas puede hablar, y susurra: —Sí.

Con una altanera sonrisita de superioridad, Quintus extiende los brazos.

—Entonces, ¿a dónde te vas?

Desesperado por inventar algo, cualquier cosa, Gayo prueba titubeando.

—A asegurar... el pasaje, Pretor.

—¡Ah! —exclama Quintus, destilando sarcasmo—. ¡Bien hecho! —y los invita a entrar.

Convencido de que Mateo no sobrevivirá a esto, Gayo teme por su propio futuro mientras entran en la oficina iluminada con velas. Un mural de todo el Imperio Romano cubre una de las paredes. El capitán Gayo ha hablado con puestos a espaldas de Quintus.

—Entonces, un recaudador de impuestos judío y su escolta demandan ver al pretor de Judea —dice Quintus de pie en su despacho—. Es urgente, dicen. Cuestión de vida o muerte.

Gayo lamenta haber exagerado el caso con el capitán. Puede ver que su carrera pende de un hilo. Quintus continúa.

—Anoche ardió muy caliente, y hoy soy cenizas, así que iré al grano. ¿Por qué razón no debería matarlos a los dos?

Gayo lo sabía. Le va a costar mucho soportar esto, ya no digamos salir de aquí vivo. Mateo parece no darse cuenta hasta que Quintus lo señala.

—Tú primero.

Gayo ruega para que Mateo sepa lo suficiente como para suplicar perdón al pretor y escabullirse, pero no. Claramente piensa que esta es su oportunidad.

—Dóminus —comienza—, recientemente se me acercó un hombre en mi caseta de impu...

—¡Más rápido! —dice Quintus, abriendo distraídamente un pequeño papiro.

—Fue un delincuente por muchos meses. Para aliviar la sustancial cantidad de su deuda...

—¡Ve directo al final!

—¿Contrató usted a un hombre para espiar a los barcos de comerciantes judíos que pescan en *sabbat* para evitar impuestos?

Quintus alza su mirada lentamente.

—Sí. Simón. ¿Está en tu distrito?

—Así es.

—Le he perdonado su deuda. ¡Sorpresa!

Gayo da un suspiro de alivio y se gira para irse, rogando a los dioses que Mateo sea suficientemente sabio para acompañarlo también. Él quería confirmación de lo que había dicho Simón, y ya la tiene. Pero claro, Mateo quiere más.

—¿Y la de su hermano también?

Es obvio que Quintus no se puede creer que los dos sigan allí todavía.

—¿Su herm…? Sí. Perdonada. ¡Adiós!

Nadie pasaría por alto esa clara señal para retirarse. Gayo se inclina.

—Gracias por su tiempo, Pretor.

—¡Simón no me parece confiable! —espeta Mateo, y Gayo cierra los ojos. ¡Casi se habían escapado ya! Pero Mateo acelera—. Una vez estaba retrasado con sus impuestos, y cuando investigué, descubrí que había gastado una desmedida cantidad de dinero en juegos de azar en un establecimiento local. —Quintus lo mira fijamente, visiblemente asombrado por su audacia. Pero Mateo no ha terminado—. Además, según su situación financiera, yo dudo de las conexiones de Simón con la clase mercantil. A pesar de sus actuales intenciones, no creo que tenga una clara comprensión de lo que él puede concretar.

El capitán centurión desenfunda su espada y se aproxima hacia Mateo mientras Gayo se pone de rodillas.

—¡Lamento mucho esta deshonra, Pretor!

—¡Haz tu última plegaria, judío! —grita el centurión.

—Deténgase un momento, capitán —dice Quintus, con los ojos fijos en Mateo—. ¿Dices que hice un mal trato?

Gayo, aún de rodillas, ora para que Mateo sienta su movimiento de cabeza. ¡No critiques las acciones de este hombre!

—Sí —dice Mateo.

El silencio parece eterno, y Gayo se imagina sus cuerpos macheteados siendo arrastrados fuera del edificio.

Pero Quintus estalla a reír a carcajadas, mirando fijamente a Mateo. Echa un vistazo al capitán.

—¿De dónde vino este?

Gayo se pregunta lo mismo. ¿Quién le habla así a una autoridad?

—De aquí —responde Mateo—. De Capernaúm, Dóminus.

Quintus parece estudiar a Mateo, y finalmente dice: —Mis hermanos en todo el mundo buscan hombres valientes a los que perdonar y reclutar, pero nuestro poder prohíbe esos esfuerzos, pues ¿qué persona en su sano juicio querría resistir al Imperio Romano?

—Yo estoy en mi sano juicio —dice Mateo.

—Sí —dice Quintus, aun obviamente entretenido—. Pero un tipo muy diferente de sano.

—Lo siento. No entiendo, eh…

Quintus se sienta tras su escritorio mientras el capitán da un paso atrás, envainando su espada, y Gayo se pone de pie.

—Entonces —dice el pretor—, tú dices que este Simón no está al nivel de la clase de comerciantes de mar, pero él afirma que todos pasan tiempo en los mismos lugares. ¿Eso es falso?

Gayo no se puede creer que Quintus converse con Mateo como si no estuviera loco.

—Me temo que no estoy al tanto de sus interacciones sociales —responde Mateo—, pero, aunque eso fuera cierto, sería muy improbable que hombres judíos se traicionaran entre sí.

—Eso lo dice el judío que recauda sus impuestos —dice Quintus.

—Mis circunstancias son distintas, yo…

—¡Silencio! Lo admiro. Bueno, no te sorprenderá saber que, hasta el día de hoy, Simón no ha cumplido con su tarea de descubrir a los que evaden impuestos.

—¿Incumple su contrato?

—Aún no, pero quizá el tiempo te dé la razón, eh… ¿cómo te llamas?

—Mateo, Dóminus.

—Puede que aún tenga necesidad de tus agudos poderes de observación, Mateo. Una asignación especial.

—Me entusiasma la oportunidad, Dóminus.

—Claro que sí —dice Quintus, sonriendo—. Estaremos en contacto, Mateo de Capernaúm.

—Gracias, Dóminus.

—Gracias a *ti*.

Mateo parece querer decir algo más, así que Gayo se lo lleva arrastras antes de que pronuncie una palabra más.

Capítulo 22

INDULTO

El Martillo

Simón regresa de la barra, con dos bebidas en una mano y una en la otra, y anuncia a un grupo de mercaderes que disfrutan jugando a los nudillos:
—Muy bien, ¡una ronda para la mesa!— ellos se alegran y le gastan bromas mientras él los entretiene—. ¡Lo único que necesitan es pasar un buen rato!
—¿De qué se trata esto? —grita uno de ellos.
—¿No puedo celebrar con mis hermanos —se encoje y señala a uno de cabello largo— y hermanas? Sol, asegúrate de que Amón tenga sidra. ¡Él no aguanta lo bueno! Tobías, Jasón, necesitarán esto para ahogar sus penas después de perder este juego. Y tú, no sé tu nombre, eres nuevo… pero, vaya, ¿eh? No tenemos miedo de que nos robes la pesca, ¡tenemos miedo de que nos robes a las mujeres! Mira esa melena… como Absalón, ¿no?
Simón lanza el dado.
—¡Esperemos que le vaya mejor que a Absalón! —grita uno.
—¡Mantente alejado de las ramas bajas, amigo! —dice Simón. Jasón se ríe.
—Mantente alejado de las escaleras empinadas, anciano.
—Listo, Sol, ¡nada para Jasón!
—Vaya, ¿qué hizo esta vez? —pregunta Baruc.
—¡Pregúntale a su esposa! —responde Jasón, y los demás ríen con fuerza.
Simón agarra dos copas de Sol y se gira hacia la mesa.

90

—¿Tomaremos solos otra vez, Simón? —dice uno de ellos.

Simón sonríe y levanta las copas.

—Bueno, ustedes los mercaderes necesitan ayuda doble en el mar, yo necesito ayuda doble en la tierra.

Entran los veteranos pescadores hijos de Zebedeo, el uno alto, el otro de baja estatura.

—¡Juan! —murmura Simón con admiración—. ¡Veo que El Martillo cambió sus reglas en cuanto a permitir entrar a niños!

—¿Por qué no te enredas en una red? —responde Juan.

—¡Pero estás aquí con un adulto responsable! ¡Sol, asegúrate de que Santiago y Juan también tengan de beber!

Él pasa junto a ellos y se une a Andrés en la mesa en una esquina.

Los ojos disgustados de Andrés contactan con los de Simón.

—¿Qué es esto?

—¿A qué te refieres, hermano?

—Tu cara. ¿Estás feliz?

—No —dice Simón—. Soy guapo. Solo estoy mostrando una cara feliz.

—Invitando a los mercaderes… ¿engordas a los corderos antes de la matanza?

Simón sacude la cabeza y muestra una expresión arisca.

—¿Mejor?

—No quiero que seas miserable —dice Andrés.

—Tú lo eres, así que yo también debo serlo, ¿no?

Andrés se inclina hacia delante.

—Quiero que seas serio. Esto no es un juego.

—No hay nada de malo en disfrutar de un poco de libertad económica, un indulto temporal de la fatalidad.

Un fornido pescador le da un golpe a Simón en la espalda.

—El doble nocaut fue una farsa.

—Gracias, Hori —dice Simón, intentando hacerlo reír.

—Baja tu juego y verás la próxima vez…

—Sí, practicaré. Gracias, Hori, gracias.

El pescador finalmente se aleja.

Andrés hace un gesto. —Un indulto *temporal*.

Simón se pone más serio, susurrando con urgencia.

—Lo creas o no, a mí tampoco me gusta esto, pero estos hombres, no son mi familia. Tú y Edén son mi responsabilidad, no ellos. Ustedes dos me mantienen despierto en la noche, no ellos.

Andrés lo mira fijamente.

—Y tú quieres ser rico.

—Sí, bueno, pensé que probaría la ruta sentimental. Quizá no sea mi mejor cara.

Capítulo 23

AUDIENCIA DEL SANEDRÍN

Sala de Torá, escuela hebrea en Capernaúm

Nicodemo está sentado en una esquina, bañado por la luz de media docena de velas, leyendo y tomando notas sobre demonios y exorcismo. Se sobresalta cuando el rabino jefe grita su nombre.

—¡Ay! —dice Nicodemo, apilando rápidamente sus documentos mientras el hombre entra apresurado—. ¡Estoy estudiando! ¡O estaba!

—¡Mis disculpas, Rabino!

—¿Qué es tan urgente, Samuel?

—Los jueces de nuestro Sanedrín quieren verte.

¡Oh, no! ¿Les habrán contado de su fracaso con la mujer, Lilith?

—El mismo Av Beit Din solicita tu presencia —dice Samuel, con sus ojos llenándose de lágrimas.

Nicodemo asimila la noticia. El jefe de la corte, ¿mano derecha de Nasi? Su mente se acelera. Después de décadas de servicio, formando una reputación inmaculada… ¿podría terminar todo aquí, en esta pequeña ciudad? ¿Qué podría decirle el Sanedrín de Capernaúm al Gran Sanedrín de Jerusalén?

—¡Dios es bueno! —añade Samuel.

¿Cómo puede este hombre considerarlo buenas noticias?

—¿Qué ha pasado? —pregunta Nicodemo, pero Samuel parece estar demasiado abrumado como para contestar.

Temiendo lo que pudiera venir, Nicodemo se decide a enfrentarlo con la cabeza alta. Sale apresuradamente y cruza el patio interior hasta donde se reúne el consejo de jueces de Capernaúm. Samuel lo sigue de cerca, seguido por otros dos rabinos. Por qué parecen tan optimistas es algo que Nicodemo no logra imaginar.

Al entrar, ve a seis jueces sentados y ubicados en medio círculo con Yusef, el alumno rabínico de Samuel, arrodillado delante del jefe. ¿Habrá reportado él del fiasco de Nicodemo?

—Rabino Nicodemo del Gran Sanedrín, nos sentimos muy honrados con su presencia.

—El honor es mío, Av Beit Din —dice Nicodemo, moviendo los ojos a toda velocidad, intentado averiguar qué pasa—. Me dieron la impresión de ser un asunto con algo de... ¿urgencia?

—Estamos considerando una investigación formal...

Así que lo han descubierto. Pero él no se conformará a ver menospreciada toda una vida de servicio a Dios sin presentar pelea.

—¿Cuáles son los cargos?

El Av Beit Din parece desconcertado.

—¿Qué...? ¡Un milagro, Rabino de rabinos! —señala a Yusef—. El testimonio de este hombre es claro, su relato milagroso. La mujer en el Barrio Rojo a quien ayudaste —levanta la mano. —¡Ella es redimida!

Casi sin habla, Nicodemo mira a Samuel, después a Yusef.

—¿Tú la viste?

—Sí, Maestro —dice Yusef, claramente conmovido—. Perfectamente restaurada y radiante...

—¡Espera!

—...en la peluquería, en el mercado.

Esto es lo último que esperaba oír Nicodemo, y está convencido de que no es cierto. Ha pasado del miedo al enojo.

—¡Los hombres no tienen permitido entrar en las peluquerías!

—¡Por supuesto que no entré, pero ella estaba haciendo un recado. Creí que mis ojos me traicionaban, así que la seguí hasta que estuve seguro. ¡No tengo duda alguna!

—Maestro —dice Samuel—, ¡tuvo éxito! Le dije...

—¡Silencio! —dice el Av Beit Din—. Esta es una revelación incomparable. Usted mismo dijo que la magnitud de su opresión demoniaca estaba fuera del alcance de cualquier ayuda humana. Queremos notificarlo a Jerusalén de inmediato.

Oh, ¡no tan deprisa! ¿Y si resulta ser falso, o peor aún, algo temporal? Nicodemo teme quedar como un necio.

—Av Beit Din —dice él, intentando hablar sin que le tiemble la voz—, con su permiso, me gustaría investigar este asunto yo mismo... antes de que hagan una investigación formal o que la noticia se extienda.

Otro juez intenta susurrar algo a Av Beit Din, pero el jefe principal no se lo permite.

—Cedemos a su petición, por supuesto, pero ¿podríamos preguntarle cuál es la razón de su reticencia?

Nicodemo duda, sabiendo que debe decirles algo distinto a su propio recuerdo del incidente, lo cual indicaría que, si sucedió algo, no fue *por* él sino *a pesar* de él. Habla deliberadamente, como si pensara en ello con cuidado, mientras que en verdad se lo está inventando mientras habla.

—Así como este exorcismo tomó un tiempo en demostrar su eficacia, podría tener algún control provisional. Podría ser un shock para una joven como ella ser abordada por sus sabios jueces, la mía es una cara conocida.

El Av Beit Din le estudia y asiente con la cabeza.

—Está decidido. Conduzca su investigación, pero, por favor, sea eficiente. A noticias de este tipo... les crecen piernas.

Capítulo 24

DECISIONES

A orilla del Mar de Galilea, tres de la mañana

Simón se sienta en la arena junto a Andrés bajo un cielo brillantemente claro y lleno de estrellas, con un chal sobre su cabeza para protegerse del frío. Pero una niebla espesa ha caído sobre el agua, e intenta divisar algo través de ella. Su hermano asiente y dormita, reposando su cabeza sobre el hombro de Simón.

—¡Andrés! ¡Andrés, ayúdame por favor!

—¿Qué te ayude con *qué*? Apenas se ve nada.

Simón no puede argumentar con eso.

—Es cierto, es la noche con más niebla en semanas —da un suspiro y mira fijamente al mar—. De acuerdo, podemos decir que vimos a Hori, Chaim y Baruc llegar, flotando y arreglando sus agujeros.

La fantasmagórica silueta de un barco se desliza lentamente hacia los muelles.

—¡Por supuesto! —dice Andrés—. Mañana es *sabbat*.

—Bueno, aún debe haber una flota por ahí. No habrán salido porque no habrán limpiado los agujeros esta noche. Pero definitivamente navegarán mañana. Me imagino que es Amós.

—Esto es una pérdida de tiempo si es eso.

—¿A qué te refieres? —pregunta Simón.

—Me refiero a que Gedeón y Tobías navegan con Amós.

Eso casi hace enmudecer a Simón. Andrés claramente indica que son

96

amigos, así que Simón nunca los traicionaría ante los romanos. *Bueno, no tiene por qué gustarme*, se dice Simón para sí. *Pero puedo hacerlo.*

—No digo que definitivamente sea Amós. Sea quien sea, sin duda navegarán mañana. Los tenemos.

Puede saber por la mirada de Andrés que su hermano no se cree lo que acaba de oír. Y ahí va.

—¿Los tenemos? ¡Son nuestros hermanos! ¡Tobías te mira a ti primero antes que a su padre!

Simón sabe que es cierto, pero él está más allá del favoritismo, más allá de tomar una decisión. Debe mantener su resolución.

—¿Y qué? ¿Es culpa mía que un niño tonto no sepa lo que es mejor?

Andrés clava su mirada en Simón, que no puede mantener esa mirada.

—Todavía espero que me digas que esto es solo un plan para despistar a los romanos.

—¡Andrés! Hay una tripulación ahí afuera. ¡Y está robando la comida de la boca de Edén! Se llevarán nuestra barca… ¡y tal vez nuestras vidas!

—Tal vez. Pero nosotros también tomamos nuestras decisiones.

Simón se niega a escuchar más.

—¿Crees que esto fue una decisión?

Se descubre la cabeza y se aleja con pasos firmes.

Capítulo 25

UNA LENGUA

La casa de invitados de Capernaúm, viernes en la mañana

Nicodemo encuentra a Zohara pintándose los labios mientras entra en el vestidor.

—¿No estás enseñando hoy? —dice ella.

—Tengo que investigar.

—Bueno, no tardes mucho. Nuestros invitados llegarán temprano.

Él refunfuña, incapaz de esconder su impaciencia.

—¡Nico! Son queridos colegas que te admiran. Esperaron semanas a que el Maestro de maestros liderara el *sabbat*. Será como compartir el pan con Dios mismo.

¿Realmente ella ha dicho eso? ¿Compartir el pan con Dios mismo? Él da un suspiro de repulsión.

—¿Soy el único que ha oído esto?

—Es una reunión pequeña —dice ella—. Terminarás enseguida.

Oh, sí, apresurar el ritual. Eso tiene mucho sentido.

—Intentaré evitar pasar demasiado tiempo honrando a Dios y a nuestra herencia.

Zohara aparentemente no ha captado el sarcasmo, mientras se aplica polvo de oro en su cabello. Nicodemo se dirige hacia la escuela hebrea, donde tiene la intención de estudiar en la sala de Torá.

UNA LENGUA

• • •

El guarda romano Gayo se abre paso por el concurrido mercado, comiendo una fruta que ha robado ante las propias narices de un mercader. ¿Qué puede hacer un judío ante esto?

Se percata de otro centurión que intenta deshacer una pelea intentando razonar con hombres peleándose que le ignoran. Gayo se acerca con prisa hacia ellos, casi tropezando cuando el ciego se agarra de su pie y grita:

—¿Eres tú el Mesías?

Gayo da un tirón de su pie para retirarlo de las manos del ciego y sigue avanzando hacia la espalda de uno de los combatientes, sacando su espada. La eleva muy alto y golpea con la empuñadura en la cabeza del hombre, haciéndolo caer como si fuera una piedra. El otro combatiente parece pensar en hacer un movimiento. Gayo apunta a su rostro con su espada.

—¿Quieres perder tu horrible nariz?

El hombre se aleja corriendo, y el otro centurión dice: —Gracias.

—Solo una lengua mantiene la paz, Marcos —dice Gayo, guardando su arma—. Aprende a hablarla.

Momentos después llega para su tarea en la caseta de recaudación, solo para encontrar al recaudador de impuestos con la cara maltrecha.

—¡Mateo! —dice él—. ¿Otro ciudadano infeliz que expresa su desaprobación?

—Estaré bien —dice Mateo, y Gayo se da cuenta de que Mateo quiere culparlo a él del ataque por llegar tarde, como siempre. Mateo intenta limpiar de su túnica la manchas que le han dejado algunas heces que le han lanzado.

La peste llega hasta Gayo.

—¡Oh! ¡Apestas! ¡Vete a tu casa!

—Tengo trabajo que hacer. Mi padre nunca me permitió eludir la responsabilidad.

—Bueno, él te crió bien. Debe tener sangre romana.

—No nos hablamos.

Gayo espera más, pero Mateo parece estar perdido en sus pensamientos.

—Los judíos son raros —dice Gayo.

—La gente lo es —afirma Mateo.

—¿Cómo es posible que no tengas relación con tu padre?

—Dice que él no tiene hijos —responde Mateo, poniéndose de pie para enfrentar a los ciudadanos que esperan en la fila.

—¡Siguiente!

Capítulo 26

ENCUENTRO CON EL FARISEO

María de Magdala entra en la peluquería con una caja. Lea, la dueña, y su aprendiza están preparando el lugar para el trabajo del día.

—Las conseguí —le dice María a Lea—. Al menos creo que son las correctas. Eran las que todos compraban también.

—¡Oh! ¿Qué conseguiste, María? —pregunta la aprendiza.

—Velas de *sabbat*.

—Está bien, no lo hubiera averiguado.

—Es la primera cena de *sabbat* de María desde hace un tiempo —dice Lea.

—*Mucho* tiempo —dice María—. Apenas recuerdo cómo hacerlo.

—Lo harás muy bien —le dice Lea con una sonrisa.

—Yo sé cómo hacer el pan —dice la aprendiza, y se encoje de hombros—. En parte.

Lea se ríe.

—¿Cómo puedes hacer un pan solo en parte?

—Si vas a organizar el *sabbat*, querida —le dice la aprendiza a María—, será mejor que te muevas. Los preparativos pueden llevarte toda la tarde.

—¿En serio?

—Por si acaso —dice Lea.

—Ni siquiera he barrido —dice María.

—Sal de aquí —la aprendiza sonríe.

—Enciende el fuego, eso es lo primero —dice Lea.

—Estoy emocionada —dice María—. Y un poco aterrada.

—Después de amasar, ¡deja la masa reposar! —dice la aprendiza.

—Con este tipo de consejos —bromea Lea—, ¿qué puede salir mal?

María les desea *sabbat shalom* y se aventura de nuevo a salir a la calle. Un hombre la detiene.

—¡Eres tú! ¡Es real! —el hombre va vestido con ropas religiosas y le mira de arriba a abajo—. ¡Lilith!

María se pone pálida. ¡Otra vez esto no! Ella se da la vuelta y se aleja.

—¡No, no, por favor! No tengas miedo. Me llamo Nicodemo. Yo... yo fui un ministro para ti, Lilith.

Ella lo mira.

—No respondo a ese nombre. Soy María. Nací María.

—Pero te llamaban Lilith, ¿no?

¿Podría ser este el hombre santo de Jerusalén, el que se fue huyendo? Lo último que ella quiere es que le recuerden ese horrible día.

—Por favor, debo irme.

—¡No, no, por favor! Necesito desesperadamente tu ayuda, María —él da un paso atrás, queriendo que ella no se sienta amenazada. —Soy fariseo. Vengo de visita desde Jerusalén. Soy un hombre de Dios, y creo que has experimentado un milagro, María.

Él parece sincero.

—¿Realmente eres un fariseo?

Se ajusta su manto para que se vea su chal de oración. María se cubre rápidamente la cabeza. Él se disculpa y le asegura que no está ahí para hacer cumplir la ley judía.

—Entonces, ¿cómo sabes quién soy yo? —pregunta ella.

—Realmente no te acuerdas de mí —dice él, con asombro en su voz—. Yo quemé incienso...

—No lo recuerdo. Es todo muy confuso. No puedo volver a eso.

Ella sigue avanzando y él la sigue, mostrando sinceridad.

—No, no, yo no quiero que vuelvas a eso. Ni siquiera me lo puedo imaginar, pero estás curada —eso hace que ella se detenga—. Eso está claro. Solo quiero entender cómo sucedió.

—Ya somos dos —dice ella sonriendo.

—¿Cuánto tiempo, despúes de mi visita, notaste un cambio?

Ella duda. María no quiere herir sus sentimientos, pero debe ser sincera.

—No fue por algo que haya hecho usted. Fue por otra persona.

El hombre santo parece totalmente perplejo.

—¿Otra persona?

Ella sí disfruta recordando aquello, y sus ojos se llenan de lágrimas.

—Me llamó María. Me dijo que era de él. Estoy redimida.

Nicodemo la mira fijamente.

—¿Y así sin más?

Conmovida, María solo puede asentir con la cabeza.

—¿Quién hizo eso?

—No sé su nombre —dice ella—. Y aunque lo supiera, no podría decírselo.

—¿Por qué no?

María quiere recordar lo que dijo el hombre, la forma en que lo dijo. Ella recita: —Aún no ha llegado el tiempo de que los hombres lo sepan.

Es obvio que esto desconcierta al fariseo.

—Aún no ha llegado el tiempo… —repite él—. ¿Él hace milagros y no busca ningún crédito? —las preguntas rebosan a raudales—. ¿Qué aspecto tiene? ¿Él es un miembro del Sanedrín? ¿Al menos lo reconocerías si lo volvieras a ver?

Eso le hace sonreír.

—No sé por qué estoy compartiendo esto con usted. Ni siquiera yo misma lo entiendo. Pero esto es lo que puedo decirle. Yo era de un modo, y ahora soy completamente diferente. Y lo que sucedió en el medio, fue él. Así que sí, lo reconoceré por el resto de mi vida.

Nicodemo mira fijamente, con los ojos abiertos como platos.

—Tengo que ir a casa a preparar el *sabbat* —dice ella— y estoy segura que usted también.

Él sacude la cabeza.

—¡Así que estás tan bien que incluso organizas una cena de *sabbat*!

—No será nada como la suya, estoy segura de eso, pero lo intentaré —ella se da cuenta de que ha impactado a este hombre. Sonríe.

—*Sabbat shalom*, Nicodemo.

Y mientras se aleja, escucha calladamente: —*Sabbat shalom*, María.

Capítulo 27

PROVOCACIÓN

Simón entra sin hacer ruido en la cocina donde Edén corta verduras, y oye su cuchillo haciendo ruido contra la mesa con cada corte. Él sabe que ella sabe que está ahí, pero no le presta atención. Él avanza furtivamente hasta ponerse detrás de ella, deja descansar la barbilla sobre su hombro, y le besa en la mejilla.

—Buenos días, mi amor —murmura él con admiración.

—Ya no es de mañana —dice ella mientras sigue cortando.

—Buena primera vista, entonces —dice él, pasando por su lado para agarrar un pedazo de pan de una barra y metérselo en la boca.

—Hum, tú pan está increíble.

—Lo sé —dice ella, aun dándole la espalda—. ¿Cómo te fue la pesca?

—Bien.

—¿En serio?

—¿Te sorprende? —dice él mientras se pone las sandalias.

—¿Por qué debería sorprenderme? —dice ella.

—No sé, dímelo tú.

—No has llevado ninguna pesca al mercado últimamente.

Él asiente hacia la mesa llena de comida.

—Y, sin embargo, tienes harina, verduras. ¿Dormiste en una cama calentita esta noche?

—Aun así —dice ella.

Él ya se ha cansado.

—¿Por qué me provocas?

Ella se gira para mirarlo.

—No entiendo lo que está sucediendo.

—No está sucediendo nada.

—No vendes nada en el mercado, tus horarios han cambiado y tu rostro muestra preocupación. ¡No me digas que no sucede nada!

—Estamos… en una época difícil ahora. Solo tengo que trabajar duro para aguantarla, y tendré que salir esta noche y estaré de camino…

—¿Esta noche? ¿Qué quieres decir?

—Yo tampoco estoy contento con esto. Necesito trabajar esta noche para que…

—¡Necesitas trabajar en *sabbat*!

—Es una circunstancia especial. No puedo entrar en ello ahora. Andrés estará aquí para cenar como siempre, y solo estaré fuera unas horas.

—¡Oh! —dice ella—. Bueno, ¿quieres que te prepare un plato de *sabbat* para que te lo lleves? —sus palabras rebosan sarcasmo.

—Escucha, amor, sé que esto no es lo ideal…

—No me trates así, no soy una niña.

—Solo necesito que confíes en mí. ¿Por favor? —ella mira inflexible. Simón se acerca a ella, rogándole con sus manos.

—Mira, yo… yo me encargo, Edén.

Ella lo mira con intimidación y habla claramente.

—Tú respondes ante Dios, no ante mí. Pero la próxima vez responderás ante los dos. Porque sea lo que sea esto, no tengo la fuerza para volver a vivirlo.

Capítulo 28

INVITADO SORPRESA

Justo antes del crepúsculo, Mateo camina por el estrello callejón, llevando cautelosamente un plato cubierto y protegiendo sus dedos con servilletas. Está vestido informalmente, más parecido a los contribuyentes que ve cada día, y va perdido en sus pensamientos. Y anhelando. ¿Lo recibirán sus padres y su hermana para la cena de *sabbat*? No hay que perder nunca la esperanza.

Ellos le pusieron el nombre hebreo de Leví, sin duda con la intención de que se convirtiera en un venerado sacerdote cuando creciera. Él no estaba hecho para eso, lo sabía, y se cansó de la pobreza. Desgraciadamente, las profesiones más rentables implicaban más interacción con otros de la que a Leví le resultaba cómodo. Pero los números y el análisis se le daban bien, y vio que podía obligarse a lidiar con la gente si se concentraba en sus finanzas y en las regulaciones gubernamentales. Se enfocaba en los detalles y raras veces tenía que mirar a la gente a los ojos.

Leví pensaba que le había hecho un favor a la familia al ahorrarles el ridículo al usar su nombre griego, Mateo, cuando se hizo recaudador de impuestos. No se tenía que haber molestado. Todos sabían quién era y lo que era, y su familia sufría la misma burla que él soportaba cada día.

Pero ¿acaso no podrían perdonarlo? ¿No seguía siendo de su misma carne y sangre? ¿Acaso no lo amaban como él los amaba a ellos? Seguía siendo judío, incluso practicante, pero eso no era suficiente, ni de lejos. Su padre se lo había dejado claro.

—Darnos la espalda, extorsionando a tu propia gente…

—¡No es extorsión! Es…

Pero el hombre lo había detenido levantando la mano.

—No me hables como si fuera tu padre. Ya no tengo un hijo.

El tiempo aún no ha sanado la herida, y Mateo no puede negar que su nuevo puesto, y su salario, casi hacen que valga la pena la burla. Casi. Odia los abucheos, pero al menos puede soportarlo. Perder a su familia es otra cosa muy distinta. Y así, en este día de *sabbat*, como ha hecho cada semana por años, se aventura hacia la humilde morada donde se ha criado. Mateo ha abandonado la ilusión de que su padre podría suavizarse, pero ¿su madre? ¿Su hermana? ¿No podrían prevalecer ante Alfeo?

Él no forzará su entrada, no se entrometerá en su celebración, ni siquiera llamará, pero se quedará afuera donde lo puedan ver, con la comida que tiene para compartir. Eso tiene que decir algo, servir como gesto al menos. Aunque nunca ha funcionado, de hecho, la mayoría de las noches de *sabbat* nadie mira tan siquiera por la ventana, no dejará de intentarlo.

Casi al final de su exclusivo vecindario del distrito norte, Mateo oye un gimoteo a sus espaldas y se gira rápidamente, viendo a su propio perro negro, enorme, con sus ojos fijos en el plato. Se detiene, preguntándose cómo se habrá escapado el perro de su casa. Estira una mano, con la palma hacia arriba. El perro se detiene.

Mateo decide adoptar un enfoque razonable, el cual a menudo funciona con los ciudadanos enojados, aunque no había funcionado esa mañana. Con un tono amable, dice: «Si queda algo cuando regrese, te lo daré». El perro ladea la cabeza, y Mateo cree que de algún modo le ha entendido. Se gira para seguir con su ruta, y el perro se queda quieto.

Cuando finalmente llega al hogar de su familia, a través de la ventana puede ver a su madre poniendo un cazo humeante sobre la mesa iluminada por las velas, y su hermana coloca dos panes jalá. De inmediato se siente transportado a las cenas de *sabbat* de su infancia, celebraciones que él daba por sentadas, o de las que se cansaba, y que ahora le atraen como una polilla a una llama. ¿Qué podría darle a cambio de volver a ser bienvenido a esta celebración semanal?

Su padre ocupa su lugar al otro lado de la mesa, de frente hacia la ventana.

Con una mirada vería a su hijo, pero él nunca levanta la vista. Y la madre de Mateo y su hermana nunca se giran. Mateo no podría estar más decepcionado o sentirse más rechazado, aunque uno de ellos se hubiera acercado a cerrar la cortina en su cara.

De nuevo camina fatigosamente de regreso a su casa.

• • •

Mientras tanto, en la casa de huéspedes de Capernaúm al otro lado de la ciudad, Nicodemo y Zohara están vestidos de forma magnífica. Mientras los siervos ponen la comida de *sabbat* sobre la mesa, Zohara informa a sus invitados de la historia de muchos de los artefactos que hay en la sala.

Nicodemo está de pie apartado, estudiando un tapiz sobre la pared. Todavía le duele la conversación con Zohara de esa mañana. El *sabbat* debería estar centrado en Dios, no en las ropas finas y en impresionar a los invitados.

—…De un artesano —dice Zohara—, esta es la última de una larga lista de obras tradicionales que ha hecho su familia— señala a los candeleros. —De oro macizo de los mejores orfebres— y a la vajilla. —Espero que disfruten al comer en estos hermosos platos.

Ella se excusa y se acerca a Nicodemo.

—¿En qué piensas, cariño?

Él asiente delante del tapiz.

—¿Conoces el significado?

—Dímelo —dice ella.

—Hace doscientos años nos gobernaba el rey griego Antíoco IV. Él suprimió nuestras observancias religiosas. No fue hasta la revuelta de los macabeos y el comienzo de la dinastía asmonea que fue restaurada nuestra adoración.

Ella lo mira con una sonrisa.

—Eres tan inteligente como apuesto.

Él mira más allá de ella, a la mesa, donde invitados de todas las edades toman asiento.

—¿Y quién es el responsable de suprimir nuestra adoración ahora? Me temo que conozco la respuesta.

—Bueno —dice Zohara—, es un tapiz muy hermoso. ¿Debería el artista haberlo hecho menos hermoso?

Buena pregunta.

—¿Por qué propósito? —continúa ella—. ¿Por la tristeza? ¿Por un pueblo conquistado?

Ella es buena para ablandarlo, él lo sabe.

—Eres tan sabia como hermosa.

Un golpe en la puerta hace que Zohara se aleje de él. Una pareja de mediana edad le saludan.

—*Sabbat shalom*, señora.

Zohara devuelve el saludo, al igual que Nicodemo.

—¡Oh! —dice el hombre—. ¡Honorable Rabino! Nos sentimos honrados por su presencia en Capernaúm. Usted nos completa.

De nuevo, más reverencia para el hombre de Dios que para Dios mismo. Nicodemo habla con elocuencia de forma severa.

—Solo Dios puede hacer eso.

Zohara vuelve a hablar, deseosa de romper la tensión.

—¿Nos unimos a los demás?

—Gracias —dice la mujer.

Su esposo susurra: —Intenta conseguir un sitio en la cabecera de la mesa.

Nicodemo mueve su cabeza, agradecido de que sea el momento de comenzar.

—Una mujer de valor, ¿quién la puede encontrar?

• • •

El pequeño y escaso hogar de María, nuevo para ella, es totalmente distinto al sucio cuarto en la posada de Rivka en la que había estado por años. Ha pasado la tarde limpiándolo y ordenándolo. Encendió un fuego en la antigua chimenea y ahora termina de poner recortados platos de barro y copas de madera desparejadas. Cerca del centro de la mesa pone una rosa blanca en un diminuto florero de cerámica. Está lista, cree ella, pero ciertamente no será nada lujoso.

Una llamada de madera sobre madera en la puerta le dice quién puede ser su primer invitado.

—¡Oh, Bernabé! —se alegra cuando ve al mendigo de una sola pierna que ha usado su muleta para llamar a la puerta.

—¡María!

—¡Entra! Me alegra que vinieras.

—Oh, gracias, señorita María. ¡Este es un lugar muy lindo!

—¿Hay alguien en casa? —dice una señora desde afuera, palpando la puerta con su bastón—. ¿Todavía estamos a tiempo?

—¡Sí! ¡Shula! —dice María, acercándose a ella—. ¿Cómo nos has encontrado?

—Seguí a la mula, la de Bernabé. Él podría haber esperado. Te ves tan bien como siempre, Bernabé.

—Lo adivinaste de suerte, Shula —dice él, sonriendo mientras ella encuentra su hombro y lo acaricia.

María oye a un joven hablando afuera.

—¿Es este el lugar?

—Si María está aquí, lo es —dice otro.

Ella se acerca. —¿Los conozco?

—Lo siento —dice el más bajito—. Soy Santiago. Este es Tadeo. Nos dijeron que este sería un buen lugar para venir. Podemos irnos si le resulta incómodo.

—Oh, no, por favor, entren —dice ella—. Son muy bienvenidos aquí.

—¿Y podemos ayudar? —dice Santiago.

—Ah, no. Bueno, sí, no sé lo que estoy haciendo.

—Veo comida —dice Tadeo—. Eso es una victoria.

—Si no hago algo, o si hago algo mal, por favor díganmelo.

—No, claro que no —dice Santiago—. Todo está perfecto.

Shula habla.

—No recuerdo cuándo fue la última vez que me invitaron a una cena de *sabbat*.

—Yo nunca —dice Bernabé mientras todos se sientan, menos María.

—¿Nunca has ido a una cena de *sabbat*? —dice Shula.

—Claro que he estado en una. He estado en muchas. ¡Tan solo que nunca me invitaron! —mientras todos se ríen, Bernabé añade: —¿Para quién es el asiento extra?

—¡Oh, ah, para Elías! —responde María. —¿Está bien? Recuerdo que mi madre siempre ponía un sitio extra para Elías.

—Eso es solo en la Pascua —susurra Santiago.

—Solo una vez al año en el Séder —le dice Tadeo.

Profundamente avergonzada, María dice: —¡Oh! Bueno, entonces cuando llegue el Séder ya sabré armar la mesa.

Ella toma algunos trozos de papiro arrugados.

—Echaré un vistazo a mis notas. Veamos...

—¿Quieres que te las lea, María? —pregunta Bernabé.

—Basta, Bernabé —dice Shula—. Hasta *yo* leo mejor que tú.

—Mi padre me enseñó —les dice María.

—Qué impresionante.

Ella levanta la mirada de sus notas.

—Bueno, ¿ya salió la primera estrella?

—¡Sí! —dice Bernabé—. ¡A comer!

Alguien más llama a la puerta. Bernabé sonríe.

—Eres muy popular.

—O —dice Shula, dándole un codazo— es un fariseo que viene a arruinar nuestra cena porque *tú* estás aquí.

María abre la puerta y se queda helada.

—Hola, María.

Es él. El hombre que la curó.

—Hola —alcanza a decir ella.

—Es bueno verte —dice él.

—Sí —dice ella, mirando fijamente—. Sí —ella sonríe, insegura de qué decir o hacer después.

—No quiero ser descortés —dice él—, pero ¿estaría bien si yo...?

—¡Oh! ¡Sí, claro! Por favor, entra —y mientras se acercan a la mesa, ella añade: —Nunca imaginé que tú, hum... tengo invitados aquí, esta es mi primera vez, y ni siquiera sé lo que estoy haciendo.

Santiago y Tadeo se ponen de pie de inmediato para saludarlo, llamándolo Rabino.

—¿Ya conoces a estos hombres? —pregunta ella.

—Son estudiantes míos —dice él—. Espero que hayan sido amables.

—Claro que sí.

Se produce otra extraña pausa mientras todos se miran entre sí. Shula rompe la tensión.

—Tu invitado puede ocupar el asiento extra, ¿verdad, María?

—¡Por supuesto! Sí, claro, por favor toma asiento. —Sigo diciendo "por supuesto" muchas veces—. Hum, amigos, este es el hombre de quien les hablé que... —María hace una pausa— que me ayudó.

—¡Oh, sí —dice Shula—. María nos habló mucho acerca de ti.

—Espero que no demasiado —dice él con una sonrisa.

—Yo soy Bernabé. Ella es Shula —y después, en un susurro, añade—: es ciega.

—Aah.

—Por si no te habías dado cuenta —dice Shula, dándole con el codo a Bernabé.

—Disculpa —dice María—. No sé tu nombre.

—Soy Jesús —dice él—, de Nazaret.

—Bueno —dice Bernabé—, aparentemente algo bueno puede venir de Nazaret —y estalla de risa.

Pero nadie más se ríe. Santiago y Tadeo miran asombrados, y María mueve la cabeza a Bernabé.

—¿Qué?

Jesús le guiña un ojo y se dirige a María.

—Me siento honrado de estar aquí. ¿Por qué no comienzas?

—Oh, no, no podría. Ahora que tú estás aquí, debes hacerlo tú.

—Gracias, pero este es tu hogar, y me encantaría que lo hicieras tú.

Algo en su forma de hablar, con tanta compasión y comprensión, y autoridad, le llena de paz.

—Está bien —dice ella—.

Se sienta y vuelve a tomar sus notas.

—Yo solo, uh, leeré esto ahora. «Así fueron acabados los cielos y la tierra y todas sus huestes. Y en el séptimo día completó Dios la obra que había hecho...».

• • •

En la casa de invitados de Capernaúm, Nicodemo termina el mismo pasaje, al igual que Andrés en la casa de Simón, mientras Simón está sentado inquieto, deseoso de continuar; y el padre de Mateo en su hogar:

—«Y reposó en el día séptimo de toda la obra que había hecho. Y bendijo Dios el séptimo día y lo santificó, porque en él reposó de toda la obra que Él había creado y hecho». Bendito seas, Señor nuestro Dios, Rey del universo, que crea el fruto de la vid. Nos has amado y estás dispuesto a darnos tu *sabbat* como una herencia y memoria de la creación, porque este es el primer día de nuestras santas convocatorias en memoria del Éxodo de Egipto. Bendito seas, Señor nuestro Dios, Rey del universo, que nos das el pan de la tierra. Amén.

• • •

Simón se levanta y le da a Edén un beso rápido en la mejilla, el cual ella no le devuelve. Y se va.

• • •

Y sin sorpresa para Mateo, el perro le espera en la calle cerca de su hogar. Mateo apoya la espalda contra la pared y se desliza hacia abajo para sentarse en el suelo. *Qué apropiado*, piensa él. El hombre al que sus compatriotas llaman perro comparte la cena de *sabbat* con su propia especie.

PARTE 4
Jesús ama a los niños

Capítulo 29

ABIGAIL

El hombre que se identificó ante María y los demás en su cena de *sabbat* como Jesús de Nazaret les ha dicho a sus amigos que se irá, para estar a solas, por varios días. Siente que Dios, su Padre, lo dirige a tener un tiempo de soledad y oración como preparación para la siguiente fase de su llamado: un ministerio público. Jesús ha encontrado el lugar perfecto: un claro en los alrededores de Capernaúm, cerca de agua y con mucha madera. Aquí puede sostenerse y buscar la voluntad de su Padre para todo lo que ha de llegar.

Ha llevado consigo sus herramientas para trabajar la madera, algo de ropa y una tienda. Mientras se prepara para armar el campamento, su corazón está cargado, abrumado por la enormidad de la tarea que tiene por delante. Ocupa su mente arreglando la tienda y haciendo una buena hoguera, pero también anhela simplemente conversar con su Padre celestial. Con todo en su lugar, arma una vara para pescar y se dirige al arroyo. Tras una cena con la puesta de sol a base de pescado frito y bayas, se encuentra llorando. Ha visto mucha necesidad en muchas personas, y apenas puede contener su amor.

—Padre —clama en voz alta, alzando sus ojos a las estrellas—, glorifícame con tu presencia. Habla a través de mí.

Mientras le da gracias a Dios por el privilegio y también por la responsabilidad de la misión a la que ha sido llamado, la monstruosa naturaleza del mismo le hace temblar y apoyarse contra un poste de la tienda.

Con la llegada de la noche, se cansa y se acuesta en su tienda. La reclusión y el aislamiento de este lugar aumentan su soledad mientras se queda dormido.

• • •

A la mañana siguiente

Abigail, una niña de nueve años, sale corriendo por la puerta de la casa destartalada de sus padres. Lleva consigo una muñeca hecha de hilo y va dando saltos por el jardín, pasa junto a un gallo y una cabra atada. Grita por encima de su hombro: —¡Estaré junto al arroyo!

—¡No nades! —dice su mamá.

—¡No lo haré!

Abigail corre, salta y juega por el pasto alto detrás de la casa, con su cabello largo meciéndose en la brisa. Revolotea por territorio conocido hasta que oye el suave arroyo, y entonces frena y se detiene. Entre el agua y ella observa un organizado campamento que el día anterior no estaba allí: tocones de árboles, ramas, pieles de animales y piedras perfectamente colocadas. Los restos de una hoguera aún humean en un hoyo ceca de una tienda, pero un área de trabajo atrae a Abigail. Mira alrededor, se acera y se arrodilla ante una bolsa de cuero que contiene herramientas para trabajar la madera. Hay virutas y aserrín por todas partes.

Ella juega con algunas de las herramientas, después las vuelve a colocar en su lugar y usa una cuchara de madera para hacer que alimenta a su muñeca. Cerca de la hoguera, encuentra una diminuta barca de madera y mete en ella a su muñeca, haciendo que se va navegando. Una bolsa de tela contiene bayas, y juega haciendo que le ofrece la comida a su muñeca. Se ve tentada a probar una ella misma, pero se lo piensa mejor.

Tras oír unas pisadas y un tarareo que viene de más allá de la tienda, Abigail se pone de pie de un salto y corre a esconderse detrás de unas rocas salientes. Un hombre de aspecto agradable como de la edad de su padre, carga una mochila. Mientras saca fruta de la misma para ponerla sobre las improvisadas mesas, deja de tararear y mira a Abigail.

Ella da un grito ahogado y se aleja corriendo.

• • •

Esa noche

Jesús dejó que el fuego se consumiera mientras trabajaba durante el día, y ahora debe hacer uno nuevo para preparar su comida. Hábilmente frota una vara de madera en un pequeño agujero y sopla despacio para provocar una chispa en un puñado de heno. Durante todo este tiempo, está pensando en la linda niña que ha visto esa mañana. Qué hermoso contar con su evasiva compañía durante unos minutos. Él siente un gran afecto por los más pequeños.

Cocina un guiso de legumbres y verduras mientras corta fruta. Pone una pequeña sartén para pan directamente en el fuego, deseando tener alguien con quien poder compartir esta sencilla comida.

• • •

Abigail se sienta a cenar con sus padres. Está entretenida con su mamá, quien no parece observar que su elaborada historia sobre un amigo claramente no impresiona al padre de Abigail.

—…y Joanna no está mejorando —dice su mamá—, lo que significa que tendrá que ver si le dan un espacio para vender sus tocados en el mercado. Y aunque se lo den, que es bastante improbable porque la última vez que estuve en el mercado estaba completo, tiene que encontrar el tiempo para hacerlos. Pero tiene que enfocar su tiempo en ayudarle a mejorar para que él pueda volver a trabajar antes de que le den su empleo a otra persona. ¡Oh! Ella parecía muy asustada. ¿Crees que podrías pasar mañana para ver si necesita ayuda con algo?

Mientras Abigail pensaba, parece que su papá no ha estado prestando mucha atención.

—¿Eh? —dice medio masticando.

Su mamá lo mira directamente a los ojos y repite con cuidado: —¿Puedes pasarte mañana para ver si necesita ayuda con algo?

—¿Joanna?

—Eso es.

—Tengo que trabajar hasta tarde —le dice él—. No tengo tiempo para… —da un suspiro—. Lo intentaré.

—Gracias. Significará mucho para ella. Ya sabes cómo es —se gira hacia su hija—. Abigail, ¿qué tal ha ido tu día?

Abigail no se atreve a contar lo del hombre acampado junto al río. Parece pacífico, pero…

—Muy bien. ¿Puedo jugar con Josué mañana? —le encantaría que la acompañara a conocer al hombre.

—Solo después de terminar tus tareas…

—Lo sé. Lo terminaré todo primero.

—No interrumpas —le dice su papá.

—Lo siento, pero después del almuerzo, ¿puedo ir?

—Le preguntaré a su madre —le dice su mamá—. ¿Y dónde irán?

—Hum… al campo. Quizá al arroyo.

—Prohibido nadar.

—Lo sé. Y las tareas primero.

Capítulo 30

JOSUÉ

Abigail y su amigo siguen la misma ruta que ella había tomado el día anterior, pero ahora tiene prisa y van parloteando.

—Y había una herramienta que no había visto nunca. No sé para qué sirve. Creo que estaba construyendo algo. No lo sé. Y también había comida, pero, aunque tenía hambre no tomé nada porque eso estaría mal, pero tal vez podríamos comer algo esta vez, ¿qué te parece? Pero estoy contenta de no haberlo hecho, porque en ese momento apareció el hombre. ¡Vamos, más rápido!

—Lo intento, Abi —dice Josué, jadeando—, pero tus piernas van demasiado rápido.

—Si viene esta vez, ¿le diremos algo? Yo creo, si estás de acuerdo, que está bien. No vi ninguna espada ni nada parecido, así que no creo que nos mate, y parecía amable. ¿Tienes una espada, solo por si acaso? ¡Casi hemos llegado! ¡Aquí es!

Se esconden agachados tras unas rocas salientes y observan con cautela. El hombre se sienta en una de sus mesitas, con pan en sus manos.

—Bendito seas, Señor nuestro Dios, Rey del universo, que das el pan de esta tierra —parte el pan que tiene en su regazo—. Y ruego para que si hay dos niños que vienen a visitar mi casa aquí…

Josué le da un golpecito en el brazo a Abigail y susurra: —¡Vámonos!

—¡No! —susurra ella—. ¡Quédate!

—...tú les des el valor para decir "Shalom", para que sepan que no tienen que permanecer escondidos. Amén.

Mientras Abigail susurra: «¡Es un buen hombre!», el hombre grita en voz alta. Los niños intentan esconder sus risas, pero él enseguida sopla pedorretas, haciendo que se rían con fuerza.

Se levanta, y dice: —¿Qué fue ese sonido? ¡Las ovejas no hacen esos ruidos! —Él sigue haciendo más ruidos, y ellos se ríen aún más—. No, definitivamente no fue una oveja. ¿Quizá un gallo?

Él se dirige hacia las rocas, y finalmente Abigail se levanta, sonriendo. Josué sigue escondido.

—¡Saludos, niños! —Jesús sonríe a Abigail—. Sabes, no es seguro para una niña vagar fuera de su hogar. Nunca se sabe si habrá hombres malos por aquí. Fue sabio el traer a tu amigo esta vez.

—Josué —le dice Abigail.

—¡*Shalom*, Josué! —dice el hombre. Josué se levanta y se deja ver, pero no responde—. Admiro tu valentía al venir aquí. Eres un buen amigo. Pero no te preocupes, yo no soy un hombre malo.

—¿Lo ves? —dice Abigail—. Lo sabía.

—Pueden quedarse un rato si quieren, pero me temo que tengo trabajo que hacer.

—Está bien —dice Abigail.

—Y gracias por no llevarte ayer la comida —Él le entrega un plato de fruta.

—¿Ves? —dice ella sonriendo—. ¡Lo sabía!

Josué se acerca, pero se queda detrás de Abigail. —Entonces —dice ella, masticando—, ¿qué estás haciendo aquí?

—Solo estoy de visita.

—¿De dónde eres?

—Nazaret.

—¿Para qué es esa madera?

—Estoy construyendo algo.

—¿Eres carpintero?

—A veces, pero soy un artesano. Construyo todo tipo de cosas.

—Entonces, ¿por qué no vives en una casa?

—Porque viajo mucho.

—¿Cómo ganas dinero?

—¡Abi! —susurra Josué.

Ella se encoje de hombros. —Solo pregunto cómo gana el dinero.

—Lo sé. ¡Pero no deberías!

—Está bien —dice el hombre—. No gano dinero cuando viajo. Por ahora construyo cosas y las cambio por mi comida y mi ropa.

Abigail señala una pieza que el hombre tiene en la mano.

—¿Qué es eso?

—Esto será una cerradura.

— Josué, hazle preguntas. Él es amable.

—No, gracias.

—¿Qué más construirás? —dice ella.

—A la gente rica le gustan las decoraciones, y los juguetes para sus hijos.

—Mi familia no es rica —le dice ella.

—Muchas veces eso es mejor.

—No sé de qué hablas.

El hombre se ríe.

—Lo sabrás.

Ella le enseña su muñeca.

—Mi mamá me hizo esto.

—¡Oh! ¿Cómo se llama?

—Sara.

—Es muy bonita.

—Bueno —dice Abigail, devolviéndole la fruta—. Es hora de volver a casa. ¡Adiós!

Abigail y Josué se van corriendo, dejando al hombre riéndose.

Capítulo 31

MÁS PREGUNTAS

A la mañana siguiente

Jesús se remueve después de un sueño profundo con el sonido de murmullos.

—¡Ya déjenlo en paz!

—¿Está muerto?

—¡Chitón!

Él abre sus ojos ante media docena de niños que lo miran fijamente: dos niños y dos niñas son nuevos para él. Está atontado pero entretenido.

—No podían esperar media hora más, ¿eh?

—¿Podemos quedarnos hoy? —dice Abigail—. Ellos son mis otros amigos. Y Josué también.

Jesús se incorpora.

—*Shalom*, amigos de Abigail. Y Josué también.

—*Shalom* —le dicen todos al unísono.

—¿*Podemos* quedarnos hoy?

En verdad, a él le encanta la compañía, pero parece pensar en ello.

—Es posible, pero tengo trabajo que hacer. Tal vez me puedan ayudar —todos asienten—. Bien —dice él.

Jesús se acerca al arroyo, con los niños a pocos metros detrás suyo, acribillándolo con más preguntas mientras él se limpia los dientes con un trapo y se lava la cara.

Uno de ellos pregunta: —¿Cuánto tiempo te vas a quedar por aquí?

—Hasta que llegue el momento de irme.

—¿Y cuándo será eso?

—Bueno, tengo trabajo que hacer aquí y algunas personas que ver, y entonces sabré cuándo es el momento de irme.

—Pareces agradable. ¿Eres peligroso?

—Hum, tal vez para algunos. Pero no, no para ustedes. Y no haré daño a nadie.

—¿Tienes amigos?

—Unos cuantos. Pero tendré más.

Jesús empieza una manualidad y asigna a los niños sus pequeñas tareas.

—Abi dijo que viajas mucho. ¿Tienes una casa?

—Mi Padre me da todo lo que necesito.

—¿Tu padre es rico?

Si ellos supieran. Él sonríe.

—¿Te dijo Abigail que me preguntes eso?

—No.

—Esa es una pregunta para otro momento.

—¿Cuál es tu comida favorita?

—¡Oh, Josué el Valiente habló! —dice Jesús—. Me gustan diferentes comidas, pero especialmente el pan. Por muchas razones. ¿Cómo van esas cucharas, niñas? ¿Bien? La cuerda, ¿está tensa?

Tiene que sonreír. No parecen muy seguros.

—¿Casi? —les bromea.

—Casi.

—Está bien. Bueno, díganme. ¿Todos saben orar el Shemá?

—Sí.

—Oh, me encantaría oírlo —señala a uno de los niños nuevos—. Comienza tú.

Mientras el muchacho comienza y los otros se unen, Jesús de repente se ve abrumado por las preciosas vocecitas, y dice las palabras junto a ellos, con labios temblorosos.

«Escucha, oh Israel, el Señor es nuestro Dios, el Señor uno es. Amarás al Señor tu Dios con todo tu corazón, con toda tu alma y con toda tu fuerza. Y sucederá que si prestas atención a los mandamientos que yo te ordeno hoy, recogerás tu grano, tu vino y tu aceite, y comerás y serás saciado. Yo soy el Señor, tu Dios, que te sacó de la tierra de Egipto para ser tu Dios. Yo soy el Señor, tu Dios. Amén».

Él apenas puede hablar.

—Precioso —susurra—. Muy bien.

Mientras continúa trabajando en sus proyectos, Abigail dice: —Entonces, ¿por qué no tienes un hogar?

—Mi hogar es muchos lugares.

—¿Por qué?

—Porque tengo un trabajo mucho más importante que tan solo ser un artesano o un maestro.

—¿También eres maestro?

—Pronto lo seré.

—¿Y qué otro trabajo?

—Todos tienen un trabajo mucho más grande que solo su oficio. Y ustedes son mucho más que estudiantes. Están en la escuela para mostrar amor a los demás, y para tomar la Palabra de Dios y compartirla. Y en su casa, honrar a sus padres y a sus madres. Y lo más importante, de la Ley de Moisés, ¿amar a quién?

—Al Señor, tu Dios —dice Josué—. Con todo tu corazón.

—¡Muy bien, Josué el Valiente! Haré mi trabajo en muchos lugares.

• • •

Esa misma tarde casi anocheciendo

Mientras Abigail guía a las otras dos niñas más pequeñas, a Josué, y a los otros dos niños por el campo de regreso a sus hogares, van hablando entre ellos, intentando entender al tipo de hombre que están conociendo.

—¡Tal vez es el mejor artesano que haya vivido! —dice uno.

—¡O tal vez es más fuerte que Sansón!

—Tal vez será su nuevo maestro en la escuela de la sinagoga —les dice Abigail a los varones.

—Yo creo que tal vez es un nuevo profeta —dice la niña más pequeña—, y nos enseñará la Palabra de Dios.

—No — Josué sacude su cabeza—, no hay nuevos profetas. Lo dijo el rabino Josías.

—Pero tal vez sea un asesino —dice uno de los otros niños.

Abigail se gira para mirarlo. —¡Él no lo es!

—¡Pero tal vez por eso está solo! Está huyendo, y escondiéndose y...

—¡Sí, y probablemente está fingiendo ser un artesano para que nadie lo sepa!

—¡Eso no es cierto! —dice Abigail—. ¡Él está construyendo cosas *con* nosotros! ¡Estamos viendo cómo lo hace!

—Sí, es inteligente —dice la niña más pequeña—. Deberíamos escucharlo.

—Pero tal vez le estamos ayudando a construir armas —dice otro de los muchachos—, y ni siquiera lo sabemos.

—¡No! —dice Abigail—. Es un buen hombre.

—Yo también pienso lo mismo.

—Me cae bien —dice el niño. Se encoje de hombros—. Solo digo que tal vez sea un delincuente.

Abigail se gira y los demás se detienen detrás de ella.

—Pero sea lo que sea, todos estamos de acuerdo en que no hablaremos de él con nadie. ¿Sí?

Capítulo 32

«MI RAZÓN»

Durante los días siguientes, los niños acuden a Jesús diariamente. Él trabaja con ellos, les enseña, pesca con ellos, come con ellos, ora con ellos, e incluso les enseña canciones. Cuando les cuenta historias de las Escrituras, especialmente acerca de otros niños, actúa con teatralidad, rugiendo como un león o moviéndose de pie con pesadez como un oso. El deleite y las risas de ellos lo confortan, y lo acribillan a preguntas por horas. Qué gratificante tener este tipo de preparación para hablar a personas de todas las edades. Si puede conseguir que los niños lo entiendan, los adultos también deberían entenderlo.

Alrededor de la fogata cerca del mediodía, les enseña una nueva oración, que ellos repiten después de él.

—Padre nuestro, que estás en los cielos, santificado sea tu nombre...

Cada tarde le entra la melancolía cuando ellos regresan otra vez a sus hogares. Los oye mientras se marchan, hablando entre ellos de lo que han aprendido y de lo que piensan de todo esto. ¡Cuánto ha llegado a quererlos! Le encanta la apertura que tienen, su disposición a escuchar, su falta de astucia. Él sonríe al pensar que, con los niños, uno siempre sabe qué hay en su mente.

La mejor parte del día para ellos es cuando recogen todas las cosas que ha hecho y las cargan en un carro de madera que él mismo ha construido, el cual usa para llevar sus mercancías a la ciudad a la mañana siguiente para intercambiarlas por comida y ropa. Le toma todo el día y toda la tarde, y extraña a sus pequeños compañeros.

Cuando finalmente regresa cuando ya está oscuro, se sienta a solas con el sonido del viento, el agua y el fuego. Se viste y se venda un corte que se ha hecho en el antebrazo. Le duele la espalda, los hombros y los brazos por todo el trabajo, así que se estira mientras ora por los niños. Apenas puede esperar el amanecer y su llegada. También ora por las multitudes a las que hablará dentro de pocas horas, y después se queda profundamente dormido.

• • •

A la mañana siguiente, la irreprensible Abigail, con sus cinco amiguitos en fila, le pregunta por el trabajo que harán hoy.

—¡Absolutamente nada! —anuncia Él, guiñando uno de sus ojos.

Ellos se quejan.

—¿Por qué? ¿Qué haremos?

—Hoy es un día de enseñar y aprender. ¿Quién nos va a enseñar?

—¡Tú! ¡Tú!

—¡Oh, muy bien! Entonces, ¿quién va a aprender?

—¡Nosotros!

—Júntense. Pónganse cómodos. Y prepárense para escuchar con atención.

—¿Podemos hacer preguntas? —dice Josué.

—¡Acabas de hacer una! —todos se ríen disimuladamente—. Pero, ¡sí que pueden! Esa es la mejor forma de aprender. Solo alcen su mano cuando quieran preguntarme algo.

En medio de su enseñanza sobre los mandamientos, uno de los niños alza su mano y les cuenta una pelea reciente por la que le habían castigado. Está animado, diciendo a los demás cuán injusto había sido, porque el otro niño había sido malo con él.

—Entonces, ¿tú qué hiciste? —le pregunta Jesús.

—Intenté alejarme, pero no dejaba de empujarme, así que yo le empujé tan fuerte que se cayó.

—Y por eso te castigaron —dice Jesús—. ¿Esperabas algo diferente?

—Bueno incluso la Torá dice: «Ojo por ojo». ¿Por qué me castigaron a mí?

—¡Sí, pero eso lo decide un juez! Tú no estabas en una corte judicial. Y tú, todos ustedes, son muy especiales. Deberían actuar diferente a los demás.

Josué alza su mano.

—Tú nos dices que seamos buenos, pero el rabino Josías dijo que el Mesías nos guiaría contra los romanos, que él sería un gran líder militar.

Jesús suspira y procede con cautela.

—Es importante que respeten a sus maestros y que honren a sus padres, y el rabino Josías es un hombre inteligente —Él deja que capten eso—. Pero muchas veces, hasta los hombres inteligentes carecen de sabiduría. ¿Hay algo en las Escrituras que diga que el Mesías será un gran líder militar? —los niños están totalmente perplejos—. Hay muchas cosas en las Escrituras que no pueden entender aún, y está bien. Tienen muchos años por delante, y Dios no nos revela todas las cosas a la vez. Pero, niños, ¿y si muchas de las cosas que piensa nuestra gente sobre cómo tenemos que comportarnos, y cómo tenemos que tratarnos unos a otros, están mal?

Jesús señala al niño que contó la historia.

—Quieren que las cosas sean justas. Cuando alguien les trata mal, quieren corregirlo. ¿Saben quién más ama la justicia? —señala al cielo—. Pero ¿qué dice el Señor en la Ley de Moisés sobre la justicia y la venganza?

Abigail levanta su mano.

—La venganza es mía.

—¡Sí! ¡Muy bien! Muy bien. Niños, presten atención. Ella ni siquiera va a la clase de Torá, ¿eh? —dice entre risas—. El Señor ama la justicia, pero tal vez no nos corresponde manejarla. ¿Recuerdan cuando David tuvo la oportunidad de matar al rey Saúl, que era malo con él? Pero no lo hizo. Saúl era el ungido de Dios, y no era el momento indicado para hacer justicia. Dios dice que tendrá compasión de su gente cuando, ¿qué...?

Abigail levanta su mano, pero Jesús le guiña un ojo.

—Veamos si alguien que estudia esto en la escuela está aprendiendo algo, ¿eh?

—Cuando su fuerza se haya ido —responde Josué.

—¡Sí! ¡Muy bien! Entonces, tal vez debemos dejar que Dios haga justicia, ¿no? Tal vez nosotros debamos manejar las cosas de otra manera, sin intentar ser el más fuerte todo el tiempo.

—¿Incluso el Mesías? —pregunta una de las niñas.

Jesús se encoge de hombros.

—Ya lo veremos. Pero no esperen que el Mesías llegue a Jerusalén montado en un gran caballo, cargando armas. Él estará más a gusto con aquellos que amen la paz.

—¿Dónde estuviste ayer?

—Tuve que quedarme en la ciudad hasta tarde. Había una mujer que necesitaba mi ayuda.

—¿Construiste algo para ella?

—No. ¿Recuerdan cuando dije que tengo un trabajo más importante que mi oficio? Había una mujer que estaba sufriendo mucho en esta vida, y estaba en problemas, así que le ayudé.

—¿Es tu amiga? —dice Josué.

—Ahora sí. La he escogido a ella, junto con otros, y pronto a más, para viajar conmigo.

—¿Ellos te conocen? —dice Abigail

—Aún no.

—Pero ¿y si no les gustas?

Jesús se ríe. ¿Cuánto más decirles?

—A muchos no. Por esa razón estoy aquí.

Abigail da un suspiro.

—Aún no lo comprendo. ¿Cuál *es* la razón para que estés aquí?

Así que ahí está, la pregunta del día, y hecha por una niña. En verdad, Jesús sabe que es la pregunta de los siglos. Hace una pausa, orando para que entiendan el peso de su respuesta. Baja la voz para que se acerquen y escuchen con atención.

—Les digo esto porque, aunque son niños y los mayores en su vida han vivido más, muchas veces los adultos necesitan la fe de los niños. Y si mantienen esta fe dentro de ustedes, algún día muy pronto entenderán todo lo que estoy diciendo. Pero tu pregunta es muy importante, Abigail. ¿Cuál es la razón para que yo esté aquí? La respuesta es para todos ustedes —vuelve a hacer una pausa. Después, con un susurro, pero con convicción, dice—: El Espíritu del Señor está sobre mí, porque me ha ungido para anunciar el evangelio a los pobres. Me ha enviado para proclamar libertad a los cautivos y la recuperación de la vista a los ciegos, para poner en libertad a los oprimidos, para proclamar el año favorable del Señor.

—Isaías —dice Josué.

Jesús asiente.

—Isaías —aprieta los labios y mira los seis jóvenes rostros, con un nudo en la garganta—. Me encantó pasar este tiempo con ustedes. Son todos muy especiales. Espero que mis próximos estudiantes me hagan las mismas preguntas que ustedes y que escuchen mis respuestas —dice sonriendo, pero me temo que no tendrán tanto entendimiento como ustedes —mira directamente a los ojos de Abigail—. Y espero que cuando llegue el momento adecuado, hablen a otros de mí, como ustedes lo han hecho.

Los niños se dirigen a sus casas juntos, en silencio.

Jesús trabaja hasta tarde esa noche, sabiendo lo mucho que extrañará a estos pequeños. Cuando finalmente se retira, incluye en su oración: —Si alguno les hace pecar, más le valdría atarse una piedra de molino al cuello y tirarse al fondo del mar.

• • •

Al amanecer del día siguiente

Abigail, corriendo sola con su muñeca, bordea el saliente rocoso y encuentra el campamento de Jesús abandonado. No lejos de la fría hoguera, se topa con una casa de muñecas de madera, cuerda y piedras muy bien hecha. Contiene pequeños animales tallados, una diminuta escalera y una mesa con un retal de tela cubriéndola. Encima de la casa, hay escrito con carbón sobre un trozo de madera:

Abigail, sé que sabes leer. Eres muy especial. Esto es para ti. No vine solo por los ricos.

PARTE 5
La Roca

Capítulo 33

EL ACCIDENTE

Mar de Galilea, altas horas de la madrugada del sabbat

Simón se sienta en la proa de la barca suya y de Andrés, que es el medio para su sustento. Le repugna la presencia de cinco soldados romanos vestidos de rojo brillante, cuatro de ellos van remando. El otro, un lacayo de Quintus, se encarama en su hombro. El pretor de Capernaúm hace mucho tiempo ya que perdió la paciencia esperando a que Simón cumpla con su parte del trato. A Simón y su hermano se les han perdonado unas deudas por impuestos considerables y han recibido un año de aplazamiento a cambio de la promesa de Simón. Por lo tanto, él los llevará hasta los verdaderos delincuentes: mercaderes que violan el *sabbat* para evitar pagar su justa parte.

A Roma no le interesa para nada el *sabbat*, y Simón lo sabe, pero que los judíos evadan impuestos, bueno…

La embarcación se desliza rápidamente bajo el poder de los brazos fuertes de los soldados. Simón daría cualquier cosa por tener este tipo de ayuda mientras pesca, pero nunca había esperado tener ni a un solo romano a bordo. Es como si hubiera invitado a serpientes venenosas a entrar en su hogar. Pero es todo culpa suya. Él postergó a Quintus con excusa tras excusa hasta que el pretor le asignó esta tripulación.

—Es momento de la entrega, Simón —le había dicho el hombre—. O tú y tu hermano compartirán la celda de una prisión… o una tumba.

Esto no había sido idea de Andrés, aunque se beneficiaba del acuerdo. Pero Simón nunca pensó en meterlo en esta misión, así que solo él tiene que satisfacer a las autoridades. Pero ¿de verdad es capaz de hacerlo, entregar a sus hermanos hebreos por algo que él mismo ha hecho en más de una ocasión? ¿Acaso es él mejor que un recaudador de impuestos, tirándose al cuello de sus compatriotas judíos, hombres junto a los que ha trabajado por años?

Ha pasado sus días en estas aguas desde que era un niño. Siente cosas, huele cosas, mucho antes de que los profanos las vean. Ahora, siente que hay barcas cerca. También ve algo en el agua que nadie más ve. ¿Por qué esta noche tiene que estar tan clara y calmada?

—¡Oh, oh, oh! —dice—. ¡Despacio!

Los soldados dejan de remar, y la embarcación se deja llevar hasta una boya que está firmemente atada. Si sus camaradas de pesca supieran lo que él y los romanos traman, tendrían más cuidado. Han dejado evidencia a plena vista. Simón se inclina y lo recoge, introduciéndolo en la barca.

—¿Qué es eso? —dice el guardia.

—Es una boya de pesca.

—¿Y?

—Pues que significa que estamos cerca.

—Buen trabajo.

Los elogios le revuelven el estómago a Simón. Lo último que quiere es que le asocien con estas víboras. No es mejor que ellos. Su única ventaja es que ellos están muy lejos de sus áreas de experiencia. Los remeros hacen su tarea bastante bien, y su fuerza impresiona, pero no saben nada de este trabajo.

Con la luz de las lámparas del guardia, Simón a escondidas mira la boya de pesca y le da la vuelta. Él y sus colegas tallan sus iniciales y acuerdan devolver cualquier cosa que encuentren. Su corazón se entristece cuando ve una Z escrita en esta. Es el viejo Zebedeo con sus hijos, Santiago y Juan; y su flota, o parte de la misma, estará cerca con decenas de hombres.

¿Estoy preparado para esto?, se pregunta Simón. *¿Es demasiado tarde para continuar confundiendo al enemigo?* Con los ojos bien abiertos para otear el oscuro horizonte, detecta las fantasmagóricas siluetas de tres barcas. Lo único que tiene que hacer es decírselo al guardia, y su futuro estará asegurado: el suyo y el de Edén y Andrés.

Pero no puede. Sencillamente no puede.

¿Qué será de Zebedeo y Santiago y Juan, por no hablar de todos sus hombres? ¿Y qué será de su propia reputación? Necesitaría esa exención de impuestos el resto de su vida porque su nombre sería anatema en este mar.

Nadie trabajaría con él, ni le compraría ni le vendería nada. Muchos incluso los sabotearían a él y a Andrés, aunque toda esta traición recaería sobre Simón.

—¡A estribor! —grita, señalando lejos de donde ha divisado las barcas, y hacia peligrosas aguas poco profundas. El guardia mira hacia atrás a los remeros, como si ellos supieran qué hacer. Pero ellos están tan perdidos como él. Simón señala hacia la izquierda con repulsión.

—¡Por aquí!

¿Cómo pueden pretender gobernar las vías navegables cuando ni siquiera conocen unos sencillos términos náuticos?

—Romanos —dice entre dientes.

Obviamente creyendo que están llegando a algo, los soldados toman el ritmo al unísono, agarrando velocidad en las aguas. Simón sabe lo que viene y se sujeta.

¡Crac!

Los remeros se caen de sus asientos, y el guardia se choca contra Simón.

—¡Estúpida rata de mar!

—¡Chocamos contra un banco de arena! —dice Simón—. ¿Por qué no me escuchan? ¡Les dije que vayamos por aquí!

El guardia sencillamente no se lo cree. Ordena a sus hombres que bajen a unas aguas que les llegan por la rodilla para desencallar el barco y dirigirse a la orilla. Minutos después están arrastrando a Simón hasta la playa rocosa.

—Los accidentes ocurren, muchachos —dice él jovialmente—. No hay nada de que avergonzarse.

El guardia se gira hacia él.

—No fue ningún accidente. Conoces el mar mejor que nadie, por eso hueles así —saca su espada y le presiona la cabeza a Simón con ella—. Quiero que recuerdes esto, Simón, hijo de Jonás. Esto es bondad.

Saca la hoja de la espada y la desliza por la oreja de Simón. Simón grita y tira de una mano que tiene libre para contener el borbotón de sangre.

—Quintus, por otro lado —dice el guardia, nariz con nariz con Simón ahora— es capaz de usar una gran violencia contra quienes lo traicionan. Quizá pueda retenerlo por una semana —dice sonriendo—. Piensa en Edén.

Simón cierra los ojos. Morirá antes de dejar que algo le suceda a ella.

—Si tan solo te atreves a acercarte a ella…

El guardia le da un puñetazo en el estómago a Simón, haciendo que se doble del dolor.

—Cumple tus promesas, perro.

Capítulo 34

CONFRONTACIÓN

El Martillo

Simón ha pedido a Zebedeo y sus hijos verse para tomar un trago. Se encuentran con él y Andrés en la única mesa sin un juego de nudillos o de dados. Simón le da las gracias al canoso hombre por venir.

—Oh, los chicos no tuvieron que retorcerme mucho el brazo para hacerme venir por unos tragos —Zebedeo señala hacia la maltrecha oreja de Simón—. ¿Fue negocios o placer?

—Ah, ¿esto? No, me quedé sin cebo. Quise darle una oportunidad a mi oreja.

El joven Juan y el gran Santiago se ríen antes de que su padre los calle con una mirada.

—Tal vez a alguien no le gustó tu sentido del humor. ¿Por qué estamos aquí, Simón?

Así que este va a ser el tono. Simón ha apreciado por mucho tiempo la sensata impaciencia de Zebedeo con la charla trivial. Le gusta ir directo al grano.

—Hice un trato con los romanos.

—¿Romanos? —repite Santiago—. Simón...

Juan interrumpe.

—Él no nos dijo nada sobre ningún trato, padre.

Zebedeo lo calla.

135

—¿No ves su herida? Parece que Simón no les dio lo que querían, ¿cierto? ¡Usa tu cerebro! —se gira de nuevo hacia Simón—. Continúa.

—Yo debo impuestos.

—Todos debemos.

—Muchos. Dijeron que se quedarían con el bote, nuestras casas...

—¿O?

Simón duda. Pero esta reunión fue idea suya, y no hay forma de suavizarla.

—O entregar una flota de pesca en *sabbat*.

Juan se da la vuelta para mirar a Andrés.

—¿Tú sabías de esto?

Andrés agacha la cabeza.

—Gracias por tu honestidad, Simón —dice Zebedeo—. Intentaré serlo también, me sorprende que muestres tu cara aquí y aún más que me pidas que te ayude.

Simón intenta evitar la mirada del anciano.

—No voy a negarlo. Estoy atrapado, pero —se anima— esto me deja en una buena posición.

Zebedeo se ríe.

—¿De verdad? Ahora dime, ¿cuál es el valor de un traidor muerto?

Simón se inclina hacia delante, insistente.

—¡No soy ningún traidor!

—Estás acabado en los muelles, Simón —dice Juan.

—Déjalo —dice Santiago, poniéndose de pie—. Vámonos, padre.

—Conozco sus intenciones, Zebedeo —dice Simón—. Vienen por ti.

Zebedeo mueve su cabeza.

—Están jugando contigo, muchacho —mira a Andrés y vuelve a mirar a Simón—. Lo siento. No puedo ayudarte —se levanta para irse con sus hijos.

—Anoche pescaste en la costa Gregessa —dice Simón.

Eso hace que el anciano se detenga. Él y Santiago y Juan miran fijamente. Les hace un gesto para que se sienten.

—Tal vez lo hice. Tal vez no. Atraca seis barcos y pronto todos en El Martillo saben dónde has estado. Lo que no saben es dónde estarás la próxima vez.

—Fueron solo tres barcas, Zebedeo —Simón saca de su regazo la boya que encontró en el mar—. Estaba prácticamente detrás de ti con algunos soldados. Muchos más esperaban en la orilla a que descargaras.

Los tres miran atónitos.

—¿Y cómo pudimos salir de allí? —pregunta Juan.

—Me aseguré de que la barca tuviera un desafortunado accidente. Y después perdí parte de la oreja favorita de mi esposa.

Santiago sonríe.

—¡Gracias, amigo!

—¡No, no le des las gracias! —dice Zebedeo—. ¡El eligió tratar con Roma! Entonces, ¿cuál es tu juego, eh? ¿Estás buscando un aliado, alguien que te lleve a cambio de entregar a *sus* competidores?

—No —dice Andrés—. Es mucho más estúpido que eso.

—Quiero que entregues la pesca —dice Simón.

Zebedeo mira a Santiago y a Juan.

—¿Qué es lo que dijo?

—Espera —dice Juan—. Darle la pesca, ¿a quién?

—¡A mí! Luego te alejas del mar en *sabbat*... por un tiempo, y yo le digo a Quintus que el problema está resuelto.

Los tres estallan de la risa, y Andrés se queja.

—Eso no tiene sentido.

—Tiene razón —dice Zebedeo.

—Es solo una noche de trabajo... —dice Simón.

—¡*Cuarenta* noches! —dice Zebedeo—. Una por cada hombre que hizo el sacrificio de estar lejos de su familia.

—¡Y los cuarenta regresaron a sus casas por la mañana gracias a mí!

—Sí, Simón, ¡porque no lo soportarías si nos arruinaras como te arruinaste a ti! —el hombre fija sus ojos en Simón, como si examinara su alma—. Tenemos una gran deuda contigo por eso.

Simón se pregunta si de algún modo habrá solucionado este lío. Sin embargo, Zebedeo no ha terminado.

—Pero no puedo devolvértelo quitando la comida de la boca de mis hombres. Lo siento.

• • •

Cuartel general de la autoridad romana

Un capitán dirige a Mateo a la oficina de Quintus y lo anuncia al pretor.

Quintus mira fijamente por gran ventana, de espaldas a Mateo.

—La fruta aquí es increíble —dice él—. Granadas, dátiles, higos, bayas. Las aceitunas. Todo lo que crece aquí es impecable.

Mateo se mueve de manea extraña. Quintus finalmente se gira para mirarlo, con los brazos cruzados y sonriendo.

—Excepto las personas. Son realmente miserables. Adoran a un solo dios, y sin embargo están divididos. Verás, la gente se queja de que nosotros los romanos gobernamos el mundo, pero conozco un secreto sucio. Esta gente *quiere* ser gobernada. *Quieren* una excusa para quejarse. Es parte de su naturaleza. ¿Entiendes eso, Mateo?

—No lo sé.

Quintus obviamente está entretenido.

—No, claro que no. Tú eres una persona única. Estas cosas están por debajo de ti —mira más allá de Mateo—. ¿Dónde está tu escolta?

Mateo duda.

—No quiso entrar. Siente que por mi falta de habilidades sociales...

—Piensa que harás que lo matemos.

Exactamente, piensa Mateo.

—Sí.

Quintus se ríe.

—Hoy no, Mateo, no. Hoy tengo una necesidad, y me has oído bien. Tengo la necesidad de usar tu máquina.

—¿Mi máquina?

—Tu mente, Mateo. Despierta —abre un documento—. Tal vez tenías razón respecto a Simón. Él me traicionó. Tal vez. Probablemente. La verdad es que no tengo muchas tropas marinas aquí. Pudo haber sido un accidente.

—¿Dóminus?

—Sigue a Simón. Quiero que averigües dónde va, con quién se junta. Dime de qué habla, qué bebe. Lo que sea.

—Lo último puede resultar difícil. De hecho, todo lo que me solicita, Dóminus, puede resultar difícil.

—Pero tú eres un hombre de recursos. Orientado a las metas...

—No soy aceptado.

—¿Dónde?

—En ningún sitio. Soy un recaudador de impuestos.

—¿Te miran con celos?

—Odiado. Todos odian a los recaudadores de impuestos. Somos peores que los romanos —Mateo se da cuenta de lo que ha dicho—. Ustedes nacieron romanos, pero yo por elección.

Quintus mira fijamente a Mateo y se encoge de hombros.

—Pues disfrázate. No me importa —le entrega a Mateo una tabla de cera—. Sabes escribir, ¿verdad?

—Sí.

—Escríbelo todo. Cada detalle. ¿Tu casa está protegida?

—Sí, Dóminus. Mi perro la cuida mientras estoy fuera.

Quintus se ríe con fuerza.

—Ah, Mateo, ¡eres un tesoro invaluable! ¡Claro que tienes un perro!

Capítulo 35

EL HOMBRE SALVAJE

Escuela hebrea de Capernaúm

Nicodemo ha convocado una breve reunión con Shemuel, su pupilo Yusef, y otros dos fariseos principales. Están de pie en un pequeño círculo en el vestíbulo mientras un experimentado Shemuel los agasaja.

—Lo vi con mis propios ojos. La fila se extendía desde el borde del Jordán hasta las arboledas de acacias, hasta donde alcanzaba la vista. Todos esperando la inmersión en el río a manos de un ruidoso hombre vestido con piel de camello.

—¿Y no para la purificación? —dice uno.

Shemuel menea negativamente la cabeza.

—Lo llamó bautismo de arrepentimiento… ¡para perdón de pecados!

—¿Qué dijo exactamente? ¿Lo habías visto antes?

—Yo no. Eso es lo que dijo —se dirige a Nicodemo—. Rabino, ¿hay algún precedente de esto?

Nicodemo está perdido en sus pensamientos. ¿Será este el hombre del que hablaba Lilith, María? Pero ella no dijo nada de que fuera ruidoso o que vistiera pieles. Quizá es otro del que Nicodemo ha oído hablar.

—¿Qué hay de su discurso?

Shemuel parece perplejo.

—¿Rabino?

—Sus palabras... ¡el mensaje! ¿Defiende la ley rabínica? ¿Apela a la revolución? ¿Violencia?

—Violencia no, pero aún no les he contado la peor parte. Uno de los nuestros se acercó a él, y nos llamó serpientes.

—¿A nosotros? —dice otro.

—¡Sí! A los líderes religiosos.

—¿Serpientes?

—Vociferaba como un loco sobre lo inútiles que éramos.

—¿Qué más? —dice Nicodemo.

—¿Qué más? ¿Qué puede ser peor que eso?

—Depende... de quién sea él.

—Dijo a los recaudadores de impuestos y a los soldados que no robaran dinero ni recolectaran más dinero del autorizado.

—¿Estaban ellos presentes mientras decía eso?

—¡Sí! Y dijo a los plebeyos que compartieran comida y ropa con los que no tienen nada.

—Ah —dice un fariseo—, está predicando un mensaje populista.

Nicodemo silencia al resto con un gesto.

—En Jerusalén, oí hablar de un salvaje que entró en la corte del rey con una lista de males cometidos por Herodes Antipas y su familia.

—¿Qué deberíamos hacer, Rabino? —pregunta Yusef—. ¿Podemos llevarlo para ser interrogado por el Sanedrín?

Nicodemo niega con la cabeza.

—Si es la misma persona, no responde al Sanedrín. Nosotros no somos su único objetivo, de todos modos. Parece que disfruta al rechazar cualquier cosa que tenga que ver con la tradición, o con cualquiera con influencia —se dirige a Shemuel—. ¿Dicen que hace milagros?

—No lo sé.

Los demás parecen esperar más de Nicodemo, pero él se limita a decir:
—Terminó la reunión —y se va.

Capítulo 36

LA CONFESIÓN

Simón llega a su casa y encuentra allí a sus cuñados apiñados con Edén en la cocina, susurrando.

—¿Qué sucede? —dice él.

Los hombres, totalmente sorprendidos, se giran y sonríen... tal vez demasiado, especialmente siendo los personajes contra los que se pelea a puñetazos casi semanalmente desde hace mucho tiempo.

—¡Ajá! —dice el mayor, sonando como si hoy fuera un combatiente—. ¡Ahí está!

Cansado, Simón responde inexpresivamente.

—Josafat. Abrahim.

—¡Simón! —dice Josafat—. ¿Qué te pasó en la oreja?

—Es solo un corte —Edén parece estar casi llorando—. ¿Qué está pasando?

Simón —dice Josafat, aún con una sonrisa forzada—, somos hermanos...

—¡Sí! —dice Abrahim—. Si alguna vez necesitas *algo*...

Ya basta de todo eso.

—Miren —espeta Simón—, si esto tiene que ver con lo que está pasando en los muelles... no sé lo que escucharon, pero es solo un malentendido, ¿sí? Son negocios.

Edén reacciona.

—¿Qué pasa en los muelles?

Así que no se trata de su problema con los romanos. ¿Qué es esto? Simón tartamudea, deteniéndose hasta que le venga algo a la mente que decir.

—Yo... eh, perdí un cebo. ¿Qué ha ocurrido?

—Ima está enferma —dice Edén.

—¿Dasha? ¿Qué ocurrió?

—Tiene ataques de tos —dice Josafat—. No tiene fuerzas para hacer nada.

—Y aun así no duerme —añade Abrahim.

—Está escupiendo sangre.

—No entiendo —dice Simón—. La vimos hace un...

—¡Un mes! —dice Edén—. Simón, hace un mes desde que visitamos a Dasha.

¡No es posible! Intenta defenderse.

—Ya sabes cómo ha sido el trabajo y... lo sé. No he sido un buen... —de repente se da cuenta. Asiente a sus cuñados—. Espera, ¿por qué están ellos aquí?

Mientras los tres se miran incómodos, él oye tos en el otro cuarto. Así que es eso. ¡Han traído aquí a su suegra!

—No, no, no, no. Miren, amo a su Ima como si fuera mi propia madre, pero...

—¡Ella *te* ama! —dice Josafat.

—...pero no podemos tenerla.

—Abrahim y su familia están ya en mi casa —dice Josafat.

—Realmente es un mal momento —dice Simón.

—¿Cuándo es un buen momento para enfermarse, Simón? —dice Abrahim.

—Chicos —susurra Simón—, la respuesta es no.

Los hermanos se miran con los ojos muy abiertos, y después los dos hermanos se acercan, preguntando: —¿Qué clase de hombre eres tú?

—No tienes honor, ¡hijo de Jonás!

—Fue muy agradable golpearte la cabeza de...

—¡Golpearme la cabeza! —grita Simón—. Sí, ¿dónde está el honor en eso, ¿eh?

—¡Deténganse! —grita Edén. Todos guardan silencio—. Josafat, Abrahim —dice ella con voz tranquila—, si Simón dice que es un mal momento, es que tiene razones para ello. Es un mal momento.

—Gracias, Edén —dice Simón.

—Un mal momento para ti —dice ella—. No para mí.

—Cariño.

—¡No! Si no puedo cuidar de mi propia madre cuando está enferma, ¿qué soy? No soy nada. No soy una hija. No soy una hermana. ¡Nada!

—Tú siempre serás…

—¡Nada!

No habrá forma de mimarla.

—Abrahim, Josa —dice Simón, intentando mantener un tono calmado—, por favor. Vayan con Ima o salgan afuera. Necesitamos privacidad.

Ellos se miran entre sí, después miran a Edén. No se mueven.

—¿Edén? —pregunta Abrahim.

Simón ya está harto. Los enfrenta, tan serio como la lepra.

—No estoy hablando con su hermana. Estoy hablando con mi esposa en mi propia casa, y si no se van de esta habitación en tres segundos, ¡los golpearé a ambos con mis propias manos!

Ellos se retiran. Él se vuelve de nuevo a Edén. Las lágrimas corren por su rostro.

—Ya no puedo seguir con esto —dice él—. Por favor. Por favor, escúchame. No he sido honesto contigo —ella abre bien los ojos—. No es ninguna mujer, ni el juego… —ha captado la atención de ella—. Mira, unos días te miré a los ojos y te dije: «Yo me encargo». Mentí.

—¿Qué quieres decir?

—He estado pescando en *sabbat* porque no he tenido otra opción. Andrés tiene deudas de impuestos. Yo tengo deudas de impuestos. No hemos podido mantener el ritmo. Hice algunas cosas de las que no estoy orgulloso para arreglarlo y ha salido mal, y… tenemos problemas.

—¿Tenemos? ¿Qué quieres decir?

—*Yo. Yo tengo* problemas, pero digo *nosotros* porque necesito un milagro, o de lo contrario podría tener un *gran* problema.

—No soy una niña. Basta de acertijos. Dime qué sucede.

Él habla.

—Podría ir a prisión. Podríamos perder la casa.

Ella retrocede.

—¿Qué?

—El corte en mi oreja… es de un romano.

Ella se queda sin aliento.

—¡Simón!

—Si no obtengo una tonelada de peces o consigo ayuda de algún modo, me arrestarán.

—¡O te matarán! —dice ella—. ¡Son romanos!

—Sí, así que debo irme ahora.

—¿Ir a dónde?

—A pescar. Tengo que pasar el resto de la semana sin hacer otra cosa que pescar todos los peces que pueda y esperar que de algún modo pueda arreglar esto —ella se da la vuelta, pero él continúa—. Por eso no podemos recibir a tu Ima. Sencillamente no es posible ahora...

Ella se gira de nuevo hacia él.

—¡No! ¡Ella no tiene nada que ver con esto! ¡No dejaré que le castigues por tus propios pecados!

—Edén, no puedes hacer esto tú sola.

—Tú no puedes decirme lo que puedo o no puedo hacer. ¡Has tenido los ojos cerrados a lo que pasa aquí! Y Dios está conmigo, aunque tú no lo estés.

Eso le hiere profundamente.

—Lo siento.

Ella parece estudiarlo.

—¿Dónde está tu fe? ¿Eh?

—¿Qué? —seguro que ella no lo está acusando...

—Me escuchaste.

—La fe no me va a dar más pescado.

—No estoy hablando de esta noche. Estoy hablando de mucho antes de esta noche. Eres distinto. Antes era jugando, y ahora es trabajando e intentando hacerlo todo por ti mismo. El popular Simón, arreglándolo todo y encantando a todos, ¡tú solito! Y pescando en días santos sin siquiera pensarlo, sin mostrar respeto por nuestro Dios.

—¿Y qué hay del *pikuach nefesh*? Podemos romper un mandamiento para salvar una vida. Nuestras vidas están ahora en juego.

—Eso no lo sabes porque te has apartado del Señor últimamente. Ya no eres el hombre que conocí y con el que me casé —ella ha conseguido callarlo, y no ha terminado aún—. Por *eso* estás atrapado, y te sientes desesperado, y ahora intentas arreglarlo de nuevo por ti mismo.

Él no tiene defensa. Sabe que ella tiene razón. ¡Cómo anhela reconciliarse con ella!

—Así que vete —dice ella, ahora sollozando—. No quiero que estés aquí esta noche, de todos modos.

—Lo siento —susurra él.

Parece que ella no puede esconder su amor por él.

—Sé que lo sientes. Lo sé. Y me alegra que al menos fueras honesto conmigo. Pero basta de hablar. Tal vez Dios consiga llamar tu atención ahora.

• • •

Simón se va caminando fatigosamente, más desalentado que nunca. Él solo se ha metido en todo este lío, lo sabe, y ha lastimado a la mujer que ama más que a cualquier otra persona en la tierra. Da un puñetazo a una de las mesas donde arregla los aparejos de pesca, deseando hacerse todo el daño que se merece. Pero la piel de sus manos es gruesa como el cuero, y apenas lo siente.

—¡Simón!

Es la voz de Andrés, y parece emocionado. En el momento justo. Simón preferiría revolcarse en su vergüenza antes que tener que hablar con alguien, aunque sea su hermano. Quiere canalizar su culpa hacia una roca firme de resolución a hacer lo que tenga que hace para recuperar la fe de Edén, saldar sus deudas, estar dispuesto a recibir a su suegra, recuperar su reputación con los otros pescadores, restaurar la confianza de Andrés... todo eso.

Andrés entra al patio dando saltitos, sonriendo como un loco. El pobre hombre ha tenido problemas por tanto tiempo, que este es un lado de él que Simón no había visto desde hacía años atrás. Y todo ha sido por su culpa. Sus locos planes. Su disposición a sortear las leyes.

—¡Simón! —grita Andrés casi sin aliento, apoyándose en un pasamanos de madera—. ¡Ha ocurrido! ¡Ha ocurrido, Simón!

Él no puede esperar a oírlo.

Capítulo 37

A PESCAR

Andrés jadea, quedándose sin aliento, intentando claramente recomponerse. Su beatífica sonrisa hace que parezca un borracho, pero Simón sabe que no lo está.

—¿De qué estás hablando? ¿Corriste desde Jerusalén?

Andrés finalmente logra decir: —¡Estamos salvados!

¡Oh, hermano! Simón no tiene ni idea de qué se trata todo esto.

—¿Estamos salvados?

Andrés asiente, con lágrimas en los ojos y lleno de gozo. Es como si el peso del mundo entero se hubiera caído de sus hombros. Simón no tiene tiempo para esto. ¿No se da cuenta Andrés del apuro tan desesperado en el que están?

—¡Lo vi! ¡Con mis propios ojos, Simón!

—¿A quién?

—¡Fue increíble!

—¡Andrés! ¿A quién viste?

Su hermano hace una pausa, mirando con más sinceridad que nunca. Simón tiene que admitir que es mejor ver a Andrés entusiasmado por algo, por cualquier cosa, que verlo tan preocupado como ha estado durante semanas. Pero ¿qué es esto?

—¡El Cordero de Dios! —dice Andrés.

Genial, piensa Simón, *justo lo que necesitábamos ahora... el hermano pequeño tuvo alguna eufórica experiencia religiosa.* Ambos han sido creyentes desde su infancia, pero los profetas han estado 400 años en silencio, ¿y ahora Andrés está convencido de que ha encontrado al mismísimo Cordero de Dios?

Pero no ha hecho nada más que empezar. Como si Simón no reconociera el lenguaje de las Escrituras, o si no hubiera entendido a qué se refiere con el Mesías profetizado desde hace tanto tiempo, Andrés dice, con la voz aún cargada de emoción: —¡El que quita el pecado del mundo!

Simón niega con su cabeza y se da la vuelta. Sea lo que sea, sea quien sea, no cambia nada de su situación. Simón aún tiene que irse, para conseguir la barca y los remos y las redes y salir al agua y comenzar a producir su única esperanza real de no ir a prisión… o de seguir vivo.

Claramente desalentado por la respuesta muy poco entusiasta de su hermano, Andrés dice: —¡Simón! Estábamos junto al Jordán, y Juan el Bautista señaló a un hombre que caminaba y… ¡Simón! ¿Me estás escuchando?

Simón se ha desplazado hasta la mesa donde ahora está reparando hábilmente las redes. Su vida tal como la conoce, ya no digamos la de Edén o la de Andrés, pende sobre un terrorífico abismo.

—¡Sí! Pero no me estás diciendo nada.

Andrés se acerca, con un sollozo en su voz.

—Vi al Mesías hoy, ¡el hombre por el que todos, incluido tú, hemos orado durante toda nuestra vida! ¿Y ni siquiera te importa?

Simón no sabe si reír o llorar. No levanta su vista de su trabajo.

—¿Era un hombre grande?

—¿Grande? —dice Andrés—. No.

—¿Rico?

—No.

—Entonces no parece que pueda sacarnos de esta deuda con Roma —finalmente alza la vista para mirar a Andrés—. Quizá, tal vez sea médico. ¿No? Bueno, entonces tampoco puede ayudarnos con la Ima de Edén… ¡que ahora vive con nosotros, Andrés!

Andrés parece afectado.

—¿Dasha?

—Así que, ¡perdóname si no estoy saltando de alegría porque Juan el raro señaló a alguien!

Andrés se acerca más, como si estudiara el rostro de Simón.

—Estás asustado —dice en voz baja.

Eso no es ni la mitad.

—¡Lo perdí todo! Quemé todos los puentes.

Andrés se agarra el hombro de Simón y susurra con voz ronca.

—¡No importa! ¡Los romanos no importan si el Mesías ha llegado! —agarra el rostro de Simón entre sus manos—. ¡Todo es posible ahora! ¿No lo ves?

Simón no puede negar que Andrés realmente se cree lo que dice. Sonríe con condescendencia y le da un golpecito en la espalda a su hermano.

—Eso sería fantástico —se aparta y se dirige hacia su almacén.

Andrés parece incrédulo.

—¿A dónde vas?

Simón señala hacia la casa.

—Ve y ayuda a Edén. Sus hermanos están intentando cocinar, puedo olerlo.

• • •

Andrés no puede evitar preguntarse qué acaba de suceder. Simón tenía que saber que hablaba en serio, que no se lo estaba inventando. Tendrá que presentarle al Mesías.

Pero ¿qué es esto? A mitad de camino por el bloque de casas, el recaudador de impuestos le observa por encima de tu tablilla. Sin cubrirse. A la vista de todos.

Andrés finge no darse cuenta y avanza unos pasos hacia una dirección y después hacia otra. El recaudador de impuestos sigue observándolo. Qué espía tan terrible.

• • •

Simón sale del almacén, cargado con todo lo que necesita para una noche de pesca. A menos que tenga éxito, esta podría ser la última vez que ve su propia casa. Se apresura a ir al mar, y se da cuenta de que camina directamente hacia el recaudador de impuestos.

—Ahora me sigues, ¿eh?

Mateo sonríe.

—Es una cuestión de contabilidad.

—Estás aquí para asegurarte que Quintus sepa dónde ir cuando llegue el momento de capturarme.

El hombrecito lo mira orgulloso.

—Para tratar lo de tu deuda. Yo hago seguimiento de las cosas. Lo hago bien. Quintus sabe que lo hago bien.

Eso provoca una sonrisa en Simón.

—Eres un poco... raro, ¿verdad?

Mateo lo mira incómodo, como si le hubieran descubierto... no espiando, sino siendo raro.

—Deberías entregarte. Podemos acompañarte.

—No —dice Simón—. Todavía tengo opciones —se da la vuelta para seguir caminando.

—No hay ninguna —dice Mateo a sus espaldas—. Debes dar información concerniente a los pescadores culpables o saldar tus cuentas. De algún modo.

Simón se detiene y deja en el suelo sus cosas, regresando para enfrentar a Mateo.

—Andrés dice que todo es posible.

—No matemáticamente.

—Sí, pero... ¿qué pasa si...? ¿Ya sabes?

—Solo someterás a tu familia y amigos a una angustia innecesaria al prolongar lo inevitable.

—Usas palabras sofisticadas.

Mateo mira como si le hubieran hecho un elogio.

—Pero nadie me escucha... no como te escuchan a ti. Tú tienes un talento singular.

Asombrado, Simón asiente.

—Al menos tengo algo —vuelve a recoger sus cosas.

—¿Asumo que no te diriges a las autoridades? —dice Mateo.

—Voy a pescar.

—¡Ah! Variables. La gente siempre añade variables.

Simón lo ignora, listo para continuar. Mateo parece intentar una nueva táctica.

—¿Cambia algo las cosas si sabes que solo tienes hasta el amanecer?

Simón siente que el color se va de su rostro.

—¿El amanecer? ¡Pero el *sabbat* es en tres días!

—Quintus está convencido de que lo traicionaste. Está en camino.

Simón está confundido. No hay forma de pescar peces suficientes en una noche, aunque trabaje hasta el alba, para saldar su deuda y la de Andrés. Pero no tiene otra opción.

—Aun así, iré a pescar.

¡Entrégate! No tienes un plan viable.

—Te acabo de decir mi plan. Si me hundo, será haciendo aquello para lo que Dios me hizo. Y podrás decirle a tu jefe que vaya a sacarme del agua.

Capítulo 38

LA OPORTUNIDAD LLAMA A LA PUERTA

Casa de invitados de Capernaúm

Nicodemo se sienta frente a Zohara a cenar mientras los siervos se apresuran con las cosas, intentando anticipar cada una de sus necesidades. El anciano fariseo aún disfruta mirando a la novia de su juventud, su compañera por décadas.

—Deberíamos contar nuestras bendiciones —dice ella.

Justo lo que he estado haciendo, piensa él.

—Sin duda que Adonai es grande.

—Este viaje no podría haber salido mejor, ni aunque hubiéramos planeado cada momento —dice ella. Zohara se lleva la cuchara a los labios.

En verdad, Nicodemo está cansado de la constante adulación, que la gente le haga reverencias y se vayan cuando se dan cuenta de quién es él por su atuendo. Pero también sabe que es su responsabilidad evadir la alabanza que le pertenece a Dios.

—Mis ojos están siempre abiertos de forma distinta en esta tierra.

—Sin mencionar las nuevas oportunidades que nuestros éxitos aquí abrirán, sin duda alguna.

Ella se refiere a Jerusalén, por supuesto, pero él lamenta en privado la idea de algún regreso triunfal, especialmente después de su fracaso con Lilith, María. Mejor rebajar las expectativas de Zohara.

—Nos quedaremos aquí otra quincena o hasta que concluya mi investigación.

Él sabe por la mirada de ella que eso no era lo que más deseaba oír.

—Pero, Nico —dice ella, pasándole el pan—, seguro que puedes terminar tu investigación en Jerusalén. Y los archivos están allí...

—El asunto está decidido.

Una llamada en la puerta les interrumpe. Zohara parece perpleja.

—No estoy esperando a nadie.

Es Yusef, y le dice a un siervo: —Es importante. Tengo que verlo.

Nicodemo se acerca.

—Lamento interrumpirlo a esta hora, Rabino —dice Yusef—. Traigo noticias sobre el hereje llamado Juan.

—¿El bautista?

—Los romanos lo pusieron bajo custodia.

—¿Cómo te enteraste de esto?

—Shemuel, Rabino.

Nicodemo se pregunta por qué Shemuel mismo no le ha traído esta información.

—Creo que él pudo darles a los romanos su ubicación —añade Yusef.

Mejor que eso no sea cierto.

—Nosotros no entregamos judíos a la ligera a los romanos —dice Nicodemo—. ¿Lo ordenó el Sanedrín?

—No, Maestro.

Nicodemo se da cuenta de que tal vez esta sea una de esas ocasiones en las que sería apropiado explotar su posición para tener acceso a alguien a quien quiere conocer desesperadamente.

—Me gustaría interrogar yo mismo al bautista. Haré algunas averiguaciones. Gracias, Yusef.

—Sí, Maestro.

—Y yo mismo hablaré de esto con Shemuel, ¿eh?

• • •

El Mar de Galilea

A pesar de los años de opresión y los desorbitados impuestos a manos de los romanos, a Simón siempre le ha gustado mucho su trabajo. Lleva en el agua desde que era niño, le encantaba trabajar con su padre y su hermano, por no hablar de muchos otros amigos que han llegado a ser como familia. Le encanta estar afuera, el agua, el sol... especialmente el sol. Disfruta incluso de que lo identifiquen como pescador.

También se le da bien... puede recitar las más de treinta especies distintas que llenan estas aguas. El trabajo duro ha sido su vida por tanto tiempo que sus manos y sus pies, incluso los dedos de ambas, han sido condicionados a manejar hábilmente cada tarea. Aunque no es un hombre grande, sus miembros están endurecidos y robustos, y se enorgullece de haber dominado cada tarea sobre el agua.

Sin embargo, Simón no disfruta particularmente de la pesca nocturna, y especialmente si está solo. Incluso las redes vacías se empapan y pesan, y echarlas al mar muchas veces y subirlas a la barca hace que la noche sea larga. Pero le encanta la luna sobre el agua, el dulce golpeteo de las olas contra la barca, y el relativo silencio.

Simón es optimista, aunque también es realista y sabe que incluso una pesca exitosa esta noche no servirá para saldar su deuda. Pero con su don de salir de los apuros hablando, cree que una pesca decente al menos le dará algo más de tiempo. Si puede obtener una pesca completa esta noche, nadie sabe qué podría hacer con un par de días más. Incluso Quintus se impresionará, ¡claro que sí!

Pero según va pasando la noche y ve que no saca nada, ni una sola sardina, su confianza se va desvaneciendo. Ha tenido antes malas noches, pero ¿nada? ¿Cómo es posible? Este mar, que ha alimentado no solo a toda Capernaúm sino también a todos sus alrededores por tanto tiempo, ¿está completamente vacío de peces esta noche? Imposible.

La desesperación se convierte en ira mientras grita y se queja con el solitario esfuerzo. Lo intenta por ambos lados de la barca, incluso por delante y por detrás. Prueba en caletas y ensenadas, en sus lugares favoritos, incluso en zonas que ha dejado para otros pescadores los últimos años. Pone los remos en su lugar y se adentra más de un kilómetro hasta un lugar donde siempre ha sacado algo. Pero no. No ha encontrado nada salvo cansancio tras sus esfuerzos.

Lo único que Simón sabe hacer es echar y echar y echar su red al mar y volver a sacarla. Lentamente comienza a enojarse. Y ahora está furioso... lanzando sus aparejos, dando pisotones, pasando ferozmente por encima de las redes empapadas y enredadas. Finalmente grita, rugiendo de rabia. Con el paso de las horas, se desgasta. Llega un punto en el que simplemente se sienta, con los hombros caídos. Un espectador tal vez supondría que simplemente está descansando un rato, pero está a punto de explotar.

¿Qué significará todo esto si falla? ¿Para Edén? ¿Para su Ima? ¿Para Andrés? ¿Su casa? ¿El futuro de todos ellos? ¿Sus sueños? Todo parece hundirse en la negra expansión de este mar que ha amado toda su vida. ¿Está siendo castigado? ¿Tenía razón Edén cuando lo acusó de no buscar ya al Señor? Ahora está dispuesto a intentar cualquier cosa.

• • •

En la orilla, Mateo se sienta con su perro, el cual empieza a aullar desde lejos del agua. Él calma al animal, diciéndole que se calle.

—La gente también ladra a veces.

Ha estado observando la barca de Simón por horas, preguntándose si el hombre estará pescando algo. En el horizonte lejano, observa una diminuta mota de luz de una llama. ¿Otra barca? ¿Quién más podría estar ahí afuera ahora?

La nave se mueve lentamente hacia Simón.

• • •

Simón se sienta en la bancada de su barca, agotado, estudiando sus manos. Hace años que no se le abrían los callos y se le hacían nuevas ampollas. Pero puede vivir con eso, superarlo, si tan solo pudiera encontrar el lugar correcto... cualquier lugar que produzca peces.

Su empapada red queda a sus pies, pero por el momento no puede levantarla y echarla al mar una vez más. La barca está sin rumbo, y su madera cruje suavemente.

—Exilio tras exilio —musita y mira fijamente al cielo. ¡Una noche bonita y clara! En otras circunstancias, habría disfrutado de esa vista. ¿Qué le prometió Dios a Abraham? «Y haré tu descendencia tan numerosa como las estrellas de los cielos».

—Y después qué, ¿eh? —dice en voz alta.

Simón se esfuerza por ponerse de pie y levanta la red.

—¿Haces que los elegidos sean tan numerosos como las estrellas solo para dejar que Egipto nos esclavice por generaciones? —con un gruñido, vuelve a lanzar otra vez la red al agua—. Nos sacas de Egipto, separas el Mar Rojo, ¿solo para dejarnos vagar por el desierto cuarenta años? Nos das la tierra, ¿solo para ser exiliados en Babilonia? Nos traes de regreso, ¿solo para ser aplastados por Roma? ¡*Este* es el Dios al que he servido tan fielmente toda mi vida! ¡Tú eres el Dios al que se supone debo agradecer! Sabes, por los hechos cualquiera diría que disfrutas tratándonos como si fuéramos cabras ¡y no puedes decidir si somos elegidos o no! ¿Cuál de las dos es? ¿Eh?

—¡Simón!

Se da media vuelta y ve una barca que se acerca.

—¿Andrés?

—¿Con quién hablas?

Simón niega con la cabeza.

—Aparentemente con nadie.

—No deberías bromear así, amigo —dice otro.

—Sí —dice un tercero—. Tus amigos podrían pensar que has perdido la fe.

—Santiago y Juan, supongo —dice Simón. Incluso en su furia, le conmueve que estén aquí. Cuando la barca de ellos se sitúa junto a la suya, ve también a su padre.

—¿Y quién trajo al viejo?

—Oí que necesitaban a un buen pescador —dice Zebedeo.

Simón extiende un remo hacia la barca de Zebedeo y sube a Andrés a bordo.

—¿Cómo supieron que estaba aquí?

—Aunque Edén esté enojada —dice Andrés— no es tan orgullosa como para no pedir ayuda.

—Ah —dice Juan—. Entonces, le contaste toda la historia, ¿no?

Santiago gruñe.

—¿Y cómo lo tomó?

—Digamos que esta es mi última noche como hombre libre —les dice Simón— y estoy pescando.

Una mirada de preocupación recorre el rostro de Andrés.

—¿Tu última noche?

—Quintus —dice Simón. Y no tiene que decir nada más.

Los otros se miran entre sí. Zebedeo se levanta, lanzando una cuerda desde su barca hasta la de Simón.

—Bueno, las horas pasan también de noche, ¿eh? ¡A pescar!

Simón ya no es optimista, pero está muy agradecido por la compañía y animado por la forma en que su hermano y sus amigos, a los que casi entrega a las autoridades, pasan a la acción. Con precisión militar, los cinco ponen sus años de experiencia a trabajar. Aseguran las barcas, juntan sus redes a las de Simón, y forman un círculo enorme alrededor de ambas barcas. Tengan éxito o no, Simón disfrutará trabajando con hombres que saben trabajar y pescar.

• • •

Una hora después, el gozo de Simón ha desaparecido, y también lo ha hecho la energía de su hermano y de los demás. Tras sacar las redes vacías una y otra vez, la coordinación se ha visto sacrificada. Toda la tripulación empieza a ir más despacio, a flojear, y su estado de ánimo se puede equiparar al de Simón. Ninguna de las barcas ha sacado ni un solo pez, ni siquiera para devolverlo al agua. Sin mediar palabra, llevan las barcas a otro lugar, y reorganizan las redes para volver a lanzarlas.

Tras varios minutos más de futilidad, se sientan, con las cabezas gachas, tirando de las redes y estirándolas calladamente.

—Si no pescamos nada —dice Juan—, por la mañana podrías esconderte en las caravanas de comerciantes, y escapar a Egipto.

Santiago asiente.

—Pescarás en el Nilo.

—Tienen percas del tamaño de niños —dice Zebedeo.

—Egipto es ahora una provincia romana —añade Andrés.

—No —dice Simón—. Edén odia Egipto.

—¿Y bien? —dice Zebedeo—. Ella puede esperar a que le envíes dinero.

Todos se ríen menos Simón.

—Espero que, si dejo que Quintus y sus amigos descarguen conmigo sus frustraciones, finalmente me permitirán las visitas —las redes están listas de nuevo—. Bájenlas —dice, y ellos las vuelven a lanzar. El agua choca contra los cascos mientras una brisa vaga enfría el cabello mustio de Simón.

Mientras permanecen sentados e inmóviles, esperando cualquier actividad en el mar, Andrés se dirige a Simón.

—Así que, sobre las noticias que tenía que hablarles. Iba caminando con Juan, al que llaman el bautista...

Simón no quiere escucharlo.

—Andrés...

—¿De qué habla? —dice Zebedeo.

—... y señaló a un hombre —continúa Andrés.

—¡Ya basta!

—Y dijo: «He aquí el Cordero...».

—¡Andrés! Te dije... ya, por favor. Ni una palabra más sobre este Cordero tuyo. No necesitamos un cordero. Necesitamos peces.

Capítulo 39

ES ÉL

El cielo se torna azul grisáceo cuando el más débil rayo de luz ilumina el horizonte oriental. Los hombres han estado pescando en silencio por horas. Zebedeo enrolla ociosamente una cuerda muy larga, y Simón puede ver que está harto. Los otros están quietos, aparentemente listos para dar una cabezada.

Simón comienza a soltar su barca de la de Zebedeo. Andrés está sentado cerca. Su hermano susurra: —Quizá Juan tenía razón. Tienes una oportunidad. Podrías meterte en la caravana de comerciantes y escapar.

—No dejaré la tierra de nuestro padre. Y me encontrarían, estoy seguro —se acabó el juego—. Tal vez el bautista podría hacerme un disfraz con la piel de un viejo camello.

Claramente muy poco entretenido, Andrés se pone de pie para sacar la última red del agua, y todos se unen salvo Santiago, que dormita. Simón y Juan gritan pidiéndole ayuda, y él se despierta. Las dos barcas están llenas de nada, salvo de redes, mientras el cielo se aclara. A unos cien metros de la costa, los hombres caen desplomados, y en sus rostros de resignación Simón ve lo que él siente en lo profundo de su alma.

Él no está tan solo devastado. Está enojado, derrotado.

—¡Zeb! —dice—. Acércate.

El viejo lleva hábilmente su barca hasta la posición al otro lado de Simón.

—A veces el mar nos supera a todos. Hoy no fue tu noche.

Simón aprecia el esfuerzo de Zebedeo, pero no puede encontrar una respuesta.

—De acuerdo —dice finalmente—. Llegó la hora de irse.

Santiago y Juan agarran los remos de la barca de su padre. Andrés y Simón hacen lo propio en la suya, pero al mirar a la orilla, Zebedeo grita:

—¡Chicos!

Viendo un pequeño grupo de personas en la orilla cerca del agua, Santiago grita: —¡La escoria romana no podía esperar!

Se acabó, piensa Simón. No correrá, no se esconderá, no escapará. Ha agotado todas sus opciones.

—¡Estamos contigo! —le asegura Zebedeo.

Simón desearía poder persuadir a Zebedeo y sus hijos y a Andrés para que huyan a otra orilla. Los romanos lo quieren a él, no a ellos.

—Asegúrate de que Edén esté a salvo —susurra él—. ¿Me oyes, Andrés?

—¡Oigan! —dice Juan, mirando fijamente—. No son soldados.

Simón entrecierra los ojos. ¡No lo son! No hay uniformes. Un hombre camina por la orilla de espaldas al mar aparentemente dirigiéndose a un pequeño grupo de personas.

—Tal vez aún tenga tiempo para ver a Edén.

—No limpien nuestras redes —dice Zebedeo—. Nos quedaremos por aquí para asegurarnos de que puedas irte.

Mientras reman hacia la orilla, Simón ve a Mateo sentado en la playa, junto a un perro negro. El recaudador de impuestos parece absorber todo eso intencionadamente, mirando a la multitud y luego a las barcas.

Zebedeo salta para asegurar su barca cuando llega a la arena, y Simón y Andrés se preparan para hacer lo mismo, cuando el hombre que se dirige a la multitud se gira hacia ellos.

—¡Simón! —dice Andrés, asiendo su hombro—. ¡Es él!

—Disculpen —dice el hombre.

—¡Simón, es él!

—No hay tiempo para esto, Andrés.

—Es él, Simón, es el hombre del que habló Juan... está aquí. ¡Ahora mismo!

Capítulo 40

LA PESCA

—¿Puedo pedirles un favor? —pregunta el hombre—. Estoy enseñando a estas personas, y aparentemente les cuesta oírme. Si pudiera pararme en su barca, sería de mucha ayuda.

Simón resopla.

—No pueden escucharte, ¿eh?

—¡Sí! ¡Sí, por supuesto! —dice Andrés—. ¡Por favor! Por favor, usa nuestra barca, gracias.

¿Este es el hombre con el que Andrés se emociona tanto? No parece tener nada especial.

—Tengo que irme —dice Simón—. Lo siento, no hay tiempo para esto hoy.

—Quédate solo un momento —dice el hombre. Se sube a la barca.

Simón está desconcertado. *Este extraño piensa que puede decirme...*

Él mira a Simón a los ojos.

—Tengo algo para ti.

—¿Para mí? Eh, tengo prisa.

—Sí, lo sé.

¿Lo sabe? ¿Qué podrá saber?

—Tan solo dame un momento, por favor.

—Simón —susurra Andrés—. Confía en mí como yo confié en ti. Este hombre es el Mesías.

Bueno, eso aún está por verse.

El hombre se voltea hacia el hermano de Simón.

—Es bueno volver a verte, Andrés.

—Sí —dice Andrés, con su rostro sonrojado. No puede dejar de sonreír.

El hermano de Simón lo llamó el Mesías, y el hombre ni siquiera lo corrigió. Por favorecer a Andrés, Simón asiente y le extiende su mano.

—Soy Jesús. Gracias por esto.

—Simón.

Jesús se gira para dirigirse a la multitud.

—En este último momento con ustedes, quiero compartir una historia. ¿Me escuchan todos? —ellos le aseguran que sí, y él continúa—. Bueno, agradezcamos a nuestros amigos por esta barca tan fuerte.

La multitud aplaude.

—Créanme, cuando grito mi voz no es fácil de escuchar. Y como estoy en esta barca, mi última parábola debería ser sobre la pesca, ¿verdad? Simón, por favor, pásame esa red. Cuando esta red se lanza al mar, ¿qué sucede, Simón?

¡Vaya, ha escogido un mal día para preguntar eso!

—Bueno...

—Me refiero a la mayoría de las veces.

—Recoge.

—Un poco más alto.

Simón mira más allá de Jesús, a la multitud.

—¡Recoge peces!

—Sí, esta red recoge peces —se gira de nuevo hacia Simón—. Todo tipo de peces, ¿cierto?

—Sí, todo tipo de peces.

—Y el reino de los cielos es como lo que ocurre después. Cuando la red está llena, Simón y los demás la llevan a la orilla, se sientan y clasifican los peces. Los peces buenos van a los barriles, y los peces malos —suelta la red—, son arrojados. Y así será al final de los tiempos. Los ángeles vendrán y separarán a los pecadores de los justos y los arrojarán en el fuego feroz. ¿Lo entienden? Por lo tanto, cada escriba que ha sido entrenado para el reino de los cielos, como ustedes ahora, es como el amo de una casa que saca a relucir su tesoro, tanto lo nuevo como lo viejo. Ustedes tienen que hacer lo mismo con este conocimiento. Estas parábolas que les digo tienen sentido para algunos, para otros no. Sean pacientes. Eso es todo por hoy. Tengo algunos asuntos que tratar con mi nuevo amigo.

Mientras la multitud se dispersa, Jesús le devuelve la red a Simón y baja de la barca al agua.

—Ahora lancen la red para pescar —dice él—. Un poco más adentro.

Andrés se pone en acción, apresurándose hacia el fondo de la barca. Pero Simón ya ha tenido suficiente pesca por hoy.

—Mire —le dice—. No tengo nada en su contra, Maestro, pero hicimos eso toda la noche. Y nada.

Jesús solo mira a Simón. Aparentemente, no habrá forma de disuadirlo.

—De acuerdo —dice Simón al fin—. Si eso quieres.

Él y Andrés reman a poca distancia de la orilla y lanzan la red. Simón ladea su cabeza a Jesús. Ahora ¿qué? Jesús también ladea su cabeza y sonríe. De repente, la barca casi se vuelca, y Simón se agarra para no caerse al mar. Se esfuerza locamente con la red, estirando y haciendo fuerza por el peso de los peces que la llenan a rebosar.

—¡Sujétala! —grita Simón—. ¡Sujeta la red! ¡Sujétala! ¡Ténsala! —le echa una mirada a Jesús, quien se ríe con deleite.

Andrés se revuelve para no soltar su extremo de la red.

—¡Ayuda! ¡Ayuda!

Simón grita a Zebedeo y sus hijos, que están a unos treinta metros de distancia.

—¡Ayuda! ¡Ayuda! ¡Vamos!

Sorprendentemente, Zebedeo corre por el agua delante de Santiago y de Juan, quienes gritan: —¡Ya vamos!

Llegan hasta Simón y Andrés, y todas las manos se esfuerzan por impedir que la red se rompa mientras Simón da instrucciones a gritos. Con una pesca gigantesca, finalmente logran poner la gran masa de peces arriba y volcarla en la barca, llenando cada rincón y recoveco. Todos se ríen, jalean y gritan de alegría.

Andrés sonríe a Simón.

—¡Te lo dije! ¡Te lo dije! ¡Te lo dije!

—¡La barca! —grita Zebedeo—. ¡Se está hundiendo! ¡Salgan!

Simón y Andrés saltan al agua, y la barca se nivela. Con la ayuda de Zebedeo y sus hijos, la arrastran hasta la orilla. Exhaustos y eufóricos, sabiendo que sus problemas con Quintus pronto quedarán resueltos, Simón se ve frente a Jesús. Se arrodilla, sollozando.

—Mi hermano, y el bautista... ellos... tú eres el Cordero de Dios, ¿verdad?

—Lo soy.

—¡Aléjate de mí! ¡Soy un hombre pecador! ¡Tú no sabes quién soy y las cosas que he hecho!

—No temas, Simón.

—¡Lo siento! ¡Te hemos esperado por tanto tiempo! Creímos, pero mi fe... ¡lo siento!

—Levanta tu cabeza, pescador.

Simón no puede hacer más que lo que este hombre diga. Mira contemplando el rostro más amable que haya visto jamás.

—¿Qué quieres de mí? ¡Haré todo lo que me pidas!

Jesús lo mira desde arriba, y después se agacha para mirarlo a los ojos. Simplemente le dice: —Sígueme.

Simón está embelesado, con todo atisbo de duda eliminado.

—Lo haré.

Andrés se acerca.

—Rabino.

Jesús llama a los hijos de Zebedeo.

—¡Ustedes también! ¡Sí, tú, Santiago y Juan! ¡Vengan, síganme!

Juan da un paso adelante, pero Santiago lo detiene y mira a su padre como pidiendo permiso.

—Llevaré el pescado al mercado y saldaré la deuda de Simón —dice Zebedeo—. Conseguiré algo de ayuda para cargar las barcas.

—¿Estás seguro? —pregunta Juan.

—¡Sí! ¡Vayan!

—¿Qué le dirás a Ima? —dice Santiago.

Zebedeo se ríe.

—Les acaba de llamar el hombre por el que hemos orado toda nuestra vida, ¿y me preguntas qué diré cuando no estés en la cena? ¡Vayan! ¡Ahora!

• • •

María Magdalena estaba entre la multitud en la orilla, junto al otro Santiago y Tadeo, que compartieron la cena de *sabbat* en su casa. Los tres ya siguen a Jesús. Ella está intrigada con estos nuevos seguidores: los cuatro pescadores.

Simón y Andrés caminan al lado de Jesús. Santiago y Juan corren para alcanzarlos.

—Entonces —va diciendo Simón— ¿estás seguro de que no quieres hacer esto unas cuantas veces más? Creo que haríamos un gran equipo en la barca.

Jesús se ríe, pero Andrés lo reprende.

—¡Simón!

—¡Estoy bromeando! —dice Simón.

Jesús se detiene y deja que todos se reúnan en torno a él. Pone una mano sobre el hombro de Simón.

—Los peces ya no importan. Tienes cosas mucho más grandes por delante, Simón, hijo de Jonás. ¿Entendiste la parábola que dije antes? De ahora en adelante, los haré en pescadores de hombres. Tienen que reunir la mayor cantidad posible, de todo tipo, y yo me encargaré de clasificarlos después.

María apenas puede esperar.

Capítulo 41

LO IMPOSIBLE

Mateo ha estado con su perro en la orilla toda la noche. Ha estado vigilando a Simón durante horas. Simón el jugador. Simón el hablador. Simón el evasor de impuestos. Cuando el perro dormitaba, Mateo también lo hacía, pero ha visto suficiente. Él conocía al viejo y a sus hijos, los que el hermano de Simón fue a buscar para conseguir ayuda. Qué bonito debe ser tener amigos y familia que se preocupen así.

Pero Mateo no puede negar que se alegró en secreto del fallo inicial de estos pescadores. Simón hizo promesas que no pudo cumplir, intentó salir del peligro con palabras, trató a escondidas con el pretor mismo.

Mateo ha estado lo suficientemente cerca para oír la enseñanza del hombre conocido como Jesús. ¡Qué cosas tan extrañas y confusas dijo! ¿Quién era él para parecer tener tanta autoridad y conocimiento, tan convincente y persuasivo? ¿Y a la vez tan misterioso? Era atractivo y cautivador, no de ver sino de oír. Mateo tendría que echarle también un ojo. Se pregunta si el hombre paga sus impuestos.

¿Cómo sabía él dónde estaban los peces? Pero Mateo sabe que eso era algo más que conocimiento. Este hombre hizo que esos peces aparecieran. Mateo se dirige por la playa hacia donde el viejo se ocupa de las dos barcas, una en el agua un tanto hundida por el peso de los peces plateados que no dejan de moverse.

—Hola —le dice Zebedeo a Mateo.

—Esta pesca vale mucho.

Zebedeo asiente y sonríe.

—Es increíble.

—Es imposible.

• • •

A la mañana siguiente

Nicodemo no ha sentido estar fuera de lugar desde el Barrio Rojo. Legionarios lo guiaron hasta una mazmorra subterránea fría y húmeda por donde va de puntillas junto a hombres que holgazanean en su propia suciedad. Vestir de gala por ser fariseo no le hace ser más valiente aquí, donde contiene la respiración todo lo que puede. ¿El hombre que busca estará por aquí?

Se acerca cautelosamente a las barras de una celda y mira en la oscuridad hacia una silueta. Esta habla primero.

—Se supone que tú eres poderoso. Sin embargo, aquí estás más asustado que yo.

—¿Eres tú a quien llaman Juan el Bautista?

La silueta emerge de las sombras y se acerca a los barrotes. Con el cabello y la barba largos y despeinados, está vestido con piel de camello.

—Sí.

—Tengo preguntas para ti acerca de milagros.

PARTE 6
El regalo de bodas

Capítulo 42

PERDIDO

Jerusalén, dos décadas antes

María estaba convencida de que Jesús estaba con otras personas en su fiesta. Al menos, había estado segura hasta que llevaban un día de viaje de regreso de la fiesta de la Pascua, cuando no pudo encontrarlo por ninguna parte. Ahora lleva dos días otra vez en la ciudad de David y apenas si ha dormido nada. Su esposo, José, se ha ido por un camino a buscarlo, y ella por otro, y está a punto de venirse abajo.

Sin aliento y sudorosa, corre por las calles estrechas buscando cualquier señal de su hijo, rogando que alguien le dé noticias. ¿Cómo es posible que se le haya confiado al propio hijo de Dios y lo haya perdido?

«¡Padre, por favor!», gime. Segura de que su Padre celestial no dejará que le suceda nada.

María sabe que debe parecer una loca, con el rostro polvoriento derramando lágrimas y los ojos frenéticos. Entra en una plaza pequeña y se acerca al primer mercader que ve.

—¡Por favor! ¿Has visto a mi hijo?

—¿Por qué estás sola, mujer? —dice el hombre dando un paso atrás.

—¡Mi hijo! ¡Tiene solo doce años!

—¡Esto está lleno de niños! —se ríe el mercader—. ¡Es Jerusalén! ¿Eres de por aquí?

—No, vinimos a la fiesta de la Pascua. Pensamos que él estaba en la caravana.

—¡La fiesta fue hace tres días!

Ella se apresura y deja al hombre atrás, gritando:

—¡Jesús!

Y ahí viene José, con su hijo al lado.

—¡Ima!

María corre hacia el niño y lo abraza como si no lo fuera a soltar nunca más. Ella da un paso atrás y agarra su rostro entre sus manos.

—¡Te estuvimos buscando por todas partes, de día y de noche! ¡Estábamos muy asustados!

—Ya se lo dije —dice José—. El niño está bien.

—¿Por qué están todos tan molestos? —dice Jesús.

—María —dice José señalando con la cabeza hacia la sinagoga—. Estaba ahí.

—¡Se suponía que ibas en la caravana con el tío Abías! —dice María.

—Tenía que estar con mi Padre.

—Entonces, ¿por qué no lo estabas?

—Estaba con él.

Ella mira a José, y él vuelve a asentir con la cabeza.

—¿Estabas en el templo?

—¡Fue increíble, María! —dice José—. Debiste verlo. Estaba enseñando sobre los profetas. Los rabinos, los escribas, los eruditos... no podían creer lo que oían. ¡Realmente escuchaban con atención!

—¿No sabían que debo estar en la casa de mi Padre?

Oh, no, piensa ella. *¿Ya?*

—Es demasiado pronto para todo... esto.

Jesús pone una mano sobre su hombro, y ella queda impactada por la sinceridad en su pequeño rostro.

—Si no es ahora, ¿cuándo?

Ella mueve su cabeza y susurra:

—Tan solo ayúdanos a superar todo esto. Contigo. Por favor.

Jesús asiente, y José dice:

—Tal vez debamos irnos antes de que hagan una investigación formal, ¿eh? Jesús, por favor, no vuelvas a hacer esto, ¿de acuerdo?

—Sí, Abba. ¿Puedo leer?

—Ya veremos. Ahora vamos. Tenemos un largo viaje por delante.

Mientras regresan a la caravana, José bromea:

—¿Qué harás para compensar a tu madre después de haberla preocupado así? Deberías darle un masaje de pies.

—¡Abba!

Capítulo 43

PREPARATIVOS

Caná, 30 d. C.

Una mujer entra en el atrio de una sinagoga y se alegra con toda la actividad que allí hay mientras los sirvientes preparan un gran evento. Se sorprende al oír que alguien le llama.

—¡Dina!

Ella se da media vuelta y ve a una vieja amiga.

—¡María! —corre para abrazarla, riéndose—. ¿Qué estás haciendo aquí?

—Escuché que alguien está organizando una boda.

—Quiero decir, ¡tan temprano!

—Vine para ayudar —dice María sonriendo.

—¿Desde Nazaret? Debes haber viajado toda la noche.

Dina se lleva la mano a la boca, abrumada.

—Cuando tu mejor amiga es la madre del novio —dice María—, también tienes que estar temprano para la fiesta. Ahora, vamos, dame una escoba o algo.

Capítulo 44

EN LA MAZMORRA

Nicodemo deja que su pregunta quede en el aire mientras mira al hombre que está en la celda.

—¿Milagros? —dice el Bautista, con cabello andrajoso y la piel de un animal cubriendo su cuerpo.

—Sí, Juan. Señales y maravillas.

—¿De quién?

—De ti —dice el líder de los fariseos.

Juan sonríe, mostrando sus dientes descoloridos.

—¿Añades eso a mi lista de infracciones? Solo un fariseo... Habrías tildado a Moisés de lunático por hablar con una zarza.

¿Es este hombre tan lunático como parece?

—¿Te consideras igual a Moisés?

Juan hace un gesto de fastidio con los ojos, y Nicodemo da un suspiro, acercándose una banqueta de madera. Quizá le siga la corriente a Juan. Ahueca sus vestiduras y se sienta delante del hombre, descubriendo lentamente la cabeza cubierta por su vestimenta.

—Háblame sobre tu ministerio.

Juan lo duda, y parece estudiar a su visitante.

—¿Recuerdas cuando César viajó por Judea?

—Sí.

—Envió a todos esos hombres para retirar los troncos y los escombros para el rey. «Preparad el camino para el rey» —gritaban—. «¡Preparad el camino!».

—Los caminos en Jerusalén no tienen el mismo problema —dice Nicodemo—, pero recuerdo la visita.

—Yo tuve que mudarme. Los romanos no tratan bien a los indigentes. Perdí todas mis posesiones.

—Muchos en Jerusalén también tenían miedo.

Esto parece entretener a Juan.

—Oh, y tuvieron la suerte de que tú los consolaras… por un precio, por supuesto.

—¿Deberíamos estar despejándote el camino, Juan? —cuestiona Nicodemo, resoplando—. ¿Es ese el punto de esta historia?

—¡No me gusta tu vestido! Solo el costo de las vestimentas podría alimentar a tres niños de Nazaret durante un mes.

—¿Y tú vienes de Nazaret?

—Ajá. Y Jericó. Y Belén. Jaifa. Hebrón.

—Ya veo —dice Nicodemo despectivamente, mirando alrededor a toda la suciedad—. Bueno, ahora tienes un nuevo hogar. Cualquiera que fuera tu misión, espero que la hayas completado. —Nicodemo se levanta.

—Pero está aquí para preguntar por los milagros.

Nicodemo vuelve a sentarse lentamente.

—Primero, quería hablarte de un milagro que he visto pero que no puedo comprender.

—Y *después* hacer las acusaciones.

—Esto es inútil —se levanta abruptamente—. Está claro que no eres ningún lunático, pero sí muy irracional.

—¿Me encarcelas y luego me acusas de ser gruñón?

—¡Yo no soy tu captor! ¿Es que no lo entiendes? ¡Esta es una celda *romana*! ¡Vine aquí para hablar con el carcelero en *tu* nombre!

—¿En mi nombre? —se mofa Juan—. ¿Por qué estás aquí realmente?

—¿La respuesta oficial? Tú eres un ciudadano judío. Si has quebrantado la ley judía, eso establece un peligroso precedente para permitir que Roma te juzgue.

Juan le hace un ademán de despedida.

—¿Y la verdadera razón?

Nicodemo se vuelve a sentar.

—¿La verdad? Estoy lejos de mi casa. Estoy buscando en lugares a los que nunca iría, porque intento encontrar una explicación para algo que no puedo dejar de ver.

De alguna forma, eso parece haber tocado a Juan.

—¿Nadie más sabe que estás aquí?

Nicodemo niega con su cabeza.

Parece que ahora Juan lo ve con nuevos ojos y asiente lentamente.

—Cuéntame desde el principio.

Capítulo 45

RELATO PARA EDÉN

Capernaúm

En la fresca sombra del lateral de sotavento de la casa, la esposa de Simón, descalza, pisa uvas que ha soltado de un saco que hay arriba. Para guardar el equilibrio, está agarrada a una cuerda que cuelga por encima de su cabeza. Sus pies son sensibles y flexibles para poder aplastar las uvas y liberar su jugo, el cual guardará para que fermente, sin aplastar también las semillas, ya que harían que el vino estuviera amargo. El dulce aroma le agrada, al igual que la fresca sensación que siente bajo sus pies.

El sonido de aplastar las uvas hace que no se dé cuenta del cantar de los pájaros y del sonido del viento, pero a sus espaldas escucha una voz familiar.

—Edén.

Así que ya está en casa. Por fin. Se gira para ver a Simón.

Él está ahí de pie, llorosamente.

—Tenemos que hablar —le dice.

—Eso escuché.

Ella suelta la cuerda y se queda de pie, con los pies metidos en las uvas hasta los tobillos.

—¿Qué escuchaste?

Ella hace un gesto con sus manos y mueve la cabeza.

—Nada que tenga sentido.

Simón sonríe con remordimiento y agacha la cabeza. Edén se pone las manos en las caderas y da un suspiro.

—Anoche me contaste la verdad —dice ella—. Continuemos con eso.

Él se acerca y se sienta en una banqueta delante de ella, comenzando lentamente.

—Trabajé por horas anoche, y no pude pescar ni un solo pez en toda la noche. Andrés y los muchachos aparecieron… gracias por eso, por cierto… y *ninguno* de nosotros pudo atrapar ni un solo pez en toda la noche. Fue horrible. Esta mañana finalmente nos rendimos, y fuimos a la orilla. Pero había un maestro en la orilla… y Andrés sabía quién era, pero eso te lo contaré después. Me dijo que echara la red una vez más, lo cual no tenía ningún sentido, ¡pero aun así lo hice por la forma en que me miró! Y luego aparecieron tantos peces que hasta saltaban a la barca. Había tantos, que Zebedeo terminó llenando las dos barcas… lo cual fue suficiente para pagar toda la deuda.

Edén no sabe bien qué decir. Lo mira fijamente con los ojos muy abiertos.

—¿Qué? —si fuera cierto, Simón debería estar saltando de alegría—. ¿Por qué no pareces contento?

Él está ahí sentado, con los ojos abatidos.

—Es difícil de explicar.

—¿Más que lo que me acabas de contar?

—No, es como la historia de Elías y Eliseo.

Ella está familiarizada con esa historia, claro.

—¿Sí?

—Eliseo estaba arando con doce yuntas de bueyes, y el profeta Elías se acercó y puso su manto sobre él, ¿verdad? Fue un llamado a seguirlo.

—Y sin demora —dice ella, como si lo recitara—, Eliseo sacrificó los bueyes, quemó el arado y lo dejó todo.

—¡Sí! —Simón le mira directamente a la cara, con los ojos brillantes—. El maestro… Andrés me lo contó, pero al principio yo no le creí… es el Mesías.

Edén lo mira fijamente, sin poder hablar.

Simón se pone de pie.

—Sé que suena imposible, ¡pero lo vi con mis propios ojos! ¡Hizo que aparecieran dos barcas llenas de peces de la nada! ¡Y las palabras que pronunció! El que Juan le dijo a Andrés que era el Cordero de Dios que quita el pecado del mundo, ¡era él! Y después me llamó para seguirlo. Y a Andrés, y a Santiago y Juan, para ir con él donde él va y aprender de él. Dijo que ya no sería un pescador, ¡sino que en lugar de eso ahora pescaría hombres!

Su esposo sonríe.

—¡Ni siquiera sé qué significa eso! —dice él. Se pone más serio—. Pero estoy seguro de lo que vi. Él es a quien hemos estado esperando durante todas nuestras vidas, y quiero dejar de pescar y dejar atrás el mar para ir...

Edén rápidamente le da la espalda, cubriendo su rostro con ambas manos.

—¡Lo sé! ¡Lo sé! —dice Simón—. Sé que no tiene sentido, y sabía que te haría enojar. Lo único que te puedo decir es que este es...

—¡No estoy enojada! —dice ella, girándose para mirarlo—. ¿Por qué iba a estar enojada? ¡Ven aquí! ¡Ven aquí!

Asombrado, él se acerca a la plataforma donde ella está. Edén acerca su rostro al suyo, susurrando: —Este es el hombre con el que me casé.

—¿Y me crees?

—Es imposible que te lo inventes —lo dice llorando—. Por supuesto que te eligió a ti.

—No sé por qué lo hizo. Intenté decirle que soy un hombre pecador.

—Todos somos pecadores.

—No sé qué significa esto. Aún no sé cómo voy a proveer.

—Oh, no me preocupa eso —dice Edén, sabiendo que esto es real y que Dios mismo cuidará de ellos.

—Entonces, ¿por qué lloras? —dice él.

—Porque alguien finalmente ve en ti lo que yo siempre he visto. Tú eres mucho más que un pescador.

—Sabes, a veces tendré que viajar. No quiero que te sientas abandonada.

—Tienes que ir con él. ¿Cómo iba a sentirme abandonada? ¡Me siento salvada!

—No va a ser fácil —dice Simón.

—¿Cuándo lo hemos tenido fácil? Eso no le pasa a nuestro pueblo.

Ambos sonríen. Ella se vuelve a agarrar a la cuerda.

—Entonces, ¿me vas a ayudar?

—En realidad, podría mirarte hacer esto todo el día.

—Límpiate los pies —dice ella con una sonrisa.

Mientras se quita las sandalias, dice: —Hoy nos vamos a Caná.

—¿Qué hay en Caná?

—Una boda.

—¿Y qué tiene que ver una boda con la liberación de Israel?

—Estoy a punto de descubrirlo.

Mientras entra en el lagar, añade: —Pero, ¿no crees que nuestra boda fue una especie de liberación?

—¿De tu temor a que fuera calva?

—Bueno, mi padre está casi ciego.

Ella sonríe.

—¿Recuerdas el frío que hacía?

—No.

—¿Recuerdas el brindis de Andrés?

Él mira como extrañado, moviendo su cabeza. Ella se da cuenta de que está bromeando.

—¿Recuerdas que el rabino se equivocó? —dice ella.

Él comienza a asentir, después mueve la cabeza.

—No.

—¿Qué? Hizo que todos se pusieran de pie, después añadió: «Por favor, tomen asiento», dos veces seguidas. ¿No te acuerdas?

—Lo que recordaré por el resto de mi vida es levantar tu velo. Lucharía con tigres por ese recuerdo.

Ahora él habla en voz baja y se acerca a ella, poniéndole el brazo alrededor de su cintura y acercándola a él.

—¿Lucharías con tigres? —dice ella, alzando sus cejas.

—Bueno, a menos que hiciera tanto frío como el día de nuestra boda justo antes de que el sol saliera y tú te envolvieras en nuestra *jupá*.

Ella se ríe.

—¡Sí te acuerdas! —dice.

Capítulo 46

ANTICIPACIÓN

Afueras de Caná

El joven abastecedor de la boda, Tomás, y su viticultora Rema, aún más joven que él, descargan un carro tirado por un burro que contiene todo tipo de quesos, verduras y especias de la casa de suministros que dirige su hermano gemelo.

—¿La carne de cordero estará allí antes o después de que lleguemos? —le pregunta él a ella.

—Después. No tienen un buen lugar donde guardarla, así que no quería que estuviera allí muy temprano.

—Pero ¿van a llegar?

Ella hace un gesto con la mirada.

—Con tiempo de sobra para que tú lo ases a tu manera. Sí.

Él no está convencido, pero quiere, necesita, que parezca que confía en ella. Su hermano la ha presentado como una posible empleada, aparentando reprimir una sonrisa mientras le dijo a ella:

—Es un buen empresario, pero tal vez te canses de sus quejas.

—¡No me quejo! —insistió Tomás.

—Llámalo como quieras —bromeó su hermano—, pero por eso buscamos a alguien que haga los banquetes contigo para que yo me pueda quedar.

Rema ha demostrado ser la solución perfecta, la hija de un reconocido vinatero y deseosa de establecerse. Tomás no ha podido apartar sus ojos de ella desde el día que la contrataron. Se había enamorado tanto de ella, que decidió no dejar que vea ese lado suyo que producía tanta burla, y a veces incluso ridículo, de su familia.

Desde niño ha sido una persona que hace muchas preguntas. No se entiende ni a sí mismo. Su hermano no es así. Criado en Galilea por devotos judíos, Tomás parece no poder tomarse nada al pie de la letra, ni siquiera la enseñanza de la Torá. No se siente alguien conflictivo; solo quiere evidencias, pruebas, respuestas. Francamente se pregunta si las profecías de antaño, especialmente las concernientes al Mesías, se deberían ver de una forma menos literal y más alegórica, especialmente teniendo en cuenta que Yahvé parece haber dejado de comunicarse directamente con su pueblo.

A pesar de la determinación de Tomás a esconder ese lado negativo que tiene, no puede evitarlo, incluso hoy cuando él y Rema han recibido lo que parece ser un negocio rentable. Ha llegado a través del padre de Rema, cuyo amigo de toda la vida está organizando una celebración de bodas en Caná para su hijo y su nuera.

—Espera —dice Tomás mientras repasa la carga de vino—. Hay solo tres tinajas.

—¡Sí! Eso es lo que pidieron.

—Rema, ¡me preocupa mucho no poder llevar las tres hasta Caná intactas! Te lo dije, necesitamos una cuarta tinaja de tu viñedo para estar tranquilos.

—Y yo te dije que la familia de la boda no se lo puede permitir.

—Yo te lo hubiera pagado de mi propio bolsillo.

—¡Tomás! Eso prácticamente anularía todo tu margen. ¿Por qué harías eso?

A él le reconforta la preocupación de ella, aunque ella se lo deja ver con un regaño cariñoso. Él mira fijamente a sus preciosos ojos.

—Yo… yo quiero decir que somos un equipo —dice, señalándose a él y luego a ella—. ¿Cierto?

Ella guarda silencio, y él puede ver en su mirada que se ha propasado con su comentario, al suponer cosas. Enojado y avergonzado, se dispone a recolocar las cosas, consiguiendo con ello tan solo que una cesta se caiga, y forzándole a ella a atraparla.

Finalmente ella dice:

—Bueno, creo que todo llegará intacto.

Ella ofrece lo que él toma como una sonrisa comprensiva.

—Especialmente con el cuidado que conduces.

—Solo quiero estar seguro de que tod…

—¡Tomás! Todo va a estar bien.

Ella le ofrece una larga mirada intencional, y ambos sonríen.

● ● ●

Patio de una sinagoga, Caná

Dina abraza a una mujer que ha traído consigo un florero y regresa a una mesa donde María arma cadenas de flores silvestres.

—Me alegra que contrataras ayuda —dice María—. Hay mucho por hacer

—Oh, ¿Teresa? Es una vecina. No podíamos permitirnos contratar a alguien, así que ella se ofreció a ayudar. Y en su único día libre.

—Y yo pensando en lo afortunados que eran por tenerme.

Dina sonríe.

—Mi hijo acaba de casarse con su amor, y yo estoy rodeada de amigos. No podría ser más afortunada.

María aprieta su mano.

—¿Cómo es ella?

—Oh, Sara es encantadora, y respetuosa. Y es… ¡maravillosa!

Entonces hace una pausa.

—Sus padres, Hayele y Abner no están tan convencidos.

—¿Sobre Asher?

—Sobre Rafi y yo, como sus suegros. Especialmente Abner. Pero él es muy exitoso e influyente, así que tal vez sea bueno para el futuro de los chicos.

—No tienes que arrastrarte ante nadie, Dina. Ya cambiarán.

Dina fuerza una sonrisa, como esperando que María esté en lo cierto.

—Debería ir a buscar a Rafi.

La propia sonrisa de María se desdibuja cuando le atrapa la soledad.

Capítulo 47

PRIMERA INCURSIÓN

Suburbios de Capernaúm, avanzada la mañana

Simón y Andrés dejan a Edén, que los ha despedido con sus almuerzos en bolsas de tela. Andrés parece incómodo, sin mucho ánimo.

—Podrías haber mostrado un poco de gratitud —dice Simón.

—*Sí* que lo aprecio. Tú me oíste decirle a Edén lo agradecido que estaba.

—Oí tus palabras, pero también observé tus movimientos.

Andrés se cambia la bolsa de una mano a otra.

—¡No sé qué hacer con esto! No hago viajes largos. ¿Lo sostengo así? Si tuviera un palo, me lo podría colgar sobre el hombro.

Simón se detiene y le ayuda a arreglarse la bolsa sobre un hombro, y después se encoje de hombros.

—Veremos qué hacen los demás.

—¿Y si no llevan almuerzo? ¿Crees que pareceremos estúpidos?

Entonces se detiene.

—¿Y si parecemos desagradecidos?

Simón hace que siga avanzando.

—No lo sé, ¡tal vez parecerá que nunca antes hemos viajado con el Mesías y que no sabemos lo que estamos haciendo!

Siguen caminando, con el peso de esta nueva vida inundando a Simón como si de una ola se tratara. En la cima de una loma cubierta de hierba, Andrés dice:

—Estoy un poco nervioso.

—Vamos, no estés nervioso. Si tú estás nervioso, me pondré muy severo.

—¡No me digas que *tú* no estás nervioso! —dice Andrés.

—Dije que lo estaba.

—No, dijiste que, si *yo* estoy nervioso, tú…

—¡Sé lo que dije!

Simón mueve su cabeza y mira hacia otro lado.

—No quiero defraudarlo.

—Yo no quiero hacerlo mal.

—Vamos, probablemente los dos lo haremos mal. Es como pescar. ¿Te acuerdas cuando papá nos enseñaba?

—Papá no nos enseñó nada —dice Andrés—. Nos sentábamos ahí…

—¡Y observábamos! Y después fue nuestro turno y cometimos nuestros propios errores.

Simón toma a Andrés por los hombros y se ríe a carcajadas.

—¿Puedes creer esto?

Andrés niega con la cabeza. A la distancia, Tadeo grita:

—Bueno, ¡chicos ustedes son magníficos!

Está ahí de pie con María de Magdala, Santiago el Menor y Juan. El cuarto sonríe a los hermanos, y Simón se sonroja. Se separa de Andrés y dice hola.

—¿Llevan aquí mucho tiempo?

Ellos asienten, y Santiago el Menor dice:

—Oh, sí.

—Un día perfecto para una boda, ¿eh? —dice Jesús aproximándose.

—Maestro —dice Simón.

—Simón, Andrés, María, Santiago, Juan, Tadeo. Pero ¿dónde está, eh…?

Caen unos frutos desde arriba, y ellos alzan la mirada y ven al hermano de Juan, Santiago, en un árbol.

—¡Higos! —dice Santiago desde una rama—. ¡Para el viaje!

—¡Ah! —exclama Jesús sonriendo—. Ya no tendremos que detenernos por el almuerzo.

Simón mira a Andrés, sintiendo que todos miran sus bolsas de tela. Santiago baja del árbol.

—Gracias, Santiago—, dice Jesús.

Santiago el Menor levanta la mirada.

—¿Sí, Maestro?

—Oh, oh —dice Jesús—, dos Santiago. ¿Cómo resolvemos este dilema?

El hermano de Juan sobrepasa un poco a Santiago el Menor.

—Bueno, podrían llamarme Santiago el Grande.

—¿Te parece bien, Santiago el Joven? —pregunta Jesús.

—Sí, creo que es justo, Maestro.

—Sentido de justicia, ¿eh? Pues todo arreglado. Ahora al camino, amigos.

La novia y el novio esperan.

Capítulo 48

MOMENTO INCÓMODO

Caná

María, con el ceño fruncido, está de pie junto a Dina, ambas con la mirada puesta en un soporte de madera toscamente armado que se convertirá en la *jupá*.

—Hum... Creo... creo que podría estar un poco más recto por este lado...

—¡Perfecto! —dice Dina.

—¿No? —dice María.

—Sí, no. Es perfecto.

Dina toca uno de los postes de apoyo.

—¡Y firme!

Pero la estructura se tambalea cuando la toca.

María sabe que Dina está sacando lo mejor de la situación y no quiere gastar más.

—Déjame hablar con los carpinteros. Conozco su lenguaje.

—¡Está bien! ¿Me ayudarás a decorarlo?

—¡Dina, por favor! Déjame hacer esto por ti.

—María, te amo, pero esto es lo que Rafi y yo podíamos pagar. Me da vergüenza la calidad que podemos permitirnos.

—No debes conformarte.

—¿Quién lo hace? Quedará perfecto. Hay muchas otras cosas que hacer hoy, María —dice Dina sonriendo de nuevo—. Tú misma lo dijiste.

—Siempre viendo lo positivo.

—Alguien tiene que hacerlo.

Dina parece distraída mientras se acerca una mujer exquisitamente vestida.

—Bien, ¿podrías empezar a juntar más flores? —Dina le pregunta a María rápidamente.

—Por supuesto.

• • •

Mientras María se aleja, Dina dice:

—*Shalom*, Hayele —y se dispone a abrazarla.

Pero la otra mujer tan solo inclina la cabeza y dice: —Dina.

Dina se compone y devuelve la reverencia.

—Me alegro de compartir este día especial. ¿Está Abner por aquí? Me encantaría decirle a Rafi que tenemos tiempo para una oración espe...

—Abner me envió primero. Él vendrá con unos amigos antes de la ceremonia. Me pidió que escogiera su mesa.

—¡Oh! Bueno, ya tenemos arreglados los asientos de todos.

—A Abner le gusta hacer las cosas a su manera. Yo estoy aquí para asegurarme que así sea.

La sonrisa de Dina desaparece.

—¿Incluso en la fiesta de bodas de nuestros hijos?

—Dina, Abner hace las cosas a su manera. No es nada personal.

—Bueno, ¡pues debería serlo!

Dina lamenta haber dicho eso en cuanto las palabras salieron de su boca, y Hayele le sorprende con una mirada de empatía.

—En ciertas ocasiones importantes he podido prevalecer sobre él.

—Espero que esta lo sea —dice Dina, y comienza a alejarse, pero Hayele la detiene.

—Dina, Sara es firme en su amor por tu familia.

Dina asiente, deseosa de aliviar la tensión.

—Amamos a Sara, y a todos ustedes. Mucho.

—Sara sabe eso.

Hayele parece observar la débil estructura de madera por primera vez.

—La *jupá* está torcida —dice.

Capítulo 49

EL SÉQUITO

Mientras Jesús guía a Simón y Andrés, seguidos de Tadeo, María, los dos Santiago y Juan, en el largo camino hacia Caná, Simón muerde vigorosamente una manzana. Tiene una idea.

—Conozco esa mirada —dice Andrés mientras Simón pone la fruta en manos de su hermano y se apresura a ir junto a Jesús.

—¡Maestro!

—¿Sí, Simón?

—Estaba pensando. Si esta boda es importante para ti, que tienes mucho que hacer, tal vez hagan este viaje muchos judíos ricos.

Jesús lo mira atentamente.

—¿Crees que hebreos importantes y poderosos estarán allí?

—Posiblemente.

—Eres muy perspicaz, Simón. De hecho, la persona más importante y poderosa que conozco estará allí.

—¿Sí?

—Mi madre.

—¿Tu madre no es de Nazaret? —dice Andrés desde atrás de ellos. Pero su broma no tiene gracia.

—Deberías anunciarte a los invitados —dice Simón—, ¿cierto? No habrá romanos, así que parece el lugar perfecto para conseguir más seguidores y hacer que todo esto empiece a rodar.

—No es mi día especial, Simón —le dice Jesús—. Es el día especial de la pareja, Asher y Sara.

—¡Son bendecidos por tenerte en su boda! —dice Andrés—. ¿Saben lo notable que es eso?

—Bueno, considerando que yo fui el adolescente torpe que se abrió la cabeza en casa de Asher cuando era un niño, no creo que me vean como alguien notable.

Jesús mira a Andrés.

—¿Piensas mucho en tus amigos de la infancia?

—No tenía ninguno —dice Simón, haciendo reír a Jesús.

—¡Eso no es cierto! —dice Andrés.

—Me corrijo —dice Simón alzando sus manos—, me tuvo a mí. Servicio obligatorio.

—No recuerdo que hubiera niños haciendo fila alrededor de tu casa para…

—¡María! —dice Jesús—. ¿Te imaginabas que tener hermanos podría ser algo así?

—Siempre quise tener hermanos cuando era niña.

—Cuando tengas doce, ya me dirás si te gusta.

—¿Doce? —dice Andrés.

—Ya verás. ¡Ah! Nos estamos acercando. Caná está justo en la próxima subida.

Capítulo 50

A TIEMPO

María y Dina adornan la *jupá* con guirnaldas de follaje y flores. Mientras trabajan, Dina pregunta por qué María y José no celebraron su matrimonio.

—Tuvimos una boda —dice María—, solo que no fue como la de los demás.

—¿Por qué no?

—Ya sabes por qué —dice ella, dibujando un bulto imaginario en su barriga.

—Yo hubiera ido —dice Dina.

—Lo sé. Si José estuviera aquí, estaría muy orgulloso de ti y de Rafi. Muy feliz por los dos.

—¿No crees que me estoy excediendo?

—No, te lo hubiera dicho.

—Es que la carpa de Hayele para la fiesta de su hijo tenía exquisitas y extravagantes…

—Eso no importa —dice María—. A Sara y Asher les encantará.

—¿Has oído de tu invitado especial?

—¡Está en camino! —dice María feliz.

—Quizá traiga a muchos otros. ¿Está bien?

—Él puede traer a todos los que quiera. Hace años que no lo veo. ¿Cómo está?

—Está bien. Él siempre está bien.

—Me alegro mucho por ti. Imagino que es un buen artesano.

María asiente.

—Bueno, ahora no trabaja.

Dina mira perpleja.

—Tiene un llamado —añade María—. Raras veces sé dónde lo llevará. Trae estudiantes.

—Apuesto a que es guapo.

María pone reparos.

—Apuesto a que lo *es* —dice Dina.

—¡Dina! —grita Rafi desde el otro lado del patio—. ¡Dina, están aquí!

—El momento de la verdad —le susurra a María—. Le dije a Rafi que gastara todo lo que nos quedaba en un buen vino, así que deséame suerte.

• • •

—Tú debes ser Tomás. Yo soy Rafi, y esta es mi esposa, Dina.

Tomás se inclina.

—Muchas bendiciones para ustedes en este día gozoso. Permítanme presentarles a la mejor y más hermosa vinatera de toda Galilea, Rema bat Kafni de los Viñedos Kafni en las planicies de Sharon.

—Es un honor conocerte al fin —le dice Rafi—. Mándale mis saludos al viejo sinvergüenza cuando regreses —. Entonces le dice a su esposa girándose hacia ella: —Rema es la hija de mi viejo amigo Kaf.

—El vino llega a tiempo —dice Dina—. ¡Es un buen comienzo para un día feliz!

—Por supuesto —dice Rema—, Tomás nunca llega tarde. Mi padre les envía un caluroso saludo... con esto.

Ella descorcha una jarra de cerámica. Rafi y Dina se acercan para olerlo.

—Prensado en el año en que Augusto murió. Cortado con agua de mar, miel del monte Hermón, pimienta negra y pino de Tiro.

—¡Divino! —dice Rafi.

Rema sirve una copa, y Tomás se la entrega a Dina.

—Ciertamente no lo rechazaré —dice ella—. Bendito eres tú, Señor Dios nuestros, Rey del Universo que produce el fruto de la vid.

Ella le da un sorbito y mira exultante.

—¡Vaya! Gracias al cielo por Asher.

Ella se gira hacia Rafi.

—Abner y Hayele estarán muy complacidos.

Ella añade en un susurro: —Y quizá un poco celosos también.

Rema se ríe, pero Rafi mueve su cabeza.

—Abner y Hayele. Ahora estoy endeudado por el vino para Abner y Hayele.

Dina lo calla y le pregunta a Rema.

—¿Cuánto hay?

—Del añejo especial hay dos ánforas, y una del menor. Por supuesto, serviremos el mejor vino primero, cuando los invitados están frescos.

—Después —dice Tomás—, cuando todos estén llenos y tengan los sentidos nublados, serviremos la otra tinaja. ¿Entienden?

—Sí, hijo —dice Rafi—. Es el truco más viejo del libro. ¡Estamos en buenas manos!

—¿Y asumo que el número de invitados sigue siendo el mismo, unos cuarenta, o menos durante el resto de la semana?

—¿Lo es? —dice Rafi

—Pregunto —dice Tomás.

—Seguro que es así —dice Dina.

—Perfecto. ¿Dónde quieren que nos ubiquemos?

—Por aquí —dice Rafi, señalando—. El maestro del banquete los guiará hasta el lugar.

• • •

Mientras Rafi se aleja guiando a Tomás y Rema, Dina se gira al oír la voz de Jesús.

—Tac, tac —dice él riéndose—. ¿Podemos entrar?

Ella mira sonriendo, mientras María corre hacia él, dejando caer un puñado de flores. Se funden en un abrazo, y Jesús la levanta del suelo, gritando de alegría.

—¡Hola, Ima! ¿Cómo estás? ¡Te extrañé!

—¡Yo también te extrañé!

Él la deja en el suelo, y María acurruca su rostro entre sus manos.

—¡Mírate! Ha pasado tanto tiempo. ¿Has estado comiendo bien?

—He *estado* comiendo. Y estas personas me han estado ayudando a comer.

Él hace un gesto hacia los amigos que ha traído. Su madre los saluda con afecto.

Capítulo 51

«¿CUÁL ES SU NOMBRE?»

La mazmorra

Nicodemo ha narrado todo el desgarrador incidente de su horrible encuentro en el Barrio Rojo, y Juan el Bautista ha permanecido como un oidor extremadamente embelesado. La bravuconería que tanto había molestado al fariseo parece ahora un recuerdo lejano. Juan está de pie completamente inmóvil, con la tez de su rostro palidecida.

—¿Múltiples demonios? —pregunta.

—Lo vi con mis propios ojos. Se burlaban de mí desde el interior de su boca. No se podía hacer nada por ella, salvo un milagro.

—¿Y ella no dijo quién la sanó?

—Él no le reveló su nombre.

Ahora Juan camina a ritmo constante, con su respiración saliendo en ráfagas cortas.

—¿Qué? —dice Nicodemo—. ¿Qué?

—¡Ha comenzado!

—¿Qué *ha* comenzado?

—Si está sanando en secreto ahora, ¡las señales públicas no pueden tardar mucho!

—¿Las señales públicas? ¿Qué? ¿Lo *conoces*?

Juan se detiene y se agarra a los barrotes, sonriendo al fariseo.

—Se podría decir que sí.

—¿Cuál es su nombre?

Juan señala hacia el cielo, sonriendo.

—«¿Quién subió al cielo y descendió?».

—¡Te pregunté por su *nombre*!

Juan, emocionado, continua:

—«¿Quién recogió los vientos en sus puños...?».

Nicodemo responde.

—No me cites a Salomón, ¡bestia salvaje!

—«¿Quién envolvió las aguas en su manto...?». ¡Termínalo!

—¡No! ¡Contéstame primero!

—¡Maestro de Israel! Termina el oráculo de Agur, hijo de Jaqué. «¿Quién estableció todos los confines de la tierra?».

Y entonces, Nicodemo lo termina.

—«¿Cuál es su nombre y el nombre de su hijo?».

Sin aliento, Juan sacude la cabeza, sonriendo.

—¡Seguro que lo sabes!

—¡Eres descuidado con la Torá! —dice Nicodemo—. ¡Dios no tiene un hijo salvo Israel! ¡*Israel* es su único hijo!

Molesto por la sonrisa condescendiente de Juan, añade: —¡Todos nosotros!

—Eso es lo que tú crees —dice el Bautista, aparentemente regodeándose, como si supiera algo que nadie más sabe.

—¿Sabes algo? ¡Matarán a un hombre por una blasfemia como esta!

—¿Quién? ¿Tú? Sería un precedente terrible que Roma tendría que juzgar.

Nicodemo aparta su banqueta y se gira hacia la puerta.

—¡No tenía que haber venido aquí!

—Has estado durmiendo toda tu vida —dice Juan—. «¡Prepara el camino del Rey! ¡Él está aquí... para despertar la tierra! Pero algunos no querrán despertar. Aman la oscuridad». Me pregunto en cuál estás tú.

Nicodemo lo mira.

—Si este hombre se parece a lo que crees, o si existe, deberías irte de esta región. Tu sola presencia lo pone en peligro.

—Si crees que él necesita mi ayuda, no has escuchado nada.

Mientras Nicodemo se va, Juan parece eufórico, jadeante. ¿Qué lo emociona tanto?

Capítulo 52

ESCASEZ

Caná

Ocupado en la sala de preparación de la comida, Tomás da instrucciones a los sirvientes mientras se escucha una tradicional canción de bodas en el patio, donde los invitados cantan y bailan.

—Cuando termine la canción, lleven las aceitunas y los quesos, y pónganlos en la mesa larga entre los panes y los pepinos.

• • •

Afuera, Rema intenta contar a la multitud mientras bailan alrededor de las mesas, con los brazos los unos en los hombros de los otros. Con pánico, se apresura a entrar y ve que Tomás está sazonando el cordero.

—¿Me estoy volviendo loca o eran cuarenta los invitados a esta boda?

—¿Los contaste? —dice él—. ¿Por qué? ¿Nos pasamos? Siempre pasa esto. Tengo comida de más —dice, dándose la vuelta hacia el cordero.

—¡En el último conteo eran ochenta!

Él se gira rápidamente.

—Cometiste un error.

—Quizá por un par, pero, aunque me equivoque por cinco, el vino…

—Dije que trajésemos cuatro —dice él, pero ella le lanza una mirada como si no estuviera ayudando en nada—. Pero tres —añade tímidamente— son suficientes. Para sesenta.

• • •

Afuera, la canción termina entre aplausos y risas, y el maestro de ceremonias alza una copa de vino.

—Bendito eres, Señor Dios nuestro, Rey del universo, que nos das el fruto de la vid.

Resuena un *Amén* por todas partes, y todos parecen beber a la vez. Una copa, tras otra, tras otra.

• • •

Tomás hace una demostración con una jarra.

—Aligeren sus porciones —dice a los sirvientes—. Así, llenando solo tres cuartas partes. Si piden más, díganles que volverán enseguida. Pero ¿saben qué? No volverán. ¿Lo entienden? ¡Vayan!

Mientras salen los sirvientes, entra el maestro de ceremonias.

—¡Bueno! —dice él, y Tomás enseguida se estira—. Los invitados parecen contentos hasta ahora. Pero los sirvientes no. ¿Cómo vamos?

Tomás, muriéndose por dentro, se encoge de hombros.

—Nada de lo que preocuparse. Eres uno de los mejores maestros de ceremonias que hemos visto. Sigue haciendo ese buen trabajo.

Rema asiente, sonriendo. La sonrisita de autosatisfacción del hombre le dice a Tomás que su halago ha funcionado. Con las manos juntas delante de él, el maestro musita: «Hum», y se aleja.

La sonrisa de Tomás desaparece, y da un suspiro.

—Y ahora ¿qué?

—Tengo una idea —dice Rema.

• • •

En la *jupá*, Dina y Rafi dan las gracias a los invitados que los felicitan y charlan. La multitud se abre paso cuando los padres del novio se acercan con hermosos atuendos de seda. Dina teme lo que pueda suceder.

—¡Rafi! ¡Dina! —dice Abner con su voz grave de bajo. Ellos lo saludan y él los mira, con la copa de vino en su mano.

—Bueno —dice, y hace una pausa tan larga que incluso Hayele pone una cara rara. Finalmente anuncia: —¡Esta es la mejor fiesta en la que he estado en mucho tiempo!

Dina siente alivio al principio, pero después Abner se ríe con fuerza y agarra a Rafi por el cuello, acercándolo y dándole un beso en cada mejilla y uno más de regalo, gritando «¡Mua!» con cada beso.

—Nos honras, Abner —logra decir Dina—. Somos bendecidos por tener dos hijos tan enamorados.

—Ah, yo también estoy feliz —dice Abner—. Seré honesto, no siempre me gustó la idea. Quizá se hayan dado cuenta.

—Sí —dice Rafi—. Así es.

Dina solo desea que Abner hable en voz baja. Pero no tiene esa suerte.

—Tú naciste en *Nazaret*, Dina —añade el hombre, como si le doliera tener que sacar un tema tan desagradable—. Rafi, tu pueblo es *viajero*, y tu oficio, Rafi, no te ha traído mucho éxito. Y aunque Asher parece un joven amable, no ha…

—Sí, Abner —dice Rafi—. Lo entendemos.

—Ah, no pretendo insultarlos.

Demasiado tarde, piensa Dina.

—¡Mi familia ha sido de comerciantes muy poderosos en esta región por años! —continúa Abner—. Creo que el éxito ha hecho que mi generación sea arrogante.

Es lo que yo siento exactamente. ¿Podría ser más sincero? Abner mira el cielo de la avanzada tarde, con el ceño fruncido, y ella espera lo que vendrá ahora.

—Perdí mi hilo de pensamiento —dice finalmente. Hace un gesto hacia la *jupá* y se gira hacia Hayele—. Pensaba que dijiste que estaba torcida. A mí me parece que está bien.

Dina no puede resistirse a darle una mirada triunfante a la mujer. Abner y Hayele alzan sus copas de vino y se van, y segundos después Abner se da la vuelta y anuncia;

—¡Y este vino está delicioso! Debo conocer el viñedo.

Es lo único que Dina y Rafi pueden hacer para amortiguar sus sonrisas.

• • •

Rema dirige a Tomás a una cavernosa sala de almacén en la que hay seis cántaros de piedra.

—Agua para la purificación —le dice a él—. Aún queda algo de agua en ellas.

—Diluir el vino —dice él, entendiendo la idea—. La gente se dará cuenta. Se esparcirá el rumor.

—Si sucede, siento que esta familia moriría de la vergüenza.

¿Esta familia?, piensa Tomás.

—¿Y nosotros? Sería nuestra ruina.

—No es una gran idea, estoy de acuerdo —dice Rema. —¡Ayúdame a pensar!

—Podríamos servir a los invitados más pasteles de dátiles —dice él—. ¿Salar en exceso la comida? Eso haría que quisieran beber agua —dice suspirando—. No lo sé. Esto es humillante.

—Sigamos buscando.

Capítulo 53

SORPRESA

A medida que pasa el día y comienza a vislumbrarse la noche, los invitados a la fiesta de bodas ríen, comen, beben y bailan. Jesús se sienta con un grupo de niños, deleitándolos con un juego de trile. Ellos se ríen y gritan con sus trucos.

Simón se sienta con Andrés, María Magdalena, Santiago el Menor y Tadeo, comiendo y viendo la festividad. Simón asiente hacia Jesús y los niños.

—No tienen ni idea de quién está sentado frente a ellos.

El maestro ha apilado copas ante los niños y las niñas, y cuando se caen, los niños se ríen.

—¿Se imaginan ser niño de nuevo? —dice Tadeo.

—Creo que somos nosotros los afortunados —dice María—. Ellos tienen que regresar a casa con sus padres esta noche. Nosotros nos quedaremos con él y su madre.

—¿Dónde será eso? —pregunta Andrés.

María levanta su copa.

—¿Quién sabe? Con él he aprendido a dejar de preocuparme por esas cosas.

—Yo no —dice Andrés—, y hace frío en esta región.

—¿Crees que él dejaría que te congeles? —dice Santiago el Menor.

—Mi hermano tiene muchas preocupaciones —dice Simón—, así que tengo que seguir recordándole cuando nuestro Abba nos enseñaba a pescar. Nos sentábamos ahí y lo observamos hasta que nos convertimos en pescadores.

—Nosotros lo observaremos a él —dice María—, y lo seguiremos observando. Creo que por siempre.

Todos guardan silencio hasta que Andrés dice:

—Voy por un poco más de vino.

—Trae dos.

Simón levanta su copa vacía, pero jugando la retira cuando Andrés intenta tomarla. Finalmente le deja que la atrape y le dice a los demás:

—Ni siquiera sé por qué estoy aquí. Por lo general son los estudiantes lo que escogen a su rabino, no al revés. Y yo ni siquiera soy estudiante.

—Yo tampoco lo era —les dice Santiago—. Tadeo me lo presentó.

—¿Cómo lo conociste? —le pregunta María a Tadeo.

El joven parece avergonzado.

—En un, eh, trabajo de construcción. En Betsaida. En realidad, él no estaba escogiendo a los estudiantes más brillantes.

Los demás se ríen, pero Simón está confundido.

—Espera. ¿Él trabaja?

—Bueno, hasta hace poco —dice María—. No es un rabino profesional.

—Ya, pero pensaba que no tenía ni casa ni trabajo.

—No tiene un hogar permanente —dice ella.

¡Ajá!, piensa Simón.

—Entonces es cantero —mira a Tadeo y continúa—, como tú.

—Es artesano —dice Tadeo—. También enseñaba. Me pidió que lo siguiera. Dijo que estaba construyendo un reino. Una fortaleza más fuerte que la piedra, y lo creí.

—¿Qué construías en Betsaida? —dice Simón.

—Eh, un servicio público.

—¿Un acueducto?

—No, eh, más bien algo, eh, más humilde.

—¿Qué era?

—No es apropiado decirlo delante de una mujer —dice Tadeo.

María mira con el rostro serio.

—He visto y oído cosas que te convertirían la sangre en hielo.

—¿Una letrina? —dice Simón—. Espera —añade, mirando a María—. ¿Hielo?

Ella asiente.

—Sí —dice Tadeo.

—Nuestro maestro —dice Simón—, ¡construyó un urinario!

—Un trabajo es un trabajo —dice Tadeo—. Yo cortaba la piedra para el muro de contención mientras él construía una rampa de tablas de cedro para que los lisiados y los ancianos pudieran llegar sin subir las escaleras.

—¿Por qué no los sanó para que pudieran subir los escalones?

—Siempre está diciendo —dice María— que aún no ha llegado su tiempo.

—Pero llamarte por tu nombre —dice Simón—, la captura de los peces, ¿por qué fue su tiempo para esos milagros entonces, y para otros no?

—Porque esos fueron privados —dice Santiago el Menor—. Él aún no ha mostrado sus señales a otros públicamente.

—¿Qué le impide hacer público su ministerio?

María se encoge de hombros.

—El viento sopla hacia el sur o el este y no sabemos por qué.

Eso deja pensativo a Simón.

—Una letrina —dice él, y todos se ríen—. Será mejor que no difundamos eso.

—Él no esconde de dónde viene —dice María.

—No se lo digan a Andrés —dice Simón—. Eso lo… bueno, se sorprenderá.

—¡Y ahora, amigos! —dice gritando el maestro de ceremonias— ¡el baile de Miriam!

Los invitados aclaman y se preparan para bailar. Simón observa que Jesús ha dejado a los niños, así que cuando regresa Andrés, ambos se van a buscarlo.

• • •

De rodillas en la sala del vino, Tomás introduce un cucharón profundamente en una tinaja volcada y sale vacío. *¿Qué vamos a hacer?* Justo en ese momento aparece Dina. Él se queda helado.

—Tomás —dice ella, con un tono inundado de miedo—. Cuéntame.

Capítulo 54

CRISIS

Ha caído la noche, y las antorchas y las calderas iluminan el patio de festividades. Simón, con Andrés a su lado, busca a Jesús. Oye al Rabino terminando una broma.

—¡Cuidado con las ranas la próxima vez! —y riéndose justo antes de doblar la esquina.

—¡Oh! —dice Jesús exultante—. ¡Hijos de Jonás!

—Te estábamos buscando —dice Simón, y después le dice que han anunciado el baile de Miriam—. Pensamos que no te lo querrías perder.

—¡Por supuesto! Vamos a demostrarles los tres cómo se hace, ¿eh?

—No creo que esa sea una buena idea —dice Andrés, reticente.

—¿Por qué?

—Bueno —dice Simón—, Andrés tiene cuatro pies izquierdos.

—¿Cuatro? —dice Jesús, claramente asombrado—. ¿Por qué cuatro?

—Cuando intenta bailar, parece un burro andando sobre carbones encendidos.

Jesús se ríe.

—¡Oh, Andrés! ¿Lo niegas?

—Nunca he visto a un burro caminar sobre carbones encendidos —dice Andrés, mirando a Simón—. En realidad, sería algo terrible de contemplar.

—¡Hijo mío! María se aproxima a ellos, con pánico en su rostro. Tomás y Rema se detienen a unos pasos distantes de ella.

203

—¡Mira, Andrés! ¿Ves? ¡Hasta mi propia madre se unirá a nosotros en la canción de Miriam!

—Se han quedado sin vino —le dice María a Jesús.

Silencio.

Finalmente, Andrés dice:

—Pero si es solo el primer día...

—Sí, y ya han gastado todo. No queda ni una gota.

—¿Por qué me lo dices a *mí*? —le pregunta Jesús.

María susurra:

—No podemos dejar que la celebración termine así, con la familia de Asher humillada.

Jesús la mira fijamente, y después se acerca a Simón y Andrés.

—Hermanos, vayan a reunirse con los demás. Yo iré enseguida.

• • •

Jesús se aparta con María unos metros para que no les vean Tomás y Rema. Pone una mano sobre el hombro de ella y susurra: —Madre, aún no ha llegado mi hora.

Ella pone su mano encima de la de Jesús y sostiene su mirada.

—Si no es ahora, ¿cuándo? Por favor.

Él se ablanda y suspira, dibujando una tenue sonrisa. Ella sonríe y se aleja, apresurándose a ir con Tomás y Rema.

—Hagan todo lo que él les diga —les dice ella.

• • •

Tomás no tiene ni idea de qué hacer con esto. ¿Hacer lo que diga este desconocido? Lleva al hombre al almacén donde están las seis tinajas de piedra para el agua. Él pone las palmas de sus manos hacia arriba, como si se hubiera resignado.

El hombre se cruza de brazos y reposa la barbilla en su mano. Parece estudiar los recipientes.

—Llenen estas tinajas con agua.

Tomás le lanza una mirada matadora.

—No estoy seguro de que escucharas con claridad. Nos hemos quedado sin vino, no sin agua.

—Tienen un tamaño similar a tu ánfora.

¿Y qué?, se pregunta Tomás.

—En las marcas correctas, sí. Se deben llenar hasta el borde.

Tomás siente la mirada del hombre.

—Eres una persona muy responsable, ¿verdad?

¿Qué tiene eso que ver ahora?

—Estamos en una crisis —dice Tomás—, ¿y me hicieron creer que tienes una solución?

—¿Sabes por qué las tinajas para la purificación se hacen de piedra?

Tomás se ríe.

—¿Qué?

—Ya me oíste —le dice el desconocido, con amabilidad.

Tomás siente que su sonrisa desaparece y mira más allá del hombre, a Rema. Ella asiente. Él traga y se da la vuelta.

—Porque la piedra es pura —dice él tranquilamente—. No es fácil que gotee o que se rompa. Y siempre se mantiene limpia. Sí. Llena todas estas tinajas con agua, hasta el borde.

Tomás aún no lo entiende.

—¿Por qué?

Rema se dirige a los sirvientes que se amontonan en la entrada y miran curiosamente.

—Ya lo han oído. Comiencen a sacar agua. Rápido. Digan a todos los que vean que dejen de hacer lo que están haciendo y ayuden.

Tomás mira a Rema y menea su cabeza, pero ella solo asiente y sale con los demás. Ahora está a solas con el hombre, así que Tomás cubre su rostro con sus manos.

—De todas las instrucciones que has dado, no veo una solución lógica al problema.

—Va a ser así en algunas ocasiones, Tomás.

Él no le había dicho su nombre a este hombre, ni tampoco había oído a nadie decírselo. Tomás lo mira con asombro.

—¿Qué dijiste?

—No te reprendo. Es bueno hacer preguntas, querer entender las cosas.

El hombre habla con mucha calma y autoridad, pero…

—No hay tiempo para esto —dice Tomás.

Conozco a un hombre como tú en Capernaúm. Siempre contando. Siempre midiendo.

—Es mi trabajo —le dice Tomás—, y todos pensarán que no lo he hecho bien hoy.

El hombre se acerca más.

—Únete a mí —le dice— y te mostraré una nueva manera de contar, y medir. Una manera distinta de ver el tiempo.

¿Qué querrá decir?

—Ir contigo, ¿a dónde? No lo entiendo.

Capítulo 55

EL MILAGRO

Abner saborea semillas saladas del fondo de su plato, se lleva la copa de vino a los labios, y mira fijamente a Hayele. Vacía. Se esfuerza por ponerse de pie.

—¡Dina!

Ella se acerca apresuradamente.

—¡Abner! Espero que lo estés pasando bien.

—¿Dónde están los sirvientes?

—No lo sé, pero los iré a buscar ahora mismo.

El maestro de ceremonias se acerca.

—Ya deberíamos haber servido otra ronda de vino —le dice a ella—. La última fue hace casi una hora.

—¡Sí! Bueno, verás…

—Seguro que hay más en camino, Dina —dice Abner.

Parece que a ella le cuesta hablar y tan solo asiente.

—Lo siento mucho —dice el maestro de ceremonias—. Por favor, no se preocupe. Nos encargaremos de esto de inmed…

La mejor amiga de Dina, la viuda a la que llama María, llega y pone su mano sobre el hombro de Dina.

—La siguiente ronda de vino está en camino —le anuncia a Abner—. Gracias por recordárnoslo. Todo está bajo control.

• • •

María Magdalena está sentada con Tadeo.

—¿Tu padre también era cantero?

—No —dice él—, era herrero. Creo que le rompí el corazón, pero aprendí de un cantero cuando tenía nueve años... y todo hombre debe dejar a su padre.

Ella sonríe.

—Trabajar de cantero parece un trabajo más duro.

—No es más duro. Es tan solo más, ah, final. Si el herrero quiere cambiar la herradura o la reja del arado o el gancho para cacerolas, solo tiene que volver a poner el hierro en el fuego y remodelarlo según el diseño que quiera.

María Magdalena está intrigada con la solicitud del joven Tadeo.

—Una vez que haces el primer corte en la piedra —dice él—, ya no puedes rehacerlo. Pone en marcha una serie de opciones. Lo que antes era un bloque sin forma de piedra caliza o de granito, comienza su largo viaje de transformación, y nunca volverá a ser igual a lo que era.

• • •

Tomás sigue perplejo, por no decir escéptico, de pie junto al desconocido y junto a otros dos sirvientes, mirando mientras Rema termina de verter la última jarra en la sexta tinaja de piedra de la purificación. Ella se gira hacia él y el hombre.

—Están llenas —dice ella, casi sin respirar y con los ojos muy abiertos.

¿Cuál es el punto de todo esto?, se pregunta Tomás mientras el hombre mira a Rema y a los sirvientes.

—Todos, por favor, vayan afuera —dice el hombre tranquilamente. Rema los dirige en la salida, pero Tomás se queda.

—Solo un momento, Tomás —añade el hombre.

Con una última mirada suspicaz a las jarras de agua, y después al hombre, Tomás se dirige hacia la puerta.

• • •

Jesús se inclina sobre la boca de una de las tinajas, con la luz de una vela reflejándose en el agua. Mira hacia arriba, como si traspasara el techo para llegar al cielo. Un gran peso lo inunda mientras se da cuenta del paso que está a punto de dar. Este acto dará inicio a una nueva existencia para él... al menos a los ojos de otros. Su papel, su llamado, su destino será conocido por todos. No hay vuelta atrás.

Él cierra los ojos, agacha la cabeza y suspira:

—Estoy listo, Padre.

Jesús pone su mano izquierda sobre el borde de la tinaja y toca el agua con la mano derecha. Lentamente ahueca la palma de la mano y la levanta, cerrando su puño mientras un líquido de color rojo profundo vuelve a caer en la jarra salpicando, con su rico y pesado aroma llenando la sala.

• • •

Tomás está junto a Rema con dos sirvientes detrás de ellos, y mira hacia la entrada. ¿Qué puede estar haciendo este hombre? ¿Será algún tipo de mago? ¿O tiene un brebaje secreto, algo que añadir al agua que engañará a los invitados borrachos? De repente, el hombre sale con una mirada solemne.

—Vayan a buscar un poco —dice él—, y sírvanselo al maestro de ceremonias.

¿Qué? ¿Lo dice en serio? Rema mira a Tomás, pero él no se puede mover. Ella se apresura a entrar, llevando la jarra vacía que había usado para derramar la última gota de agua. Los sirvientes la siguen. Tomás solo puede mirar fijamente al hombre hasta que Rema y los sirvientes gritan exultantes, dando voces desde la otra sala. El hombre le sonríe y se aleja.

• • •

Dina está de pie con la madre de Jesús escuchando a la multitud, que lleva sin vino por mucho tiempo ya, murmurando por encima de la música. Ella teme que el final de la fiesta llegue antes de que termine incluso la primera noche. Pero María le ha anunciado a Abner que viene más vino en camino, y parece estar segura.

Rema, sosteniendo una copa, avanza hasta el maestro de ceremonias. ¿De dónde podrá venir este vino nuevo? ¿Habían guardado algo o habrán encontrado un sustituto? Oh, por favor, ¡que al menos sea aceptable!

Desde el otro lado del patio, Dina oye a Abner quejarse con Hayele:

—¡Ya era hora!

Rema sirve de la copa en la copa del maestro de ceremonias.

—El vino postrero, señor —susurra ella.

—Bien, probémoslo.

Él se lo lleva a los labios y parece perplejo.

—¡Detengan la música! ¡Detengan la música! ¡Escuchen todos! ¡Me gustaría decirles algo! Quisiera dirigirme a las familias del novio y de la novia. En todas las bodas a las que he asistido, siempre sirven el mejor vino primero. Y después, cuando la gente ya ha bebido mucho, bien avanzada la fiesta, sirven el vino peor… ¡el más barato!

La gente se ríe conocedora del hecho, y Dina se pregunta qué irá a decir. ¿Está este hombre intentando distanciarse del desastre?

—Porque para ese entonces —continúa él—, ¿quién se va a dar cuenta?

Él se ríe y todos los invitados aún más.

—¿Tengo razón? Pero ustedes —dice él mirando a Rafi y después a Dina—, ¡ustedes han escogido servir ahora el mejor vino que he probado nunca! ¡Démosles gracias por este innecesario pero honorable gesto!

Todos irrumpen en aplausos, y Abner señala a Rafi con una enorme sonrisa. Los siervos sacan bandejas de copas llenas y empiezan a distribuirlas.

El maestro de ceremonias no ha terminado.

—Que la boda de Asher, hijo de Rafi y Dina, con Sara, hija de Abner y Hayele, sea tan pura y tan fructífera como este vino. Bendito eres tú, Señor Dios nuestro, Rey del universo, que nos das del fruto de la vid. ¡Por Asher y Sara!

La multitud alza su copa y grita al unísono:

—¡Por Asher y Sara!

Dina resplandece orgullosa mientras los invitados saborean el vino y parecen asombrados hasta el punto de no hablar. Salvo Abner, por supuesto. Ha bebido de su copa, y ahora lo mira atentamente. Su cara es todo un misterio.

—¿Algún problema? —le pregunta su esposa.

—Sí. Era yo.

Dina ve a María mirando hacia su hijo desde el otro lado del patio y diciendo gracias.

• • •

En el almacén, Tomás está de pie como una estatua, mirando fijamente las tinajas llenas de vino.

• • •

Afuera, Simón mira fijamente a Jesús.

—Pescados —dice él—, vino. ¿Qué será lo siguiente?

Jesús se encoje de hombros.

—¿Alguna sugerencia?

—Nada. Y todo. Hagamos esto.

Él da una palmada y dice:

—Iré contigo hasta los confines de la tierra.

Jesús da un paso hacia delante, y dice con solemnidad.

—Eso espero, Simón.

Y ahora con un brillo en sus ojos dice:

—Pero recuerdo que había un problema.

¿Un problema?, piensa Simón. *¿De qué está hablando?*

—Algo que tenía que ver con los pies de Andrés.

Simón se ríe.

—¡Los pies de Andrés!

Andrés parece que escucha la conversación y se acerca con los demás amigos.

—Pero primero —dice Jesús—, debemos evaluarlo, ¿no?

—¡No! —objeta Andrés—. No, no, no, yo no puedo.

—Creo que tenemos que hacerlo.

Andrés continúa poniendo reparos, pero Simón y el resto se unen.

—¡Vamos, Andrés!

Ellos lo rodean en círculo, alzando sus brazos e incluyéndolo en el círculo. Enseguida, todos están gritando y cantando y bailando, Jesús y sus seguidores alegrándose con la música. Las familias de los novios se unen, y Abner agarra a Rafi, bailando solo con él.

Las madres y las dos Marías bailan con la novia en medio de todos.

En el círculo más grande, Simón le grita a Jesús:

—Entonces, ¿le ayudarás?

Jesús se ríe, viendo a Andrés dando saltos.

—Bueno, ¡hay algunas cosas que ni siquiera yo puedo hacer! —y hace que los demás casi caigan de rodillas de la risa.

• • •

Tomás vaga afuera mientras la alegría decae y la gente anda repartida hablando. Mira fijamente al hombre al que llaman Jesús que está al otro lado del patio, charlando con otros.

Rema se une a Tomás.

—Pues creo que fue todo por esta noche —le dice. Ella le observa la mirada. —¿Quién es él?

Tomás no responde, y ella añade:

—No podemos fingir que no vimos un milagro. Nos dio incluso más de lo que necesitábamos.

—Me invitó a unirme a él —le dice Tomás—. Quiere que me reúna con él en Samaria, en doce días.

—Samaria —susurra ella.

Tomás mueve su cabeza.

—No sé qué pensar.

Ella hace una pausa.

—No pienses.

Cuando finalmente él se gira para mirarla, ella dice:

—Quizá por una vez en tu vida, no pienses.

PARTE 7
Compasión indescriptible

Capítulo 56

REVELADO

Un cantero con un terrible secreto hace fila durante cuatro horas fuera de una casa de empeño en una villa muy poco poblada a las afueras de Galilea. No pierde la esperanza de que, al haber venido a este lugar olvidado de la mano de Dios, pueda al fin entrar y salir de forma desapercibida, quizá consiguiendo unas cuantas monedas a cambio de los tesoros que lleva. Los demás en la fila parecen ser la escoria de la sociedad: cojos, paralíticos, enfermos. Llevan cosas dispares, objetos aleatorios que aparentemente esperan poder cambiar por algo con lo que poder sobrevivir una semana más. El cantero viste exquisitamente comparado con los demás, aunque su túnica verde larga más propia de otra estación y su turbante amarillo le hacen sudar como un hombre que ha estado trabajando duro bajo el sol ardiente.

La mujer de la tienda que hay delante de él sale enfurecida.

—¡Eres un mentiroso! —grita, lanzando un puñado de piedras contra el suelo.

El cantero entra de manera informal, esforzándose por guardar la compostura, llevando una bolsa de tela enrollada. Artículos usados de muy distinto valor abarrotan el lugar.

—¡Estaba loca! —dice el comerciante, como si alguien se lo hubiera preguntado—. Solo porque hago caridad no significa que tenga que comprar piedras a cada anciana que venga.

Qué risa. El cantero intenta esconder su asombro.

—¿Caridad?

El comerciante, apoyándose en un adornado bastón tallado, continúa.

—Como todo lo romano, es parte del negocio. Prestamos lo incautado de los delincuentes a los pobres.

Mirando al cantero de arriba abajo dice:

—Y también a otros. Tú debes estar de paso. No recuerdo haberte visto antes.

—Vengo de Tiro —dice él, abriendo el rollo de piel para mostrar sus herramientas—. El mazo está tallado en arce de Sidón. Los cinceles son de bronce y la llana es de estaño de mineral fenicio.

El prestamista parece impresionado.

—Muy bien —dice él—, ¿por qué querría alguien desprenderse de todo esto?

—Voy de camino al Mar Muerto —dice el cantero, sabiendo que no es una gran explicación.

—¡*Shalom*, peregrino! ¡Suerte la mía! No suelo ver artículos de esta calidad.

Él frunce el ceño y continúa:

—Si tan solo no hubieran sido traídos por un extraño que solo pasa por aquí.

—No son robados, si es eso lo que quieres decir.

El comerciante alza las cejas y acerca un bol de monedas, pasando unas pocas a un bol que hay más cerca del cliente.

—Te podría pagar veinte denarios.

—¿Estás de broma? ¡Es muy poco para lo que valen!

Él hace un gesto hacia las herramientas, y eso hace que se le suba la manga y se dejen ver las heridas infectadas.

El comerciante da un salto hacia atrás y se tapa la boca.

—¡Hades y Estigia!

—Te suplico…

—¡Leproso!

Él empuja al cantero en el pecho con su bastón, haciendo que caiga desplomado.

—¡Estás marcado! ¿No podías simplemente morir? ¿Tenías que llevarnos a todos al infierno?

El cantero se esfuerza por ponerse en pie.

—¡Tienes prohibido estar a menos de cuatro metros! —le grita el propietario.

El leproso toma los denarios del bol.

—¡Tómalo y vete!

—No fue mi intención hacerte daño. Mis herramientas eran lo único que me quedaba.

• • •

Fuera de la caseta de impuestos de Mateo, Capernaúm

El recaudador y su guardia asignado, Gayo, miran a un enorme cofre en el suelo, lleno de oro y plata y otros tesoros... el pago de Simón y Andrés. Los que hacen fila también miran fijamente. Paranoico, Gayo lo cierra de golpe y dice:

—Nunca pensé que entraran tantos peces en esos pequeños botes.

—No entran —dice Mateo—. El peso de la pesca y de los marineros hacía que la barca se hundiera. Ellos tuvieron que saltar y bajarse. Terminaron llenando las dos barcas. ¿Deberíamos meter esto en la caseta?

—Estarán aquí en cualquier momento —dice Gayo, refiriéndose a sus compatriotas que acompañarán a él y al pago hasta el cuartel general de la autoridad romana.

—Al menos tú tienes tu espada —dice Mateo—. ¿Debería tener un arma?

Oh, por el amor de... Solo nos faltaba eso, este hombre con un arma. Gayo lo mata con la mirada.

—Esta no puede ser la primera vez que te han cargado con el pago de un par de meses de...

—Dos años y siete semanas.

—¿Dos *años* y siete semanas? —pregunta Gayo, dándose cuenta de inmediato de que sin querer ha provocado otra interminable explicación.

Y ahí va.

—Simón y Andrés recibieron un año gratis. Eso suma un año y siete semanas, más otro año, menos el crédito matrimonial para Simón...

Gayo intenta detenerlo con un gesto.

—Está bien, eso es...

—...más las penalizaciones.

—Está bien, ya basta.

Gayo examina a la multitud, sabiendo que él y Mateo, uno de los suyos que los ha traicionado, son odiados más que nadie.

—Aquí somos blanco fácil.

Mateo no ayuda mucho, inclinándose sobre la caja con los dedos cruzados.

—Tan solo intenta... intenta comportarte de forma natural.

—Soy natural. Me comporto exactamente como me siento.

Eso seguro, pero el frustrante hombrecito enfurece a Gayo.

—¡Intenta actuar como una persona normal en circunstancias normales! —le dice. Mateo mira perplejo. —Olvida que dije normal —añade Gayo.

Un colega de Gayo se aproxima con otros dos legionarios.

—¡Gayo! —dice él.

—Sí, Marcos.

Marcos silba mientras observa el cofre.

—Pensaba que era broma.

—Se podría decir que fue gracioso cuando saltaron de sus barcas —dice Mateo con un tono prosaico.

—¿Saltaron de sus barcas?

—Se hundían por el peso.

Marcus se gira hacia Gayo.

—Te dije que se lo inventaban. No pueden pescar eso tan rápido...

—¡Capitán! —dice Gayo—. ¿Podríamos continuar con esta conversación en el camino?

—Oh, Gayo, no me digas que estás nervioso por guardar impuestos de un par de meses.

• • •

Sanedrín de Capernaúm, esa noche

Nicodemo está de pie en el frente y el centro, dirigiéndose al líder y a varios otros, incluidos Shemuel y Yusef.

—Acabo de regresar de interrogar detenidamente al hombre conocido como Juan el Bautista, mientras está en custodia romana, Av Beit Din. Aunque su apariencia es poco convencional y su enseñanza ignorante, he concluido que no supone una amenaza material para Herodes o para la paz pública.

Esto provoca un revuelo en los que están reunidos. El Av Beit Din llama al orden, y después dice:

—El hombre tiene seguidores. Hemos oído bastante del testimonio de Shemuel. ¿No es eso motivo de preocupación?

Nicodemo sonríe.

—Creo que estos seguidores simplemente están investigando, no se trata de ninguna amenaza... y después de la inspección se darán cuenta de que sus palabras tienen mucha sustancia. Él busca atención. Ellos no se reúnen en el Jordán para sumergirse tal como nosotros entendemos la limpieza ritual. Hacen fila porque otros están en la fila.

Él lanza una mirada a Shemuel, sabiendo que su propia magnanimidad hacia Juan sirve como una reprimenda a la amargura de Shemuel.

—Solo lo legitimamos al ordenar su arresto. El mismo esfuerzo por mantenerlo en silencio le da un pedestal.

El Av Beit Din mira desconcertado, y los otros jueces también parecen estar confundidos. Salvo Shemuel. Nicodemo sabe por qué, por supuesto.

—Pero, Nicodemo —dice el juez principal—, nosotros no emitimos dicha orden.

—¿No? Los soldados que lo arrestaron me enseñaron declaraciones juradas que decían que un fariseo había ordenado su detención. Tal vez se equivocaron.

Shemuel se levanta.

—¡Fui yo! Yo lo entregué.

El Av Beit Din frunce el ceño.

—¡Hermano Shemuel!

—«El que justifica al impío» —insiste Samuel—, «y el que condena al justo, ambos son igualmente abominación al Señor».

El Av Beit Din mira exasperado.

—Citar los proverbios de Salomón no es una explicación.

—No ignoraré sus pecados, ¡aunque todos los demás lo hagan!

—¿Qué pecados?

—¡Nos llamó raza de víboras!

Nicodemo sonríe.

—Él usa lenguaje grosero para llamar la atención.

—¿Sabes cómo nacen las víboras? —clama Shemuel—. ¡Nacen dentro de sus madres! ¡La Ley de Moisés dice: «No odiarás a tu hermano en tu corazón»!

Nicodemo se pone serio y responde:

—¡Si fuera miembro de nuestra congregación o de nuestra facción lo amonestaríamos! ¡Pero no lo es! Es un rebelde que no responde a nadie.

—Hermano Shemuel —dice el Av Beit Din—, tu precipitada acción ha sobrevalorado la importancia de algo trivial y ha atraído una atención indebida de Roma hacia nuestra secta.

—Pero él...

—Y me sorprende que cualquier estudiante del gran y sabio Nicodemo tenga la temeridad de eludir su aprobación.

Shemuel agacha la cabeza, y Nicodemo dice:

—Yo hablaré con él, Av Beit Din.

—Acudirá a su maestro —continúa el líder—, en todos los asuntos de política y práctica. ¿Ha quedado claro?

Shemuel da un suspiro y levanta la cabeza.

—Sí, su señoría.

—Se levanta la sesión.

Nicodemo se inclina ante el Av Beit Din, pero Shemuel pasa enojado junto a su mentor.

Capítulo 57

EL ASCENSO

Afueras de Caná, por la mañana

Los seguidores de Jesús levantan el campamento. Simón, acostumbrado a largos días y noches de pesca, se encuentra agotado debido al trabajo. Mientras él y Santiago el Joven desmontan una tienda, el segundo se dobla, jadeante. Simón se apoya en un poste de la tienda para recuperar el aliento.

—Me alegro de no ser el único —dice.

Santiago se ríe.

—Pensé que estaba preparado para la vida en el camino. Serpientes, hambre, inundaciones.

—La Torá no menciona las ampollas, ¿eh?

—¿Qué, nunca leíste el libro de los dolores constantes de baja intensidad?

—¿El sermón de la arena en la nariz? —dice Simón.

Los dos continúan recogiendo.

—Entonces, ¿a qué te dedicabas antes de conocerlo? —pregunta Simón.

—Yo, eh, estaba de camino a unirme al coro.

Simón lo mira con los ojos entreabiertos.

—¿El coro del templo de Jerusalén?

Santiago asiente.

Muy gracioso, piensa Simón.

—Está bien, de acuerdo. Sí, yo era el gladiador favorito del César.

Santiago se ríe, y entonces empieza a cantar.

—Mi alma tiene sed de ti, mi carne te anhela, en tierra seca y árida donde no hay agua.

Los demás dejan de hacer sus tareas, aparentemente asombrados. Aplauden, y Simón asiente.

—¡Oye! ¡Vaya! Retiro lo dicho.

—Gracias.

—Está claro por qué Jesús te pidió que te unieras.

Santiago el Joven se rasca la cabeza mientras ambos regresan al trabajo.

—No sé si hay algo claro, la verdad. Sabes, tal vez cantaré, o tal vez no. Él es el único que sabe qué será de mí. Para algo él es el maestro y nosotros los estudiantes.

Jesús se acerca.

—Buena voz —le dice a Santiago el Joven—. ¿Simón?

—¿Maestro?

—Acompañaré a mi madre hasta Nazaret. Me reuniré con los demás en nuestro campamento en Capernaúm.

—Lo entiendo. Me aseguraré de que todos lleguen sanos y salvos.

—Quiero que te adelantes.

—¿Qué me adelante a los demás?

—Sí —susurra Jesús—. Tienes algunos asuntos que atender en casa.

—Pero, Maestro, yo puedo proteger a los demás.

Jesús pone sus manos sobre los hombros de Simón.

—Con el tiempo lo harás. Los demás no tienen familias, y tú sí. Mírame —añade—, yo dejo toda esta diversión por acompañar a mi Ima.

• • •

Cuartel general de la autoridad romana, Capernaúm

Gayo espera, sin aliento, con Mateo y un capitán centurión mientras el Pretor Quintus inspecciona un libro de contabilidad. Gayo nunca ha estado cómodo en presencia de Quintus.

—Impresionante —dice el pretor sonriendo—. Por primera vez en un año, los cobros trimestrales superarán las proyecciones de Pilato. Y si los pescadores ya no pescan en *sabbat*...

Lanza una aceituna al aire y la atrapa con la boca, y acerca el plato deslizándolo sobre su mesa.

—Toma una aceituna, Mateo. Te la has ganado.

—Gracias, Dóminus.

Mateo gesticula y usa una servilleta para tomar una.

—Simón el tramposo —dice Quintus—. Simón el fraudulento. Simón, el hombre que entregó cuando más importaba. Me pregunto si habrá alguna manera de que lo vuelva a hacer.

Gayo desea que Mateo tan solo deje hablar al pretor. Pero no. Es como si no pudiera contenerse.

—No fue Simón, Dóminus —dice Mateo.

—¿Qué tal si le dijera que no fue suficiente? —dice Quintus—. Obviamente él se desempeña bien bajo presión, y tengo un don para crear apuestas.

Calla Mateo, implora Gayo con su mirada. De nuevo, es inútil.

—Simón no fue el responsable de esto, Dóminus.

—Oh, no me importa a quién incluya en sus planes.

—Perdóneme, Dóminus, si mi informe no está claro. Había un hombre…

—¡Sí! Eres un buen reportero, Mateo. Pero también eres un poco pueblerino. Leí tu informe. Está claro que Simón y su cómplice te engañaron.

—Pero había otros que…

—Cómplices, está bien.

¡Déjalo, recaudador!, desea Gayo.

Pero es obvio que los comentarios del pretor no tienen sentido para Mateo.

—¿Con qué fin?

—¿Quién lo sabe? —dice Quintus—. Tal vez Simón quería quitarse de encima a los otros pescadores. Tú mismo dijiste que se había esparcido la noticia de su deslealtad. O tal vez quería asustar a cualquiera que pescara en *sabbat*. Él es astuto.

—Los pescadores han tomado nota.

—Aaah, no podría haber funcionado mejor.

Él hace una pausa, pareciendo estar estudiando a Mateo.

—No me digas que estás asustado.

—No soy ni sofisticado ni sutil, Dóminus, pero soy observador. No detecté ningún engaño. Escribí todo lo que vi… por imposible que parezca.

—Hiciste bien, Mateo —dice Quintus suavemente—. Afortunadamente me tienes a mí para interpretarlo.

Un mensajero entra apresurado, abriéndose paso entre Gayo y Mateo.

—¡Perdóneme, pretor! —dice él—. ¡Es urgente!

—Espero que así sea —dice el pretor, como si el hombre debiera saber que podría morir por una intrusión así.

—El rey Herodes se acerca.

Eso provoca que Quintus se ponga serio.

—¿Dónde lo vieron?

—En las afueras de Genesaret, hacia el norte.

Quintus se levanta, aparentemente atolondrado.

—¡Capitán! —grita por encima del hombro—. Silvio Gemelio, hijo del Senador Gemelio, llegará aquí en una hora.

—Sí, Dóminus.

—Prepare mi guardia para inspección.

El capitán se inclina y se va, y Gayo se pregunta si debería sacar también arrastras a Mateo. Pero no hasta que sea despedido.

Quintus avanza hacia su armario y busca entre sus opciones de vestimenta. Se gira lentamente, claramente entretenido.

—¿Cuánto tiempo se iban a quedar ahí?

Probablemente para siempre, decide Gayo, pero ni él ni Mateo responden

—Las cosas salieron muy bien con Simón —dice el pretor—, y estoy agradecido. ¡Gayo! He repasado tu informe del mes. Eres germánico.

—Mi gente lo fue.

Seguro que eso no me lo echará en cara.

—Guerreros poderosos. Incluso si se rindieran.

—Creo que se unieron sensatamente al equipo ganador, Dóminus.

—Sensatamente.

¿Qué quiere o necesita oír el pretor?

—Mi única lealtad es a Roma. He entrenado para luchar por ella desde que era niño.

—Y ahora vas a liderar.

¿Qué? ¿Qué querrá decir?

—Por la presente te asciendo al rango de los *primi*.

Gayo se inclina con la rodilla en tierra y la cabeza agachada.

—¡Gracias por este honor, Pretor!

—No seas adulador. Y Mateo, eres tan maravillosamente… ¡raro! Muy inteligente, pero son tus reacciones al mundo lo que me encanta.

Gayo se pone de pie, preguntándose cómo responderá Mateo a un elogio tan insultante. Quintus continúa.

—¡Como en este momento! No me explico cómo hiciste para llegar hasta aquí; es un misterio que tardaremos muchas lunas en averiguar, mi nuevo amigo.

—Pero lo que vi en el mar no es un engaño, Dóminus.

—Porque no tienes engaño. Dame tu primera reacción a este escenario: Pronto te visitará tu rival de la infancia cuyo padre le dio todo, mientras que el tuyo no te dio nada, y sin embargo te han ascendido a un rango mayor.

Gayo reconoce que el pretor está hablando de su próxima reunión, pero Mateo no tiene forma de descifrar eso. Quintus continúa.

—Tú quieres dejar en claro que ganaste, que es tu reunión, incluso si llega sin previo aviso.

Sorprendentemente, Mateo parece entenderlo.

—Yo le mostraría mis planes para la infraestructura —dice él—. La conquista no es solo conquistar naciones sino imponer una forma de vida.

Quintus parece helado por la genialidad de la respuesta.

—Increíble. Tan simple.

Se acerca a su escritorio y abre un rollo de planos técnicos.

—Pueden irse.

—Gracias, Pretor —dice Gayo con una reverencia. Mateo parece que quiere hablar más, pero Gayo lo saca de allí tirando de él.

Capítulo 58

EL LEPROSO

María Magdalena camina con Jesús y varios de sus discípulos, acercándose a los límites de Capernaúm. Ella no puede dejar de preguntarse por su nueva vida y sus nuevos amigos, incluyendo a hombres a los que admira y en los que confía. Por supuesto, está aprendiendo de Jesús, parece que cada momento, pero a los que él ha llamado también le impresionan con su curiosidad, su obediencia, su devoción a él. Y por primera vez en mucho tiempo, ella se siente honrada y respetada. Estos hombres evidencian que no tienen motivos ocultos.

Conversan mientras adelantan a otros en el camino, y al llegar a un claro, se topan con una llamativa mujer de color que está de rodillas, llenando una cesta de flores.

—¡Hola!

María le saluda, y la mujer se pone de pie. Viste un tocado decorado con varios colgantes metálicos y un gran collar de madera pulida.

—Hola —dice la mujer—. *Shalom*.

—Un hermoso día para recoger flores —dice María.

La mujer sonríe.

—Bueno, si quieres Gilboa iris, lupino y anémona, las vendo en el mercado.

Jesús hace un gesto hacia el collar de la mujer.

—¿Eso es egipcio?

—Sí, yo crecí allí. Mi padre era de Etiopía.

María se asombra cuando Jesús comienza a hablar en un idioma

225

extranjero. La hermosa mujer responde del mismo modo. Tras un breve intercambio, ella vuelve a hablar en arameo.

—¡*Shalom* a todos!

Mientras ella se aleja, Juan se acerca a Jesús.

—¿Hablaban en egipcio?

—Sí, le dije que yo también crecí en Egipto y que su collar me recuerda muchas cosas de las que vi en mi infancia. Ella me dijo que era Tamar de Heliópolis, y yo le dije quién soy y le deseé paz. Ella me lo agradeció.

María mira a los demás y sabe que están pensando lo mismo que ella: *Por supuesto que habla egipcio.*

—¿Por qué estabas allí? —dice ella.

—Tuvimos que dejar Belén cuando yo tenía dos años por causa de Herodes.

—¿Viviste en Belén? —Santiago el Grande parece sorprendido—. ¿Durante la masacre de los inocentes?

—Así es.

—Conozco la historia —dice Santiago el Grande—. Herodes hizo matar a todos los niños menores de dos años que había en esa zona.

—Sí. Fue muy triste —dice Jesús, y suspira—. Pero no quiero arruinar este hermoso día. Sigamos.

Pero mientras se disponen a irse, María da un grito y los demás se detienen. Un hombre demacrado con una túnica harapienta verde y sucia y un turbante amarillo mira hacia ellos fijamente, con su aliento saliendo a trompicones, y la piel deteriorada.

Juan saca un cuchillo.

—¡Es un leproso! ¡Retírense!

—¡Tápense la boca!—grita Santiago el Joven—. ¡No respiren su aire!

—¡No te acerques más! —dice Juan, amenazando con su cuchillo.

—Está bien, Juan —dice Jesús, poniendo una mano en su brazo—. Está bien.

Él deja su mochila y se acerca al hombre.

Los demás se acercan a Jesús, diciendo:

—¡Rabino! ¡Rabino! ¡No! ¡Está enfermo!

Jesús los silencia con una mirada y una mano alzada.

Mientras se gira hacia el hombre, el leproso grita:

—¡Por favor! ¡Por favor! —y poniéndose de rodillas dice:— Por favor, no te alejes de mí.

—No lo haré —responde Jesús.

—¡Señor! ¡Si quieres, puedes limpiarme! Solo si quieres. Me entrego a ti.

Ahora está sollozando.

—Mi hermana, era una sirviente en la boda. Ella me dijo lo que puedes hacer. Sé que puedes sanarme si quieres.

Jesús se arrodilla ante él.

—Quiero.

Jadeando, riendo, llorando, el hombre tiembla mientras Jesús pone una mano sobre su hombro. María y los otros soplan mientras ven la carne podrida del hombre recuperándose al instante. Él extiende su mano hacia Jesús, y se dan un abrazo mientras dice:

—¡Lo sabía! ¡Lo sabía! ¡Lo sabía! ¿Qué puedo hacer para…?

Jesús niega con la cabeza.

—No le digas nada a nadie.

El hombre parece perplejo.

—¿No buscas tu propio honor?

—Por favor, tan solo te pediré una cosa.

—Pero ¿qué les digo a las personas?

Jesús se pone de pie, ayudando al hombre a que también lo haga.

—Ve, y muéstrate al sacerdote. Deja que te inspeccione para que vea que estás limpio. Haz la ofrenda apropiada en el templo, como Moisés ordenó, y sigue tu camino.

El hombre tan solo puede mover su cabeza, rebosante de alegría.

Jesús se gira hacia sus discípulos.

—¿Quién tiene una túnica extra?

María mira mientras los hombres que hace solo unos momentos temían por sus vidas están mirando en sus mochilas.

—Solo uno de ustedes —dice Jesús—. Con uno es suficiente.

Tadeo se acerca y ayuda a Jesús a vestir al hombre con una túnica limpia. Jesús sonríe.

—Definitivamente, el verde es tu color. No te queda mal.

Mientras el hombre se va a toda prisa, María y los demás se reagrupan para continuar su viaje hacia el hogar de Santiago el Grande y Juan. Ella nota que Tamar ha dejado la cesta y las flores tiradas en el suelo.

Capítulo 59

LA PREGUNTA

Zebedeo preferiría estar pescando, aunque su trabajo ahora se ha vuelto solitario desde que sus hijos Santiago y Juan lo dejaron. Él y su esposa Salomé dieron la bendición a Santiago y Juan sobre su decisión, pero aun así él extraña sus ruidosos días juntos en el Mar de Galilea.

Pero hoy esperan que sus hijos vuelvan a casa, junto con el hombre que ellos creen que es el Mesías. Zebedeo prometió a su esposa ayudarle con los preparativos. Está de pie en el tejado en un extremo de una polea, similar a las que hay encima de las casas de sus vecinos en el distrito pesquero. Se adentra en la casa a través de una trampilla, permitiendo que los pescadores suban hasta el tejado el equipo, los suministros, a veces incluso la pesca, sin tener que subirlos por las escaleras que hay en un costado de la casa.

Hoy su esposa está usando esa comodidad. Un tirón de la cuerda le indica que Salomé ha llenado otra cesta de comestibles listos para ser elevados arriba y curados al sol antes de que los chicos y sus huéspedes lleguen. Mientras Zebedeo comienza a subirla con cuidado, ella le grita desde abajo.

—¡Esparce la linaza! ¡Así se seca más rápido!

¿Acaso no se da cuenta de que él ya lo sabe?

—¡De acuerdo! —grita él.

—¡Zebedeo!

Y ahora ¿qué?

—¿Sí?

—¿Puedes vigilar las uvas, por favor?

—¡Ah! ¡Se me olvidó!

¡Cómo ha llegado a amar a esta mujer! Pero cuando está en el mar, él no necesita instrucciones constantes. Asegura la cesta colgante. Después, dice para sí mismo: *Ya no tenemos a nadie encargado de las uvas.* Santiago y Juan solían ayudar con todo esto. Él ha oído que Jesús se refiere a ellos cariñosamente como los hijos del trueno. *Pero si eso es lo que son,* piensa él, sonriendo, *¿qué dice eso de mí?*

Salomé ha sido una gran esposa y madre dedicada, pero no una gran cocinera. Ella tiene solo nueces, semillas, fruta y un poco de pan para sus inminentes huéspedes. Al menos, finalmente conocerá al hombre a quien él y los chicos conocieron en la orilla el día del milagro de la pesca.

Zebedeo retira un paño que hay sobre las uvas y le da un mordisco a una de ellas.

—Demasiado ácida —masculla, tirando la semilla contra la pared. Con sus ojos puestos en el horizonte, sonríe.

—¡Salomé! ¡Ya vienen!

Salta hasta el borde del tejado y baja por las escaleras.

—¡Zeb! ¡Ten cuidado!

Sus hijos dirigen un pequeño contingente, y él se apresura a ir con ellos, gritando y riéndose y abrazándolos, besándolos.

• • •

Salomé aparece justo a tiempo para encontrarse cara a cara con el hombre a quien Zebedeo ha descrito como Jesús.

—Hola —dice él, y ella se queda mirándolo a los ojos, sin habla. No es que él sea llamativo o incluso apuesto en el sentido convencional. Es tan solo que hay algo acerca de él. Ella no sabe si reír o llorar. Jesús parece entretenido con su reacción.

Ella es consciente de que sus hijos se alejan de su esposo y se acercan. Hay también una mujer entre ellos, pero los ojos de Salomé aún siguen en Jesús.

—Santiago —al fin dice—. Juan.

—Sí, Ima.

—Escúchenlo. Por favor. Y estén a su lado.

—Lo haremos.

Jesús sonríe.

—Es un placer conocerte también, Salomé. Soy Jesús de Nazaret.

—Por supuesto que sí.

—Y hola de nuevo, Zebedeo.

—Es un honor, Rabino.

Salomé aún contempla a Jesús.

—Ima —dice Juan—. ¡Ima!

Ella finalmente se gira, riéndose.

—¿Dónde están mis modales? Por favor, entren.

—¿Estás segura? —dice Jesús—. Habrá otros que llegarán también.

—¡Insisto! Todos, por favor.

• • •

Mientras su esposa dirige a los demás adentro, Zebedeo se aparta un momento con sus hijos.

—¡Oigan! ¿Dónde está Simón?

Sería propio de él haber causado ya algún alboroto y haber perdido su lugar entre los seguidores de Jesús.

Santiago señala hacia la calle.

—Se está ocupando de algunas cosas en casa. Andrés lo buscará ahora.

—Ah, bueno. Pensé que tal vez se había echado atrás o que tendría que ir a sacarlo de El Martillo.

—¿Bromeas? —dice Juan, sonriendo—. Es el preferido del maestro.

—Apenas lo reconocerías ahora —añade Santiago, y Zebedeo se ríe.

• • •

No muy lejos, Simón se sienta junto a la cama de su suegra y canta una nana mientras toca suavemente los brazos y las manos de ella con un paño frío empapado. Lo presiona contra su frente, y después recoloca la manta. Sale y se encuentra con Andrés, quien entretiene a Edén con lo que sucedió en Caná.

—¡El vino! ¡Oh! Nos presentó a todos sus amigos. Fue… realmente fue algo distinto a todo. Bailamos. ¡Él bailó!

—¿Él bailó? —pregunta Edén.

—¡Sí!

El relato le recuerda a Simón el milagro, pero su mente ahora está en la madre de Edén.

—Duerme —dice él—. La respiración es dificultosa, pero firme.

—De acuerdo —dice Edén—. Bien.

Andrés asiente, y después lanza una mirada traviesa, con la que Simón está muy familiarizado.

—Ese fue un canto emotivo, hermano.

Simón mira a Edén, que obviamente está intentando ocultar una sonrisa.

Andrés le dice a Simón que los demás están en la casa de Zebedeo, así que se despiden y salen a la calle. Bromean acerca de la cocina de Salomé.

—No le digas a Edén que dije eso —dice Simón.

En el patio, Mateo se balancea sobre sus pies y desvía la mirada al ver que Simón se aproxima.

—¡Recaudador!

—Simón. Andrés.

¡El descaro de este hombre!

—Imagino que nadie te contó las buenas noticias —dice Simón.

—Saldamos nuestras deudas con Quintus —le dice Andrés.

—¿No es genial? —pregunta Simón, acercándose. Entonces susurra:

—Así que regresa a tu jaula. Y deja de seguirnos.

Ellos le dejan, pero él les llama.

—No eres tú.

Ellos se detienen, dándole ambos las espaldas.

—Estoy aquí por el hombre.

Es el colmo para Simón. Será mejor que este perro no esté hablando de…

—¿Qué hombre?

—El hombre de la orilla que hizo aparecer los peces.

Simón nunca se ha sentido tan protector. Se da la vuelta y mira con furia.

—El hombre de la orilla…

Avanzando hacia el recaudador de impuestos, agarra la túnica de Mateo con ambas manos y lo acerca contra sí mismo.

—¡Tú no viste a ningún hombre en la orilla! ¿Me oyes?

—¡Sí lo hice! ¡Estaba ahí y lo vi!

—Y lo primero que hiciste fue contarlo a Roma, ¿verdad?

—¡Ellos no me creen!

Entonces, ¡se lo dijo!

—Realmente eres un traidor.

Simón echa el brazo hacia atrás para darle un puñetazo.

—¡Simón! —grita Andrés, rodeándolo con los brazos.

—Será mejor que lo olvides —espeta Simón mientras su hermano lo sujeta.

—Vete a casa, Mateo —añade Andrés.

El hombre se cubre, pero después parece acumular coraje.

—Ellos no creen lo que yo vi. Pero yo sí. Tengo que saberlo. ¿He sido engañado?

Simón está demasiado enojado para responder.

—¿De qué sirve nuestra respuesta si ni siquiera te escuchas a ti mismo? —dice Andrés.

Capítulo 60

ABARROTADO

No pasa desapercibido para Nicodemo que solo Shemuel permanece sentado cuando él entra en la sinagoga de Capernaúm para dirigirse a los estudiantes fariseos. Ha considerado al joven su protegido por años, pero haber desestimado lo que él consideró ser una reacción excesiva de Shemuel hacia el baptizador del desierto claramente ha avergonzado a Shemuel delante del Sanedrín local. Tendrá que desarrollar una piel más gruesa si quiere seguir su ascenso entre los fariseos, piensa Nicodemo.

El estudiante de Shemuel, Yusef, está de pie en el atril, preparando los rollos para Nicodemo, y los demás se inclinan ante el dignatario de Jerusalén.

—Bienvenido, Rabino —dice Yusef.

—¡Saludos!

—Todo está preparado, Maestro. Los rollos de Isaías y Malaquías. ¿Quiere que le traigamos agua, Maestro, o…?

—No, gracias. De hecho, me gustaría hacer la lectura un poco después. ¿Te importaría darme un poco de tiempo a solas?

—Por supuesto, Maestro.

Shemuel finalmente se levanta mientras los otros salen, pero Nicodemo dice:

—¡Shemuel! ¿Me acompañas, por favor?

El exprotegido de Nicodemo se detiene, mirando como si fuera lo último que desea hacer.

• • •

Simón ya extraña a Edén, pero no puede negar que se siente bien por estar de nuevo en presencia de Jesús. Él y los demás se sientan en la mesa de Salomé, y Jesús come nueces de un plato con una variedad de frutos secos tostados. Cuando Zebedeo pasa el plato a Simón, dice:

—¿Salomé no cocinó?

—No.

Aun así, Simón se frena e intenta pasarle el plato a Andrés, quien también objeta.

Salomé le enseña la casa a María Magdalena.

—Oh, tus hierbas son hermosas.

María señala a las plantas que cuelgan aquí y allá.

—Azafrán. Eneldo.

—Menta —añade Salomé—. Cilantro. Y salvia para la indigestión de Zebedeo.

Los otros hombres sonríen a Zebedeo, quien habla entonces.

—Gracias por compartir eso, querida esposa.

Se dirige hacia Jesús.

—Entonces, ¿tu padre era pescador?

—Carpintero —dice Jesús.

—Oh. ¿Está en Nazaret?

—No. Está en el cielo.

—¿Cuál era el linaje de tu padre?

—Josías, padre de Jeconías en el tiempo del exilio.

—Pero antes del exilio, ¿de qué tribu?

—¡Abba! —dice Juan.

—Me gustan las genealogías —susurra Zebedeo—. De eso hablamos.

—Imagino que de la tribu de Judá —dice Salomón—. ¿Sí?

Eso parece intrigar a Jesús.

—¿Por qué crees que de la tribu de Judá?

—Bueno...

Una mujer vivaz de ojos estrechos entra apurada, con un hombre detrás de ella. Simón los reconoce del barrio.

—¿Están teniendo una fiesta? —pregunta ella.

—Escuchamos voces —añade su esposo.

Santiago el Grande se levanta.

—Rabino, estos son nuestros vecinos Mara y Eliel.

Mara se sienta frente a Jesús.

—Hemos oído sobre ti —dice ella.

—¿De verdad?

—La parábola de la red —dicen ella y Eliel al unísono.

—Yo tengo una pregunta sobre eso —dice ella mientras come una nuez.

—Por favor —dice Simón—. Nuestro maestro está cansado. Ha tenido un día muy largo de caminar.

—Está bien —le dice Jesús.

—Dijiste que los ángeles vendrían y separarían al malo del justo. ¿Qué tan pronto crees que llegará ese día, Rabino?

Jesús parece estudiarla, y a Simón le intriga que, en vez de responderle directamente, él empieza a contar otra historia.

—Mis amigos y yo hemos regresado recientemente de una boda. El padre de la novia era un hombre de mucha riqueza... Abner. Cuando la noche se alargaba, casi al final de la fiesta, ¿qué crees que estaban haciendo sus sirvientes en su casa?

Nadie parece querer responder, así que Simón dice:

—Esperar. Si son buenos en su trabajo.

—Esperar, ¿dónde? ¿En sus habitaciones? ¿En la cocina?

—En la puerta —dice María.

—Ah —Jesús asiente—. En la puerta. Haciendo, ¿qué? ¿Solo de pie en la oscuridad?

—Sosteniendo lámparas —dice Andrés.

—Pero ¿por qué? ¿Por qué no se relajan?

—Porque —dice María— ellos no saben cuándo regresará él.

—Supongan que creyeron que el amo se demoraba en su llegada, y entonces durmieron en su cama, se emborracharon con su vino y dejaron que se apagaran sus lámparas.

—Eso es fácil —dice una voz proveniente de una gran ventana que da a la calle—. Serían despedidos y después expulsados, insultados y les dirían que si vuelven a aparecer por allí otra vez...

Jesús sonríe y dice:

—¡Amigos míos! ¡*Shalom, shalom*!

Es Bernabé, el mendigo al que le falta una pierna, y su amiga Shula, la mujer ciega. Simón había oído la historia del encuentro que Jesús tuvo con ellos en la cena de *sabbat* de María.

—Solo pasábamos por aquí —dice Shula—, y oímos una voz familiar.

—Oímos lo de la boda —le dice Bernabé a Jesús—. ¿Puedes hacer eso en el pozo que hay cerca de mi casa?

Los demás explotan de risa, y Zebedeo dice:

—¿Los conoces?

—Sí —dice Jesús—. María me los presentó.

—Hum. Adelante —dice Zebedeo—. ¿Por qué no?

—¿Qué estabas diciendo, Maestro? —pregunta Santiago el Grande.

—¡Ah, sí! Gracias, Santiago. Los siervos. Así será al final de todas las cosas. Ni los ángeles en el cielo ni el Hijo del hombre conocen el día ni la hora, sino solo el Padre. Así que deben estar siempre listos, con sus lámparas recortadas y ardiendo con fuerza.

Simón señala en silencio a Juan y lo llama a ir a la puerta.

—¿Qué sucede? —dice Juan.

—Esto se está abarrotando.

—No te preocupes. Sabes que a Ima y a Abba les encanta la compañía.

—No estoy preocupado por ellos.

Simón mira a la calle, donde la gente se ha congregado, acercándose cada vez más a la puerta y la ventana.

Juan sigue la mirada de Simón.

—Ah, de acuerdo.

Ahora habla en voz baja.

—¿Y qué quieres hacer?

—Vamos a asegurarnos de que el camino para salir de tu jardín está despejado.

—¿Qué crees que puede suceder?

Juan parece entretenido.

—Cualquier cosa. Toda esta gente, si se difunde la noticia, llegarán las personas equivocadas.

—Simón —le dice Juan con una sonrisa—, no tienes que ser su guardaespaldas. Creo que él puede manejar cualquier cosa.

—Sí, bueno, él me llamó, y aunque aún no estamos luchando contra los romanos, quiero hacer algo hasta que llegue ese momento.

—¡Él te llamó para pescar hombres!

—No sé lo que significa eso.

—¡Exacto! —dice Juan poniendo una mano en el hombro de Simón—. Y si él necesitara que supieras exactamente lo que significa, te lo habría dicho. Así que tan solo... tan solo sé tú mismo. ¿De acuerdo? Y oye, tal vez ya lo sabes.

¿Qué significa pescar hombres? Simón no está seguro.

• • •

—Shemuel —dice Nicodemo, pasando junto a él para sentarse. Descansa su cabeza contra la pared—. Mis ojos están cansados. ¿Te importaría leerme del libro del profeta Isaías?

Shemuel camina fatigosamente hacia el atril y abre el rollo, usando su estilo para encontrar su lugar.

—«Consolad, consolad a mi pueblo, dice...».

—Un poco más abajo, unas pocas líneas.

—«Una voz clama: Preparad en el desierto camino al Señor; allanad en la soledad calzada para nuestro Dios».

—Hum —dice Nicodemo—. ¿A qué suena eso?

Shemuel se gira para mirarlo y alza la barbilla.

—Al hereje de Juan.

—¿Y qué herejía encuentras en estas palabras, viendo que Isaías también las dijo?

—La herejía es que Juan se ha apropiado de las palabras de Isaías al tomar una descripción espiritual de Dios en el cielo y aplicarla al sucesor físico de Juan en la tierra.

—¿Sucesor?

—Juan dijo: «Después de mí viene uno más poderoso que yo, de quien no soy digno de desatar sus sandalias».

—¿Y?

—Dios no tiene cuerpo. Él no puede llevar sandalias. Dios no puede tomar forma humana. Decirlo es una blasfemia.

Nicodemo sonríe y se pone en pie.

—¿Dónde dice que Dios no puede tomar forma humana?

—En el rollo de Deuteronomio: «...ya que no visteis ninguna figura el día en que el Señor os habló en Horeb».

Nicodemo entra en modo de plena enseñanza.

—Solo porque no vieran forma no significa que Dios no pueda tomar una.

—¡En Éxodo! «No puedes ver mi rostro; porque nadie puede verme, y vivir». ¡Esa persona tendría que caminar con el rostro cubierto!

—Entonces, ¿le pones límites al Dios Todopoderoso?

—Ninguno que no esté escrito en la Ley —responde Shemuel.

—Y si Dios hiciera algo que sientes que contradice la Torá, ¿le dirías que regresara a la caja que tallaste para él? ¿O cuestionarías tu interpretación de la Torá?

—Cuando era estudiante —dice Shemuel, ahora con tono más relajado—, conocía todos sus dichos. Leía cada palabra que escribía. Sus enseñanzas eran tan fuertes, tan razonadas y puras.

—Seguimos siendo estudiantes, Shemuel. ¡Todos nosotros! Nuestro entendimiento nunca estará completo.

—Me asusta que ya no pueda predecir sus decisiones.

—Y solo el miedo puede garantizar que permanezcamos ignorantes, dormidos en la seguridad de una rígida tradición. Piensa en los saduceos. Ellos toman solo los primeros cinco libros, la Ley de Moisés, como Escritura inspirada. El resto no se tiene en cuenta. ¡Ja! Para ellos, Dios dejó de hablar cuando Moisés murió. Piensa en todo lo que se ha perdido... los salmos de David, las historias de Rut y Booz, Ester y Mardoqueo. No quiero vivir en un pasado sombrío donde Dios no puede hacer nada nuevo. ¿Y tú?

—¿Por qué te preocupas? Dios nos dio su Ley. ¡Nosotros debemos respetarla!

—¡Podemos hacer ambas cosas! Echemos un vistazo a los caminos antiguos donde está «el buen camino, y andemos por él» como dijo Jeremías, y a la vez mantengamos los ojos abiertos a lo sorprendente e inesperado. ¿Podemos estar de acuerdo en eso?

Shemuel hace una pausa.

—Sí.

—Tú y yo, podemos guiar a los otros en esto.

Nicodemo alza la vista mientras Yusef entra apresuradamente.

—Le pido perdón, Maestro de maestros.

—¿Qué sucede? —dice Shemuel.

—Una multitud se ha reunido en la zona este para escuchar predicar a un hombre.

—¿Un fariseo?

—No, una persona común. Y no es Juan. Es alguien normal. Ha llamado toda la atención de esa zona.

Shemuel se gira hacia Nicodemo, quien dice: —Nosotros investigaremos.

Capítulo 61

ENSEÑANZA

María Magdalena apenas se reconoce a sí misma. Liberada, redimida y querida por el hombre que cree con todo su corazón que es el mismo Mesías, siente que es un ser totalmente nuevo. Plena, feliz, gozosa hasta la planta de sus pies, ahora tiene un propósito. Ha sido llamada a seguirlo, a aprender de él, a llevar a otros bajo su influencia.

Se siente atraída hacia él, cautivada por él, pero no de la forma romántica convencional. Desde el día que él la llamó por su nombre y expulsó sus demonios, ella supo que él no era de este mundo. Plenamente hombre, por supuesto, pero de Dios, enviado aquí por Dios con un propósito más allá de toda razón humana. Su aura atrae a otros como ella misma fue atraída. Y aunque él se sabe divertir, cada uno de sus comentarios serios son muy anhelados, muy profundos, tan llenos de verdad que ella saborea cada sílaba.

Incluso ahora, en la casa de Zebedeo, aunque le encantó conocer a la madre de sus nuevos amigos, Salomé, e incluso a sus vecinos Eliel y Mara, se ve cautivada mientras Jesús enseña solo conversando calladamente. Él no está predicando. Simplemente rebosa verdad. Y mientras María ayuda a sus invitados a medida que el lugar se llena silenciosamente, tiene mucho cuidado de no dejar de escuchar a su maestro. Qué privilegio tiene, piensa ella. Ella y todos los que pueden estar cerca para oírlo.

Él conversa con Eliel, que hace preguntas, y Jesús habla lo suficientemente alto para que la multitud lo escuche, que ahora son cinco, seis, diez personas afuera en la calle. Algunos que intentaron dar un rodeo parecen haberse distraído con la callada autoridad del hombre a quien están escuchando.

—Entonces —dice Jesús— ¿ustedes piensan que como Pilato los mató, deben haber sido peores pecadores que otros?

Eliel se encoge de hombros.

—Yo sé que Pilato no estaba haciéndolo por esa razón, pero Dios debe haberlos castigado por algo.

—No, no, Dios no ve a unos como peores que otros. Todos deben arrepentirse o perecer. Conoces la torre de Siloam que cayó y mató a los dieciocho, ¿verdad? ¿Crees que ellos fueron peores que los que vivieron en Jerusalén? No. Todos deben arrepentirse o perecer.

María lleva bandejas vacías afuera a la pequeña mesa puesta en el callejón donde Salomé está de pie junto a Mara. Salomé le susurra a Mara.

—Me he quedado sin pistachos, nueces, pan y agua. ¿Puedes ir por favor a casa de la vecina Débora y pedirle algo de pan para alimentar a esta multitud?

—Débora está en la puerta —le dice Mara, señalando.

—Ya están siendo alimentados —le dice María a Salomé.

Cerca de la ventana frontal, la mujer ciega con Bernabé dice en voz alta:

—¿Qué hay de la oración?

—¿Qué piensas, Shula? —dice Jesús.

—No me gusta orar en voz alta, porque me da vergüenza hacerlo delante de los líderes que saben cómo hacerlo mucho mejor.

—Ah, las palabras elocuentes no son importantes. Mucho de eso es solo para alardear. No te preocupes por hacerlo en público. Es mejor entrar a tu habitación, cerrar la puerta y orar a tu Padre que te ve en secreto. Lo mismo ocurre con dar a los necesitados. No dejes que tu mano izquierda sepa lo que hace tu mano derecha.

Bernabé mira perplejo.

—¿Cómo puede hacer algo mi mano derecha sin que lo sepa mi mano izquierda?

—Me refiero a dar generosamente sin pensar en ello —dice Jesús—. No hagas un espectáculo para impresionar a otros. Ni siquiera te felicites a ti mismo en privado. Da en humildad.

• • •

Tamar, la vendedora de flores etíope, aparece tras la esquina y se acerca a la multitud que hay afuera de la casa de Zebedeo. Este debe ser el lugar. Ella se gira y susurra con urgencia:

—¡Vengan! ¡Vengan!

Cuatro hombres africanos portando a un hombre en una camilla aparecen lentamente detrás de ella.

Capítulo 62

«UNA SITUACIÓN»

De guardia en su lugar habitual fuera de la caseta de recaudación de impuestos, *Primi Ordine* Gayo no puede negar que está orgulloso de su nuevo rango como uno de los centuriones más antiguos. Aunque sabe que el éxito de Mateo con Simón el pescador tiene tanto que ver con su ascenso como el propio buen hacer de Gayo, él también cree que se merece el puesto, de hecho, llega con demora.

El mercado está extrañamente tranquilo hoy. Nadie espera para ver a Mateo, cuya tabla de escribir está abierta delante de él, y tiene a ese perro junto a él, dentro de la caseta.

—¿Cuándo vino tu último cliente? —pregunta Gayo al extraño hombrecillo—. Mateo. ¿Hola?

Mateo hace muecas.

—Disculpa, ¿qué?

Gayo cambia su forma de hablar, como si lo hiciera con un niño.

—¿Cuánto hace que no tienes clientes?

—Yo no tengo clientes.

¿Ahora pone objeciones a la semántica?

—¿Cuándo vino tu último ciudadano?

—Una hora. Quizá dos.

—¿Hay alguna fiesta judía hoy que yo no sepa?

—Hay muchas que no conoces, Gayo.

¿Qué le pasa hoy?

243

—¿Qué tal si te despiertas?

Con el sonido de unos pasos, Gayo se gira y ve a Marcos que se aproxima. Ellos hablan en voz baja, y finalmente, Gayo vuelve sobre sus pasos hasta el recaudador de impuestos.

—Mateo, cierra el puesto y vete a casa.

—Aún no es la hora.

—¡Hay una situación! Cierra y vete de aquí.

—¿Qué situación requeriría que abandonemos nuestro puesto?

El cielo sabe que al hombre no le gusta que su rutina cambie, pero ¿realmente le importa lo que suceda en el barrio de los pescadores?

—Una turba en los suburbios del este —le dice Gayo.

—Voy contigo.

¡No puede estar en serio! Mateo apenas es capaz de conversar con la gente a través de los barrotes de su jaula.

—¿Disculpa?

—Voy contigo.

Gayo gesticula.

—Dije una turba. De gente. Mateo, no tengo tiempo para protegerte.

—¿Cómo crees que sobrevivo las otras dieciséis horas al día?

Gayo no puede evitar reírse. La pregunta del siglo.

—No tengo ni idea.

Él observa asombrado mientras el recaudador deja a su perro en la caseta y se apresura para alcanzarlos.

Capítulo 63

CONMOCIÓN

Simón no puede negar que está orgulloso. Aquí está, de nuevo en el barrio que ha sido su hogar desde niño, y ahora es parte del séquito del Mesías. ¡El Mesías! ¡En casa de los amigos de Simón!

No puede dejar de sonreír mientras pasa entre la multitud, reconociendo a la mayoría, saludándolos, preguntándoles cómo están. Desde el interior oye a Jesús.

—Lo cual nos lleva a un buen punto. Todos los que están escuchando aquí son personas decentes, ¿verdad?

Ellos sonríen, aparentemente conscientes de sí mismos.

—¿Bastante justos?

Ellos desvían sus miradas. A Simón le encanta esto. Su maestro amablemente bromea, una de sus técnicas de enseñanza.

—¿Más o menos?

Vuelve a hacer una pausa.

—¿No tan mal?

Él parece dejar que eso quede colgando en el ambiente.

—Les contaré una historia.

La multitud, dentro y fuera, guarda silencio.

—Había dos hombres que fueron al templo a orar. Uno de ellos era un fariseo, lo mejor de nosotros, ¿verdad?...

• • •

Tamar intenta abrirse paso entre la apretada multitud, con sus amigos llevando al hombre en la camilla justo detrás de ella. Desde el interior de la casa sale la voz del hombre que conoció en el camino.

—…y el otro un recaudador de impuestos, lo peor, ¿verdad?

Ella se disculpa mientras se abre paso, rogando a la gente que les dejen pasar. Pero la multitud está de pie hombro con hombro.

• • •

—Hola —le dice Simón a un viejo amigo—. Me alegro de verte. Este es Jesús de Nazaret. ¿Lo escuchas?

—Sí.

—Es asombroso, ¿verdad?

Mientras tanto, Jesús se pone de pie y ahora habla por la ventana, hablando de la forma tan distinta de orar que tienen el fariseo y el recaudador de impuestos, el orgulloso dándole gracias a Dios por no ser como los demás hombres…

—Extorsionadores, injustos, adúlteros, o incluso como este recaudador de impuestos. Yo ayuno dos veces por semana, diezmo…

Simón se da cuenta de que hay una mujer intentando abrirse paso entre la multitud y se apresura a ir con ella. Andrés se une a él, y también la Magdalena.

—¿Dónde vas? —le pregunta a la mujer.

—Por favor —dice ella—. Tenemos que ver a Jesús.

—No hay lugar —le dice Andrés.

Jesús continúa hablando.

—Pero el recaudador de impuestos, a lo lejos, ni siquiera se atreve a levantar sus ojos al cielo, y se da golpes en el pecho, diciendo: «¡Dios, ten misericordia de mí, pecador!». Les digo, que este hombre se fue a su casa justificado delante de Dios, a diferencia del otro. Porque todo el que se exalte a sí mismo será humillado, pero el que se humille a sí mismo será exaltado.

La mujer señala al hombre sobre la camilla.

—Está paralizado de la cintura para abajo —dice, y se gira hacia Andrés—. No se puede levantar.

—Entonces definitivamente no hay lugar para él —dice Simón.

María le echa una mirada.

—Simón, él merece oír a Jesús tanto como los demás.

Los ojos de la mujer se iluminan.

—Hola de nuevo. Me alegro mucho de haberlos encontrado. Mi amigo, él…

—¿Por qué quieren acercarse? —dice Simón.

Ella se gira hacia él, con una mirada decidida.

—Vi lo que tu maestro hizo con el leproso. Sé lo que vi.

Simón no estaba allí, así que no sabe de lo que está hablando. Andrés dice en voz baja:

—Estamos tratando de mantenerlo en secreto… por ahora. Mira esta multitud. Imagínate a lo que nos enfrentaríamos.

—¡Por favor! Por favor. Ayúdenme a llevar a mi amigo hasta él.

Por encima del hombro, Simón ve a dos guardias romanos y a Mateo, el recaudador de impuestos.

—Tenemos compañía —dice él, listo para confrontarlos.

Andrés lo sujeta.

—Yo hablaré con ellos.

Mientras Andrés se dirige hacia ellos, María susurra a la mujer:

—Ven conmigo, Tamar.

• • •

Mateo se esconde detrás de Marcos y Gayo mientras Andrés se acerca. El recaudador de impuestos siempre pensó que el hermano menor era el más razonable de los dos. Simón es el que se exalta. Andrés levanta ambas manos en un gesto que parece ser una postura de conciliación.

Marcos demanda saber lo que está sucediendo.

—Esta es una reunión pacífica —le dice Andrés.

—Eso es lo que dijeron los macabeos —dice Gayo.

—Están bloqueando la calle —responde Marcos.

Gayo avanza hacia la multitud. Andrés se apresura a ir junto a él.

—¡Yo los moveré! Ellos solo… no les hemos dicho aún dónde ponerse.

Mateo espera que no haya problemas. Se esfuerza por oír a Jesús. El hombre urge a la gente a ser persistentes en la oración y en su fe. Cuenta la historia de cierto juez que ni temía a Dios ni se preocupaba de lo que dijera la gente. Y había una viuda en esa ciudad que seguía acudiendo a él con un ruego: «Concédame justicia con mi adversario».

Mateo camina entre la multitud, incómodo para él, pero obligado a oír el final de esta historia.

Jesús continúa.

—Durante algún tiempo él rehusó hacerlo, pero finalmente, se dijo a sí mismo: «Aunque no temo a Dios, como esta viuda me sigue molestando, le haré justicia, ¡para que no me incomode más!».

Un hombre escupe a Mateo, y él se tambalea contra una pared. ¿No hay un solo lugar donde pueda ir sin que lo vean como un perro, un traidor a su propio pueblo? Otro hombre lo empuja con las dos manos, casi tirándolo al suelo. Cómo desearía haber traído a su perro.

• • •

María hace todo lo posible por llevar a Tamar y sus amigos a través de la multitud, pero es en vano.

—Lo siento —susurra ella—. Hay demasiadas personas.

—¡Pero tú lo conoces! ¿No nos puedes acercar más?

—No quiero interrumpir al maestro llamando la atención.

Desde detrás de Tamar, el hombre en la camilla, con los ojos llenos de esperanza, dice:

—¿Qué tal si fueras yo?

—¿No querrías que tus amigos llamaran la atención? —dice Tamar.

María no puede apartar los ojos el hombre lisiado, y su garganta se contrae.

—Yo era como tú —dice ella.

Tamar alza la vista.

—¿Qué tal por el tejado?

María ve las escaleras en el costado de la casa de Zebedeo y asiente para que Tamar y sus amigos la sigan.

• • •

Mateo avanza a pasos cortos pegado a la pared, temblando, con el pañuelo sobre su boca. ¡No tenía que haber venido! ¿Para qué lo hizo? Se esfuerza por escuchar, esperando que los demás estén tan cautivados con la historia como él lo está y así nadie lo reconozca. Lo último que quiere es ser la razón por la que alguien, cualquiera, se distraiga de la enseñanza del hacedor de milagros.

—Escuchen lo que dice el juez injusto —continúa Jesús—. ¿Acaso no hará

Dios justicia con sus escogidos, que claman a él día y noche? ¿Seguirá sin prestarles atención? Les digo que él hará que se les haga justicia, y rápido. Sin embargo, cuando el hijo del hombre venga, ¿hallará fe en la tierra?

¿El hijo del hombre? ¿Quién es este hijo del hombre? Algo golpea a Mateo en la sien, y una uva verde rueda por el suelo. ¿Los hostiles judíos han decidido arrojarle fruta ahora? ¿Qué será lo próximo? Cuando otras dos rebotan en su cabeza, se cubre el rostro y dice:

—¡Solo quería oír enseñar al maestro!

—¡Oye!

Mateo mira a su alrededor, confundido.

—¡Aquí arriba!

Hay dos niños sentados en el borde de un terrado por encima de él, comiendo de un plato de uvas. Le hacen señas para que suba con ellos.

—¡Está bien! —dice la niña, sonriendo—. ¡Sube!

—¿Cómo subieron ahí?

—Con la escalera —señala ella—. ¡Es fácil!

Solo la idea de agarrar los lados de quién sabe cuántas personas lo habrán agarrado… Mateo usa su pañuelo para limpiar cuidadosamente la madera mientras sube lentamente. Una mano fuerte en su espalda lo impulsa hasta el tejado. Por desagradable que sea, él se gira y le da las gracias… ¿es Simón el pescador?

Simón sube un par de peldaños y les habla a los niños.

—¿Dónde están sus padres?

La niña señala a la multitud.

—Ya veo —dice él—. Está bien. Bueno, el hombre que habla se llama…

—Jesús de Nazaret —dice ella.

—Lo conocemos —dice el niño.

Simón parece sorprendido y desciende. El muchacho le pasa las uvas a Mateo, el cual rehúsa y se aparta. ¿Un plato que otros han tocado antes? No.

Los niños se presentan como Abigail y Josué. Mateo se sienta junto a ellos, algo que le permite ver bien a Jesús, ahora dentro de la entrada de la casa de Zebedeo al otro lado de la calle. ¿Qué podría ser mejor que esto?

Jesús dice:

—Miren las flores del campo. No trabajan ni hilan, sin embargo, les digo que ni siquiera Salomón se vistió como uno de ellas. Si así es como Dios viste a la hierba del campo, que hoy es y mañana es echada al fuego, ¿cuánto más no los vestirá a ustedes?

¡Qué pensamiento tan apasionante! Los ojos de Mateo se ven atraídos hacia lo último de la multitud, donde aparecen tres fariseos, uno anciano y dos más jóvenes. ¿Qué dirán del maestro? Jesús de Nazaret conversa con la multitud como si fueran amigos, y sin embargo habla con la misma autoridad calmada que lo haría si hablara leyendo de uno de los rollos sagrados en la sinagoga. Pero incluso cuando Mateo fue a la sinagoga regularmente por años, nunca oyó enseñar así. De hecho, cada historia que cuenta Jesús, cada punto que establece, parece abrir de nuevo los ojos de Mateo. ¿Quién es este hombre, y qué pretende? Debe averiguarlo. Mateo lo vio hacer aparecer peces de la nada. ¿Qué más podría hacer?

Capítulo 64

EL PARALÍTICO

Nicodemo está de pie asombrado por la multitud. Las personas que se percatan de él y de Shemuel se apartan. El líder del Sanedrín espera, ora, que sea el hombre del milagro del que ha estado hablando Juan el loco quien haya atraído esta multitud. Tal vez finalmente conseguirá algunas respuestas.

Shemuel parece decidido a llegar hasta el frente e intenta apartar a un hombre con una sola pierna que está apoyado en su muleta.

—Ejem.

Tras no recibir respuesta, Shemuel dice:

—¡Con permiso!

—¡Silencio! —le dice el hombre—. Estamos intentando escuchar.

—¿¡Sabes con quién estás hablando!?

Nicodemo tira de él.

—¡Shemuel!

—¿Oíste su falta de respeto?

—¿Recuerdas el Barrio Rojo? —susurra Nicodemo—. Aquí estamos fuera de nuestro territorio.

—Tenemos que saber quién está enseñando. ¡Mira esta multitud!

—Con más razón debemos ser cautos.

Pero el rostro de Shemuel palidece. Mira hacia el tejado de Zebedeo.

—¡Rabino! ¡Es ella!

Cierto, es Lilith, quien ahora se hace llamar María, con una mujer africana.

—¡Está verdaderamente restaurada! —dice Shemuel asombrado—. Había oído solamente tu informe, Yusef, pero no la había visto con mis propios ojos. ¡Es una persona diferente!

Nicodemo mira fijamente, incapaz de encontrarle sentido a todo esto.

—¿Por qué está ella aquí?

• • •

María observa mientras Tamar se asoma por la pequeña apertura en el tejado. La voz de Jesús llega con claridad. Está hablando de que la fe en Dios no deberíamos guardarla para nosotros.

—Ustedes son la luz del mundo. Una ciudad asentada sobre una colina no se puede esconder. Y si fuera de noche, Zebedeo no encendería su lámpara y la pondría debajo de una cesta, sino que la pondría en una mesa donde puede iluminar a todos.

—¡Jesús de Nazaret! —grita Tamar—. ¡Vi lo que hiciste al leproso en el camino esta mañana!

Ella se arrodilla y habla ahora en voz baja cuando Jesús alza su vista hacia ella.

—Mi amigo ha estado paralizado desde la niñez. Tú eres su única esperanza. Por favor. Haz por él lo que hiciste por el leproso.

Los amigos de ella sitúan al paralítico sobre la apertura del tejado, pero ven que es demasiado pequeña, por lo que comienzan a retirar tablas alrededor.

—¡Es nuestro tejado! —grita Salomé.

—No lo rompas, hombre —dice Juan

—Si quieres, Rabino —dice Tamar, ignorándolos—, sé que puedes hacerlo.

Los amigos del hombre etíope lo ponen en una de las grandes redes de Zebedeo y lo bajan con una cuerda por el tejado, con la polea chirriando por su peso.

• • •

Al otro lado de la calle, un embelesado Mateo mira fijamente, metiendo la mano a ciegas en el plato del pequeño Josué para tomar una uva. Abajo, Nicodemo susurra con urgencia a Shemuel.

—¿No es ese el paralítico que he visto mendigando en la puerta de la ciudad desde que comencé a venir aquí hace más de veinte años?

Shemuel asiente.

—El mismo. No lo he visto mover nunca ni tan solo su pie, mucho menos sus piernas.

Shemuel se abre camino entre la multitud, seguido por Yusef.

• • •

Simón vuelve a subir por la escalera y se inclina a la altura del oído del recaudador de impuestos.

—Esto es lo que querías. Al menos saca tu tabla.

Simón llega hasta el borde del tejado y llama a María al otro lado de la calle.

—¿Está en peligro?

—No lo sé —dice ella—. No, creo que no.

—¿Tiene lugar ahí?

—¡Sí!

—¿Puedes creer que estemos haciendo esto?

Ella sonríe.

—Sí.

• • •

Shemuel y Yusef llegan hasta la ventana. Dentro, tres hombres sostienen al paralítico a media altura, mientras otros despejan un lugar en el piso.

—¡Tú! ¿Bajo qué autoridad enseñas? —demanda Shemuel.

El hombre al que la gente llama Jesús de Nazaret lo mira fijamente.

—¡Respóndeme!

—Si estás dispuesto, Rabino —dice Tamar desde arriba—, sabes que puedes.

Shemuel golpea con la palma de la mano en el umbral.

—¡Oye! ¡Estoy hablando contigo! ¿Por quién enseñas? ¡Seguro que no es bajo la autoridad de ningún rabino de Nazaret! ¿Dónde estudiaste?

Jesús alza la mirada hacia Tamar.

—Tu fe es hermosa —dice él.

Se gira hacia el paralítico, que ahora está sentado delante de él con los inútiles pies separados.

—Hijo, ten ánimo. Tus pecados te son perdonados.

Jesús mira a Shemuel y Yusef y, como si leyera la mente de Shemuel, se dirige a él.

—«¿Quién es este que habla blasfemias? ¿Quién puede perdonar pecados sino tan solo Dios?», ¿verdad? Pero yo te pregunto, ¿qué es más fácil decir: «Tus pecados te son perdonados» o «Levántate y anda»? Es fácil decir cualquier cosa, ¿no? Pero para mostrarles, y para que sepan que el Hijo del Hombre tiene autoridad en la tierra para perdonar pecados...

Se da la vuelta y se arrodilla delante del hombre.

—Yo te dijo, hijo mío: «Levántate. Toma tu lecho, y vete a casa».

Los ojos de Shemuel se abren como platos. Todos miran fijamente en silencio, y el hombre respira con dificultad a medida que los dedos de sus pies comienzan a moverse. Entonces, lentamente se pone de pie, con las piernas tambaleantes al principio, pero rápidamente ganando fuerza. Una vez que está erguido del todo, comienza a llorar.

—Fue fácil, ¿no? —le dice Jesús mientras el hombre se derrumba en sus brazos.

Toda la multitud, salvo los tres fariseos, dan voces y aplauden.

—Gracias —dice el hombre sanado.

Jesús asiente con la cabeza.

—Ahora ve a casa —le dice Jesús.

Mientras el hombre da pasos con cuidado hasta la puerta y sale ante la multitud que está boquiabierta, Shemuel se gira y grita por encima de la multitud:

—¡Guardias romanos! ¡Una amenaza para la paz pública!

Dos soldados desenfundan sus espadas y se abren paso entre la multitud hasta la puerta, tirando contra el suelo a todos los que se interponen en su camino.

Capítulo 65

EL ESCAPE

Simón entra de golpe por la puerta trasera.

—¡Maestro! ¡Por aquí!

Jesús y los demás lo siguen mientras Zebedeo cierra de golpe la puerta y la asegura. Fuera, Simón dice a los discípulos que se separen.

• • •

Nicodemo ve a María desaparecer del tejado. Se dirige hacia las escaleras laterales de la casa mientras la gente pasa en dirección contraria chocándose contra él, incluyendo el que antes era paralítico. La cara del hombre brilla con lágrimas al cruzar la mirada con Nicodemo. El fariseo no puede hablar, mirando boquiabierto a un hombre que cree que no se ha puesto en pie al menos en dos décadas.

Los soldados aporrean la puerta frontal, y Nicodemo llega al lateral de la casa justo cuando María llega al final de las escaleras y se dirige hacia el callejón.

—¡María! ¡Espera!

Ella se gira y sonríe.

—¡Lo viste!

Él apenas puede hablar.

—¡Vi a un paralítico andar junto a mí con sus dos piernas!

La sonrisa de María desaparece.

—Antes me preguntaste si conocía el nombre del Maestro. Ahora todos conocen su nombre. Y temo por su seguridad.

—Él no tendrá ningún problema, te lo prometo.

—¡Tus amigos intentaron arrestarlo!

—Están celosos —dice él, con la esperanza de que ella pueda oír la desesperación en su voz—. Tienen miedo. Pero yo no. Te lo prometo. María, por favor. Necesito hablar con él.

—Yo lo sigo a él —dice ella—, no es al revés. Él no le cuenta a nadie sus planes.

—Pero ¿le pedirás una reunión? ¡En secreto! Al amparo de la noche. En el lugar que él escoja. No me importa si es una cueva o un barranco, o incluso una tumba, pero tengo que hablar con él. ¡Por favor, María!

Ella parece estudiarlo.

—Lo intentaré.

• • •

Mateo desciende del tejado al otro lado de la calle, con sus pensamientos a kilómetros de distancia. Desde arriba, Abigail dice:

—¿Estás perdido?

—Sí. Lo estoy.

• • •

Salomé finalmente abre la puerta, y Gayo empuja.

—¿Algún problema, oficial? —dice ella con una sonrisa beatífica.

• • •

Mateo vaga por la calle y se dirige hacia el callejón donde Andrés y Simón dirigen a Jesús para alejarlo. Justo antes de que Jesús desaparezca de su vista, se detiene y se gira hacia Mateo. El maestro parece mirarlo con tanta compasión, que Mateo no se puede mover. Y Jesús lo deja con el atisbo de una sonrisa.

PARTE 8
Invitaciones

Capítulo 66

LA SERPIENTE DE BRONCE

Península del Sinaí
Siglo XIII a. C.

Moisés se ha cansado de los hijos de Israel. ¿Qué más puede hacer sino seguir al Señor y hacer lo que Él dice? Dios saca a su pueblo de Egipto y lo lleva a través del desierto hacia lo que ha de ser una Tierra Prometida idílica. Pero a cada momento, el pueblo se queja y murmura, y acude a los ídolos. Incluso han tenido las agallas de preguntarle a Moisés si los sacó del desierto para morir porque no había tumbas en Egipto. Le dicen que hubieran preferido quedarse y servir a los egipcios.

Decir cosas tan malas de él, y por tanto del Señor que dirige sus pasos, aparentemente es demasiado incluso para Dios. Él envía serpientes venenosas entre ellos, y muchos son mordidos y mueren.

Finalmente, el pueblo le ruega a Moisés que implore a Dios por ellos. Cuando lo hace, Dios le manda hacer una serpiente de bronce y ponerla en lo alto en un poste donde el pueblo pueda verla y vivir. Pero el orfebre de Moisés está entre los muertos.

¿Cómo haré yo esto? No tengo experiencia.

—Yo Soy te capacitará.

Así, Moisés monta una forja de fundición en una tienda al borde del campamento israelita y trabaja desde que se hace de noche hasta el amanecer, vertiendo metal derretido de un caldero hirviendo en un molde en bruto, y después martilleándolo para dar forma a una serpiente.

Empieza a sudar cuando el sol envía rayos de luz a la tienda y alguien llega, metiéndose bajo la solapa de la tienda. Moisés no tiene que alzar la vista para saber que es uno de sus confidentes más fiables. Él sigue con su tarea, sabiendo que huele y que debe tener un aspecto horrible. Parpadea para quitarse hollín mientras el hombre se aclara la garganta.

—Josué —dice Moisés—. ¿Cuántos más en la noche?

—Unos trescientos, señor.

—¿Dónde los enterrarás?

—Los hombres están intentando cavar una trinchera, pero el terreno es duro y rocoso.

Josué hace una pausa, y después...

—Con respeto, Moisés, no me preocupan los muertos, sino los moribundos. Cientos cada día, y por cada serpiente que matamos, aparecen otras diez.

Moisés deja de martillear.

—Quizá podríamos dejar los muertos aquí, en esta tienda.

Josué mueve su cabeza.

—Al ritmo que están muriendo, no habrá espacio suficiente, ni aunque los apiláramos hasta el techo.

Moisés vuelve a martillear.

—Entonces tendremos que irnos y encontrar otro lugar.

—No podemos irnos pronto. Hay demasiadas personas enfermas, ¡y no pueden caminar!

—Después de hoy, los únicos hebreos que no podrán caminar serán los que elijan no hacerlo.

—¿Hay medicina en ese bronce? Le dijiste a la gente que le pedirías a Dios que perdonara su rebelión, que sanara las heridas de las serpientes...

—¡Lo hice!

—Entonces, ¿por qué estás escondido en esta tienda?

Girándose para verlo de cara, Moisés grita.

—¡No fue idea mía, Josué!

El hombre más joven mira más allá de Moisés hacia el metal retorcido que se está enfriando.

—Ese es un símbolo pagano. ¿No le preguntaste si estaba seguro? Quizá no lo entendiste bien.

—Aprendí a hacer lo que Él dice sin cuestionarlo. Ya sabes lo que sucedió en Meriba.

Sin duda que Josué lo recuerda. Todos sabían que Moisés había sobrepasado las instrucciones del Señor, golpeando a la roca con su vara en lugar de tan solo ordenar que produjera agua. Ni él ni su hermano Aarón entrarían por eso en la Tierra Prometida. Moisés regresa a su trabajo, sin querer hablar de ello.

Josué adopta un tono conciliador, hablando de forma amable pero directa.

—Solo para estar seguro, ¿podríamos enviar un mensajero a Ezion-Geber, para pedir ayuda...

—Ese poste. Dame ese poste.

Josué busca la larga pieza de madera apoyada contra la pared de la tienda, con un travesaño atado cerca de su extremo superior. Moisés levanta la pesada serpiente de bronce en el asta y gime por el esfuerzo de pasar el asta por las espirales de la serpiente.

—La gente dirá que es una broma cruel —dice Josué.

Por supuesto que lo dirán. Lo llamarán Nehustán, una simple cosa de bronce.

—Que lo digan.

Josué parece derrotado, desconcertado.

—¡Ayúdame a entender! ¡Nada de esto tiene sentido!

—¿Cómo explicas lo del Mar Rojo? ¿Y el maná y las codornices? ¡El pilar de fuego! ¡Josué! Cualquier israelita que mire a esta serpiente de bronce y crea en el poder de Adonai será curado. ¡Es un acto de fe! No de la razón. De fe.

Capítulo 67

MUNDOS, EN COLISIÓN

Trece siglos después

Hoy, el meticuloso ritual matutino es incluso más largo que de costumbre. ¿Acaso está empeorando este mal, sea lo que sea? Con otras cosas ahora que inquietan su mente, toda su consciencia parece haberse intensificado. Cada vez le cuesta más reconciliar lo que solo puede llamar violaciones de la ley de la naturaleza con su necesidad de tenerlo todo arreglado en su mente mientras trabaja. ¿Cómo puede uno sacar de su mente lo milagroso? ¿Peces ilimitados a solos unos metros de la orilla? ¿Alguien que ha sido paralítico toda la vida levantándose, y caminando?

Se pone su anillo como siempre lo hace. Una pizca de fragancia en una muñeca y después en la otra. Después en el cuello. Cuenta las frutas del plato y elige su calzado. Mientras sale de su casa tan adornada e inmaculadamente ordenada, Mateo comprueba tres veces la cerradura como de costumbre. Sin embargo, incluso con todos sus impulsos satisfechos, todo lo que ha visto últimamente lo deja aun así decaído.

Mientras se dispone a ir a trabajar, se frena en seco.

—Gayo —dice él, al verse de repente frente al hombre—. ¿Qué haces tú aquí?

• • •

Buena pregunta, piensa Gayo. *¿Cómo puedo hacer que esto parezca normal, aceptable?* Por supuesto, ha visto aparecer a Mateo cada día en el mercado, escondido bajo una lona en un carrito llevado por un hombre que parece estar a disgusto teniendo que llevarlo allí por dinero. Gayo sabe que Mateo odia tener que interactuar con el público, incluso con las barras de una jaula entre ellos... y ¿quién puede culparlo? Ellos lo consideran la escoria más baja, que explota a sus compatriotas judíos en nombre de Roma.

—Vengo a escoltarte.

—¿Por qué te sientes en deuda por tu ascenso?

Ingenioso para un hombre tan desconectado de la realidad.

—¿Te quejas por poder caminar a salvo por las calles?

—No ayudé a Quintus por ti.

—Ya lo sé —dice Gayo—. No pudiste contenerte.

Mateo comienza a caminar de nuevo.

—Hablé, porque yo tenía razón.

—Tuviste suerte.

—La suerte no existe.

—Así que sabías que Quintus no te mataría.

—Él fue inteligente al ir por los pescadores, pero debía estar muy desesperado para reclutar a Simón.

Gayo sonríe. ¿Se atreve a admitir que hay algo cautivador, incluso adorable en este extraño hombrecillo?

—No te creo. Estabas aterrado.

Mateo se detiene y lo mira de frente.

—Gayo, ¿y si de repente fueras el único romano en Capernaúm?

En otras palabras, ¿si yo fuera igual que él, una minúscula minoría?

—Creo que me cambiaría de ropa.

—Exactamente. Cuando te das cuenta de que a nadie más en el mundo le importa lo que te pase, solo piensas en ti.

Gayo apenas puede mirarlo fijamente. Este hombre nunca deja de sorprender.

—Para ser tonto, tu cerebro te lleva lejos. Lo admito.

—También lo pensaba yo.

Gayo ladea la cabeza. ¿Él también lo pensaba? ¿Qué querrá decir con eso?

• • •

Más tarde esa misma mañana

Nicodemo está sentado en la sala más decorada de la casa de invitados, leyendo y de vez en cuando mirando un reloj de cristal. Tiene gotas de sudor en la frente. ¿Cómo se puede concentrar, después de lo que ha visto con sus propios ojos?

Zohara entra, sonriente.

—Alabado sea Adonai, ¡está sano y vivo!

—¿De qué estás hablando?

—Recibí noticias de Jerusalén. Havila dio a luz un hijo. ¡Eres abuelo otra vez!

—¿Tan pronto?

Ella ya está ordenando la sala.

—Un mes antes, pero todo está bien. ¡Oh, bendito sea Dios! Mandaremos el resto de nuestras cosas.

¡Oh, no! Ella nunca lo entenderá.

—¿Qué? ¡No! ¡No, no! ¡Aún no he terminado mi investigación aquí!

—Pero tenemos que regresar a tiempo para el *bris*. Solo tenemos ocho días. Menos de ocho días.

—La circuncisión la puede hacer cualquier persona entrenada, Zohara.

—¡Nico! ¡Es tu propio nieto!

—Es el quinto nieto. Havila lo entenderá.

Ese rumbo no fue el correcto. Lo puede ver en ella, que ahora se acerca con el ceño fruncido.

—¿Sabes lo que dirán cuando sepan que el gran Nicodemo se perdió el nombramiento de su propio nieto porque estaba haciendo una investigación en Capernaúm?

—Investigación que no concierne solo a un solo niño judío, sino a todo Israel… ¡pasado, presente y futuro!

—¡No hay nada en Capernaúm salvo unos demoniacos e insolentes estudiantes! Tienes que entrar en razón.

¡Qué fácil decir eso! Si tan solo supiera… pero es demasiado pronto para revelárselo.

—Nunca he estado más cerca de mi razón.

—No es eso lo que se ve desde afuera —dice ella.

LOS ELEGIDOS: TE HE LLAMADO POR TU NOMBRE

—Muchas cosas no lo son.

—Yo estoy lista para irme de este lugar, Nico. Extraño a mis hijos y mis nietos, incluyendo el que aún no conozco.

—No, Zohara, pero… —la puerta se abre de golpe—. No puedes entrar…

—Oh, yo creo que sí.

Nicodemo se inclina.

—Pretor Quintus.

Su esposa rápidamente se cubre la cabeza. El romano asiente hacia ella.

—Zohara, ¿cierto? Un placer verla de nuevo.

—Espero que todo vaya bien —dice Nicodemo, adoptando un tono de voz normal.

—¿Por qué esperarías eso? —dice Quintus, pasando junto a él para sentarse.

—Oh sí —dice Nicodemo—, por favor ponte cómodo. Siéntete como en tu casa.

Quintus deja el yelmo junto a él, mientras observa la lujosa decoración, y silba.

—Realmente tendremos que hablar del diezmo de la gente —dice sonriendo.

—¿Por eso viniste?

—Necesito saber si tenemos un problema, Nicodemo.

¿Un problema?

—Yo cumplí con todos los pedidos que Roma me hizo, incluso cuando infringía las costumbres.

—Déjame reformularlo —dice Quintus, dejando el sarcasmo—. Tú y yo queremos lo mismo. Queremos que se cumplan las normas. Queremos orden. Soldados, dinero, votos… ese es mi mundo. Demonios, oraciones, excéntricos… ese es el tuyo. Necesito saber si nuestros mundos van a colisionar.

Nicodemo lo estudia, preguntándose qué decir a eso.

—¿El que llaman hacedor de milagros? —dice Quintus.

Quizá funcione aparentar cooperación. Nicodemo se sienta frente al pretor.

—Jesús de Nazaret.

—Ni siquiera sé qué es Nazaret. Pero sí. Él.

Nicodemo intenta parecer desdeñoso.

—Anécdotas y rumores.

—Y una estampida en el gueto del este que retrasó la caravana de Herodes. Eso me hizo quedar muy mal. Y no me gusta.

—La agitación comenzó cuando tus soldados se metieron entre la multitud portando armas.

—No fue un evento aislado. Escuché noticias. Mi fuente tiene olfato para la precisión y una compulsión por la verdad. Así que vuelvo a preguntarte: ¿Hay algún problema?

Nicodemo aprieta labios y niega con la cabeza.

—No.

Quintus sonríe.

—No pareces seguro. Quizá conseguiría mejor información de este... —hace una pausa— ¿Shemuel? Está ansioso por verme.

Desesperado por ocultar su sorpresa, Nicodemo recupera su compostura y habla lentamente.

—La única forma de conocer las intenciones de este predicador es hablar con él directamente.

—Entonces, habla con él —dice Quintus, agarrando su yelmo y poniéndose de pie—. Odio las multitudes. Me quitan tiempo y recursos, y después hay que limpiar todo. Cuando consigas una reunión privada, quiero saber cuándo y dónde. ¿Entendido?

Nicodemo enseguida cambia de tema.

—¿Qué te preocupa de este hombre?

—Los predicadores tienen la costumbre de volverse políticos. Brotan como malas hierbas y se esparcen. Tu esposa cultiva. Ella lo entiende.

Nicodemo se levanta.

—Algunas flores esparcen sus semillas cuando las aplastan. ¿Quién sabe si no estarías creando un mártir?

—Tomaré el riesgo.

Cuando Quintus se va, Zohara se acerca lentamente a Nicodemo con una mirada de saber lo que está pasando. Ella parece indagar en su rostro.

—Simpatizas con el predicador.

Capítulo 68

LA DISCULPA

Tadeo parte madera para una fogata, algo muy distinto a lo que solía hacer con sus manos, lo cual le hizo conocer a Jesús en primer lugar. Tiene una pregunta, pero el Rabino y Juan están hablando mientras levantan una tienda.

—¿Estamos seguros aquí? —dice Juan.

—¿Qué quieres decir con eso?

—Nos buscarán por lo que dijiste sobre perdonar pecados.

—Ah. No estaremos aquí mucho tiempo. Después de lo que ocurrió ayer, nos moveremos de pueblo en pueblo.

—¿Eso es lo que quieres?

—¿Qué quieres decir?

—¿Andar sin rumbo fijo, no poder quedarte en un lugar?

Tadeo observa que Jesús no responde inmediatamente a Juan, como si estuviera calculando su respuesta. Finalmente, Jesús dice:

—Quiero hacer la voluntad de mi Padre, y quiero difundir el mensaje de salvación. Así que sí, estoy feliz de no quedarme en un solo lugar.

Juan parece estar satisfecho y guarda silencio.

—¿Rabino?

—Sí, Tadeo.

—¿Para cuántos días preparo madera?

—Eh, para cinco, creo.

Juan ladea la cabeza.

—Pensaba que dijiste que no nos quedaríamos aquí mucho tiempo.

—Dejaremos algo para el siguiente viajero cansado. La hospitalidad no es solo para las personas que tienen casas, Juan.

A Tadeo no le sorprende que Juan no pueda argumentar con eso.

Cuando llega Magdalena, es obvio que algo le preocupa.

—¡María! —dice Tadeo—. ¿Estás bien?

Ella mira como si le hubieran tomado por sorpresa.

—¿Yo? Eh, sí, gracias.

Ella mira a Jesús.

—¿Puedo hablar contigo, Rabino?

Ambos se apartan para que no los oigan.

• • •

María no sabe bien por dónde empezar y le cuesta mirarlo. Lo último que quiere es ser una molestia para el Mesías.

—Quería disculparme por lo de ayer.

—¿Por qué?

—Intentar ayudar a esas personas a acercarse al sonido de tu voz. No sabía que iban a abrir el tejado e interrumpir tu enseñanza. De verdad que…

—Entonces —dice Jesús, sonriendo—, lamentas que un paralítico esté disfrutando de su primer día completo puesto en pie, ¿no?

—No. Es solo que causé una escena y corté tu enseñanza.

—¿Quién dice que la cortaste? Con su fe, hubieran encontrado la manera de llegar hasta allí, aunque tú no los llevaras.

¿Cómo es posible que sea tan fácil hablar con él? María aún se siente mal, pero parece que él está deseoso de que ella esté bien.

—Pero hay más —dice ella, no queriendo ocultarle nada—. Cuando nos íbamos, me detuvo un fariseo y me pidió una reunión privada contigo. Le dije que te preguntaría.

—Un fariseo. ¿Sabes su nombre?

—Él me visitó… antes.

—¿Un fariseo en el Barrio Rojo?

—Roma lo envió. Dudo que él quisiera estar ahí.

Jesús sonríe.

—No, yo pienso lo mismo.

—Bueno, lo vi otra vez cuando ya estaba mejor, y él quería saber cómo me curé. Por supuesto, no le dije quién eras, pero él parecía…

—¿Qué?

—Honesto. No pareció ofenderse al saber que otra persona había tenido éxito cuando él había fracasado. Había… había hambre en sus ojos. No miedo.

—No como los fariseos en la ventana ayer, ¿eh?

—Siento haberte causado todo esto.

—No, no, hay una razón por la que tú te encontraste con este fariseo.

—Nicodemo.

—Nicodemo, claro. Escuché sobre él.

—No sé a quién conoces y a quién no —dice ella—. Todo esto es nuevo para mí.

—No te preocupes por qué hombres creen que son importantes. Dile a Nicodemo que me reuniré con él. Santiago el Joven sabrá el lugar. Gracias, María.

—Sí, Maestro —dice ella mientras él comienza a marcharse—. ¿A dónde vas?

Él se da la vuelta.

—A estar a solas. Necesito pensar. Y orar.

—Yo haré lo mismo… Espero no haberte puesto en peligro.

Jesús se ríe tranquilamente.

—No lo hiciste. De hecho, ya tengo algo planeado para mañana en la noche.

—¿Planeado?

—Sí, esparce la noticia. Una cena en el distrito del norte. En la casa alta que hay justo al pasar el arco.

La sección de los ricos. Donde viven los recaudadores de impuestos.

—Pero en esas casas…

—Sé el tipo de gente que vive ahí —dice Jesús—. Confía en mí.

—Se lo diré a los demás.

Capítulo 69

LA VISITA

Mateo está de pie delante de la puerta de su humilde casa de la infancia, lleno de indecisión. Se acerca para llamar, se lo piensa mejor y se aleja, y después vuelve. Se obliga a sí mismo a llamar, y al momento casi huye. No, ha venido hasta aquí y tiene que hacerlo. Mientras toca a la puerta por segunda vez, se abre una rendija en la puerta.

—¿Mateo?

—Hola, Ima —dice él antes de darse cuenta. ¿Habrá perdido el derecho de llamarle eso?— O… o Isabel. Hola.

—Mateo.

Ella solo lo mira fijamente, y él no sabe qué hacer. ¿No lo invitará a entrar? De nuevo luchando con la urgencia de salir corriendo, hace una mueca.

—No acostumbro a recibir visitas. ¿Es una costumbre?

Ella abre la puerta un poco más.

—Si tu padre estuviera aquí, no podría hacer esto.

—¿Dónde está Alfeo?

Pero ella mira más allá.

—Creo que un perro te siguió.

—Está conmigo. Se quedará aquí afuera si me dejas entrar.

Ella señala a una silla delante de la mesa y le acerca un vaso de agua. Se sienta al otro lado. Mateo intenta mirarle a los ojos en medio del incómodo silencio.

—¿Alfeo llegará pronto a casa?

—Está fuera. En un viaje de trabajo.

—¿A dónde lo lleva el trabajo? ¿Ya no hace cosas en cuero?

—Le robaron el negocio. Muchos otros negocios también. La delincuencia aumenta... y es muy difícil volver a abrir.

¡Qué doloroso!

—Amaba su negocio.

Ella asiente con la cabeza.

—Pero aún tenemos un techo sobre nuestra cabeza, que es mucho más de lo que otros pueden decir.

—Puedes pedirme dinero si lo necesitas —espeta él.

Ella lo mira fijamente.

—¿Cómo dices eso?

—Es muy común. He visto a muchos padres que dependen por completo de...

—Tu padre preferiría morir antes que aceptar dinero ensangrentado.

¿Dinero ensangrentado?

—Sé que te avergüenzas de mí, pero tu decisión es irracional. Roma recaudará impuestos de cualquier modo, y yo soy bueno con los números...

—¿Viniste aquí para justificarte?

—¡No! —dice él, golpeando la mesa y poniéndose en pie—. ¡No!

¿Por qué no puede decir lo que siente? Da paseos cortos, intentando poner en orden sus pensamientos.

—Todo es como la arena. En un diluvio. Las cosas que creía que eran ciertas...

—¿Estás en problemas?

Él se detiene y se gira hacia ella.

—¿Crees que pueden suceder cosas imposibles? ¿Cosas que van en contra de las leyes de la naturaleza? ¿Que no se pueda explicar?

Los ojos de ella brillan.

—Eso preguntabas cuando eras un niño. Incluso los rabinos se asombraban de tu talento para leer, para los números, de tu forma de pensar más rápido que ningún otro niño. Ellos pensaban que serías alguien grande.

Él lo recuerda bien. Ellos pensaban que tal vez sería sacerdote... haciendo honor a su nombre hebreo de Levi. Pero ¿acaso ha llegado a ser alguien especial?

—Grande ¿en qué? Soy rico. Tengo escolta armado. El pretor de Galilea confía en mí.

—¡Nunca imaginamos que usarías el talento que Dios te dio para desangrar a tu gente!

—Pero ¿alguna vez has visto algo milagroso?

—¡Mateo!

—¡Todo mi mundo! Todo lo que pensaba que sabía, ¿y si estuviera mal?

Ella parece contener las lágrimas.

—Creo que deberías irte.

¿Irse? ¡No! Él no quería esto. Pero, como siempre, ha hablado demasiado, ha presionado demasiado. Él la mira fijamente, anhelando rogarle que no lo abandone, pero no puede articular las palabras. Se tambalea hasta la puerta, con desesperación.

—Ni siquiera preguntaste por tu hermana.

—Se le ve bien.

Su madre parece sorprendida de que sepa esto.

—Vine para celebrar el *sabbat* hace unas semanas. Después me fui.

Él espera, sin saber si debiera esperar una respuesta.

—Adiós, Ima —dice finalmente.

Capítulo 70

EL PLAN

Casa de Simón, por la noche

Santiago el Joven ha hecho los arreglos para la reunión de Jesús con el fariseo, y varios otros tienen sus tareas. Pero Simón está cansado. Debe decir algo. Detrás de él, su esposa y Jesús trabajan en el mostrador, él limpiando un pescado y ella cortando verdura para un tabulé. Simón camina.

—No sé si esto es una buena idea.

—¿Por qué no? —dice Jesús.

—Bueno, podría ser una trampa. Nicodemo coopera con Roma. Ellos son los que lo enviaron a María cuando estaba poseída en el Barrio Rojo.

—Conozco muy bien el riesgo, Simón —dice Jesús, de espaldas al pescador—. Y tú también, si recuerdo bien nuestro primer encuentro, ¿eh?

—Me temo que el riesgo es su gran amigo —dice Edén.

—Simón.

Jesús se limpia las manos y se gira hacia él.

—María es una excelente observadora. Ella conoció a los peores tipos de hombre en este mundo, y le parece honesto. Deberías confiar en su instinto. Y en el mío.

La madre de Edén tose en la otra habitación, y Simón se aclara la garganta en voz alta para tapar el sonido. No quiere que Jesús sepa que está ahí. Él le lanza una fuerte mirada a Edén.

—Rabino —dice Andrés, entrando—. Lo tengo.

—¡Ah!

Jesús se frota las manos, claramente agradado.

—Echémosle un vistazo.

Simón se acerca a Edén y susurra:

—¿Puedes mantenerla callada, por favor? Nadie debe saber que tu mamá está enferma.

—No puedo decirle que no tosa, Simón.

—No quiero que nuestras cargas sean también las suyas, ¿de acuerdo? No quiero ser quien lo distraiga.

—Él sabe muy bien quién eres tú —dice ella, sonriendo—. No te va a echar del grupo.

—¡Es perfecto! —dice Jesús, ataviado con una capa oscura—. ¡Bien hecho!

Él se gira por ambos lados.

—Aunque creo que cabrían todos aquí dentro conmigo, ¿verdad?

Andrés acerca sus manos al cuello de Jesús y cubre su cabeza con la capucha.

—Con esto no te reconocerán.

—¿Dio permiso el dueño de la casa?

—Todo arreglado, Rabino. Y yo estaré esperando en la puerta.

—Gracias, Andrés. Adelántate.

Jesús pone una mano sobre el hombro de Andrés.

—Pero acuérdate de relajarte. Estás ahí para guiar a nuestro invitado, no para ser mi protector.

—¿Estás seguro de que no quieres que vaya? —dice Simón—. Mientras más ojos vigilen las calles, mejor.

—Esta noche no, Simón. Quédate aquí con tu esposa. Y con tu suegra.

Simón se siente necio por haber intentado guardar un secreto con el mismo Mesías. Edén le lanza una sonrisa.

—¿Lo ves?

Capítulo 71

LA REUNIÓN EN LA NOCHE

No hay otra manera de decirlo: Nicodemo está más que nervioso. Confundió a Zohara sin llegar a mentir, y ahora se aventura solo en la oscuridad con su bastón, buscando el lugar que le dijo Santiago, el discípulo de Jesús. Santiago dejó claro que el maestro no debe ser visto con el fariseo. Bien, Nicodemo tampoco debe ser visto con el maestro.

Él está seguro de estar en el barrio correcto mientras mira por un callejón. Pero se queda perplejo cuando un hombre aparece.

—Bienvenido, Nicodemo —dice uno al que llaman Andrés—. No te alarmes.

Él extiende su mano para tomar el bastón. Nicodemo no pretendía parecer amenazador.

—Él te espera.

Andrés señala hacia las escaleras que suben por el lateral de una casa y sigue a Nicodemo. Arriba, Andrés toma la capa de Nicodemo y vuelve a bajar por las escaleras. En la pared al otro lado del tejado espera Jesús, de pie. Detrás de él, con la luz de la luna se vislumbra el Mar de Galilea. Sin más saludos ni presentaciones, Jesús habla.

—Pedí al dueño de la casa que colocara más lámparas, pero dijo que atraerían la atención.

—Sí, imagino que así sería.

Nicodemo oye un temblor en su propia voz. Es solo que hay algo acerca de este hombre.

Jesús se gira hacia el mar.

—Al ojo humano le atrae la luz. No podemos evitarlo. Simplemente sucede.

—Hay muchas cosas que nos atraen sin pensarlo —dice Nicodemo—, o sin tener la habilidad de poder explicarlo.

Cuando Jesús se gira hacia él, el fariseo dice:

—Gracias por aceptar esta reunión.

—Gracias por intentar ayudar a María cuando lo hiciste.

—No fui de ayuda.

—Era tu destino estar ahí.

—¿Yo? ¿Para fracasar miserablemente en un exorcismo en el Barrio Rojo?

—Si no hubieras estado allí ese día, ¿estarías en este tejado ahora?

¡Qué sabiduría tan elemental! Nicodemo finalmente consigue juntar valor para acercarse.

—¡No sé por dónde empezar! Tengo muchas preguntas

—¿Nos sentamos primero? —dice Jesús señalando a una mesa.

—Oh, sí, claro.

Se sientan uno frente al otro, con una pequeña lámpara de aceite entre ellos y otra en la pared encima de ellos. ¿Cómo hacerlo? ¿Debería sencillamente escuchar y aprender? Pero Jesús lo mira expectante. *De acuerdo*, piensa Nicodemo. *Empezaré yo.*

—Los suburbios del este.

—Hum.

—Muchos predicadores ambulantes pudieron juntar a multitudes con su retórica y su voz encendida.

—Yo también escuché a muchos de ellos con los años —dice Jesús.

—Entonces, entiendes lo que digo. Pero nunca vi a ninguno decirle a un paralítico que se levante y camine. Y mucho menos, que sucediera.

—¿Y cuál es tu conclusión?

Nicodemo da un suspiro. Ahí está, una pregunta a la que debe dar respuesta. No se puede bailar alrededor de la verdad con este hombre, como lo hizo con el pretor.

—Creo que no actúas solo. Nadie puede hacer estas señales que tú haces si Dios no está con él. Solo puede hacerlo alguien que venga de Dios.

—¿Y cómo te va con esa creencia en la sinagoga?

Eso hace reír a Nicodemo, y para alivio suyo, a Jesús también.

—Por eso estamos aquí, a estas horas.

Ambos se miran fijamente, y Nicodemo no sabe a dónde ir ahora.

—¿Qué más? —dice Jesús.

—¿Qué es lo que viniste a mostrarnos?

Jesús se inclina hacia delante.

—Un reino —dice.

—Eso es lo que preocupa a nuestros gobernantes.

—No, no de ese tipo.

—¿Cómo dices?

—El tipo de reino que una persona no puede ver a menos que nazca de nuevo.

—Nacer. De nuevo.

—Sí.

—¿Te refieres a una nueva criatura, una conversión de ser gentil a judío?

—No. No estoy hablando de eso.

—Entonces, ¿qué es nacer de nuevo? Espero que no te refieras a volver al vientre de nuestra madre, porque eso sería un problema para mí. Mi madre, que en paz descanse, ya murió.

Jesús espera un momento.

—De cierto te digo que a menos que alguien nazca del agua y del Espíritu, no puede entrar en el reino de Dios. Lo que es nacido de la carne —dice Jesús tocando la mano de Nicodemo—, carne es, y lo que es nacido del Espíritu —y ahora toca el pecho del fariseo— espíritu es. Esa parte de ti... esa es la que debe nacer a una nueva vida.

Nicodemo sacude su cabeza. Es todo muy, muy monumental.

—¿Cómo puede ser eso?

—¿Eres maestro de Israel, y no comprendes estas cosas?

Nicodemo solo puede sonreír.

—Lo intento, Rabino.

—Lo sé —dice Jesús, mirándolo profundamente a los ojos—. Lo sé.

Nicodemo de repente se siente amado.

—¿Oyes eso? —dice Jesús.

—¿El qué?

¿Les habrá encontrado alguien?

—Escucha. ¿qué oyes? —dice Jesús.

—El viento.

—¿Cómo sabes que es el viento?

—Porque puedo sentirlo. Oigo su sonido.

—¿Sabes de dónde viene?

—No.

—¿Sabes a dónde va?

—No.

—A eso me refiero cuando digo nacer del Espíritu. El Espíritu puede funcionar de formas misteriosas para ti, y aunque no puedes ver el Espíritu, puedes reconocer su efecto.

Asombroso.

—Mi mente está llena de pensamientos sobre el revuelo que estas palabras causarían entre los maestros de la Ley.

—Sí, y yo no esperaba otra cosa. Yo hablo de lo que sé y he visto, y los líderes religiosos no lo recibieron.

—Es difícil de recibir.

—Entonces, si te hablé de cosas terrenales y no las crees, ¿cómo puedo hablarte de las cosas celestiales?

¿Acaso este hombre no entiende el peligro?

—Creo tus palabras. Tan solo me da miedo que no puedas decir muchas de ellas antes de que te silencien.

—Yo vine para mucho más que decir palabras, Nicodemo.

—¿Más milagros?

—Sí, pero incluso más que eso.

Un atisbo de tristeza llega a sus ojos.

—¿Recuerdas cuando los israelitas se quejaron contra Dios y contra Moisés en el desierto de Parán?

Ahora el hombre habla su lenguaje.

—Sí. Querían regresar a Egipto, y maldijeron el maná que Dios les envió.

—¿Y después?

—Les mordieron las serpientes, y morían.

—¿Pero?

—Pero Dios buscó una manera de que fueran sanados.

—Moisés levantó la serpiente de bronce en el desierto, y la gente solo tenía que mirarla. Así será levantado el Hijo del hombre, para que cualquiera que crea en él tenga vida eterna.

¿De qué está hablando?

—Nuestra gente no muere por mordeduras de serpientes. Mueren por los impuestos y la opresión.

—Siento decepcionarte, pero yo no vine para liberar a la gente de Roma.

—Entonces, ¿de quién?

—Del pecado. De la muerte espiritual.

Esto es totalmente nuevo para Nicodemo, un concepto extraño, y no sabe qué hacer con él, cómo encajarlo en su visión de todas las profecías mesiánicas. Pero es como si Jesús sintiera su desconcierto.

Jesús continúa.

—Dios ama al mundo de esta manera: dio a su único Hijo, para que cualquiera que crea en él no perezca, sino que tenga vida eterna.

Nicodemo se sienta erguido ahora.

—Entonces, ¿esto no tiene nada que ver con Roma? ¿Se trata exclusivamente del pecado?

—Dios no envió a su Hijo al mundo a condenarlo, Nicodemo. Lo envió para salvarlo a través de él. Es tan simple como la serpiente de Moisés en el poste. Cualquiera que crea en él no será condenado, pero todo el que no crea ya ha sido condenado.

• • •

Andrés ha estado sentado en las escaleras con Juan, escuchando.

—¿Alguna vez habías escuchado algo así?

—Chitón —dice Juan, tomando notas.

• • •

—Cuando conocí a Lilith, María, ese día, le dije a mi esposa y a mis estudiantes que ella estaba fuera de toda ayuda humana. Solo Dios podría haberla curado. Y después la vi. Curada.

Superado por la emoción, Nicodemo continúa.

—Y aquí estás. El sanador.

Apenas sin poder hablar, sigue diciendo:

—Toda mi vida me pregunté si vería este día.

—Sígueme y verás más.

—¿Seguirte? —susurra Nicodemo.

—Únete a mí y a mis estudiantes. En dos días nos iremos de Capernaúm. Ven a ver el reino que traigo a este mundo.

¡Qué pensamiento tan maravilloso! Si tan solo pudiera volver a ser joven otra vez, sin tantas obligaciones.

—Pero yo... yo no puedo.

—Tienes una posición en el Sanedrín, tienes familia, y eres un hombre avanzado en años.

Los dos sonríen.

—Lo entiendo. Pero la invitación sigue en pie.

—La invitación, ¿a qué exactamente? ¿A llevar una vida nómada? ¿A... a dejar todo lo que tengo?

—Es cierto, sería mucho lo que perderías, pero lo que ganarías sería mucho más grande y más duradero.

—¿Este es otro de tus misterios de nacer de nuevo?

Jesús se ríe.

—Bueno, tal vez. Sé que los misterios no son fáciles para un erudito. Piénsalo. Tómate tu tiempo. En la mañana del quinto día nos iremos, y nos reuniremos junto al pozo en el distrito sur al amanecer.

¿Tomarme mi tiempo? ¿Qué sería de Zohara? ¿Qué sería de él?

Cuando Jesús se pone de pie, Nicodemo también lo hace.

—¿Es... es cierto, es el reino de Dios el que llegará?

—¿Qué te dice tu corazón?

¿Qué me dice mi corazón? ¿Me atrevo a decirlo?

—Oh, mi corazón está lleno de temor y... y asombro, y no puede decirme nada salvo que estoy pisando tierra santa.

Nicodemo, ahora sollozando, se cubre la boca. Retira su mano después para revelar una sonrisa y mueve la cabeza.

—Bueno, tejado santo.

Jesús sonríe, y luego se pone serio.

—Espero que vengas con nosotros, Nicodemo.

El fariseo se arrodilla ante Jesús.

—No tienes que hacer eso.

Él besa la mano de Jesús.

—¿Qué estás haciendo?

Nicodemo cita de los Salmos:

—«Honrad al Hijo para que no se enoje y perezcáis en el camino».

Jesús lo ayuda a ponerse de pie.

—«¡Cuán bienaventurados son todos los que en Él se refugian!».

Y abraza a Nicodemo, ahora con lágrimas cayendo por sus mejillas.

Capítulo 72

DIFERENTE

Al día siguiente

Mateo recibe atención en su caseta de impuestos, atendiendo a una larga fila. Gayo hace guardia afuera, charlando con él entre transacciones.

—¿Viste las carreras partianas anoche? Darío corrió como una gacela.

—Los judíos no van a las carreras —le dice Mateo.

—Tu viejo amigo Simón solía dirigir las mesas de apuestas.

—No somos amigos. ¡Siguiente!

—Bueno, está bien, entonces no fuiste a las carreras. ¿Te quedaste en casa?

—Fui a ver a mi madre.

—Oh, eso me retrasaría a mí también. ¿Te preguntó cuándo vas a darle nietos?

—No me preguntó eso.

—Creía que tus padres no te hablaban.

—Tenía unas preguntas que no podía hacerle a nadie más.

—Una madre de un hijo con un talento como el tuyo debería estar orgullosa.

—Se avergüenza de que use el talento que Dios me dio en contra de Él. ¡Siguiente!

—Eres bueno en algo. Encontraste una manera de ganar dinero haciéndolo. Es así de simple.

—Debe ser hermoso vivir en un mundo tan simple.

—Vivimos en el mismo mundo, Mateo.

—¡Siguiente!

—Además, ¿qué otra cosa vas a hacer con una mente como la tuya?

Mateo ve que se distrae cuando Jesús pasa por allí con varios de sus discípulos. El maestro se detiene y mira hacia la caseta, y dice:

—¡Mateo!

El recaudador de impuestos se estremece y retrocede. *¿Conoce mi nombre?*

Gayo instintivamente pone una mano en el puño de su espada.

—¡Mateo! —vuelve a gritar Jesús—. ¡Hijo de Alfeo!

¡Sabe exactamente quién soy! Mateo ladea la cabeza y mira a través de los barrotes. Ambos se miran.

—¿Sí?

—Sígueme —dice el maestro.

¿El hacedor de milagros? ¿Llamando al más vil de los judíos?

—¿Yo?

Jesús asiente y sonríe.

—¡Sí! ¡Tú!

Simón se acerca a Jesús.

—¡Eh, eh, eh! ¿Qué estás haciendo?

—¿Quieres que *yo* me una? —dice Mateo en voz alta.

—¡Sigue tu camino, predicador ambulante! —dice Gayo.

Simón le ruega ahora.

—¿Tienes alguna idea de lo que este hombre hizo? ¿Lo conoces?

Mateo mira fijamente, preguntándose lo mismo.

Y Jesús, con los ojos aún puestos en Mateo, dice:

—Sí.

—¡Escucha! —dice Gayo—. Te dije que…

Pero Mateo sale a toda prisa de la caseta. Gayo se gira para mirarlo.

—¿Qué estás haciendo?

Mateo intenta pasar de largo, pero el hombre que es más grande agarra su túnica a la altura del pecho y lo sacude con brusquedad.

—¿Dónde crees que vas?

Mateo, envalentonado como nunca antes lo había estado, mira al romano.

—Gayo, déjame ir.

El *primi* lo suelta.

—¿Te has vuelto loco? Tienes dinero. Quintus te protege. Ningún judío vive tan bien como tú. ¿Lo vas a tirar todo por la borda?

Exactamente, piensa Mateo.

—Sí.

Le entrega a Gayo la llave de la caseta, y después se quita el anillo y también se lo entrega. El guardia está boquiabierto.

Mientras Mateo se acerca a Jesús y los demás, Simón dice:

—No lo entiendo.

—Tampoco lo entendías cuando te elegí a ti —dice Jesús.

—¡Pero esto es diferente! Yo no soy recaudador de impuestos.

—Acostúmbrate a lo diferente —y girándose hacia el recién llegado, le habla.

—Me alegro de pasar por tu caseta hoy, Mateo.

¿Qué decirle a un hombre como él?

—Sí.

—¿Nos vamos? —dice Jesús mientras se aleja con su séquito—. Tenemos que prepararnos para una celebración.

Gayo le grita.

—¡Lamentarás esto, Mateo!

Simón dice:

—¿Para qué es la tabla?

—La tomé sin pensarlo —dice Mateo—. Puedo volver a dejarla.

—No —dice Jesús—. Tenla. Tal vez le encuentres un uso.

—¿A dónde vamos? —pregunta Mateo.

La agradable mujer del grupo dice:

—A una cena.

—No soy bienvenido en las cenas.

—Bueno —dice Jesús—, eso no va a ser un problema esta noche. Tú eres el anfitrión.

PARTE 9
«Yo soy Él»

Capítulo 73

EL POZO

Canaán, 1952 a. C.

Con sus tres hijos mayores observando, con las palas listas, un Jacob en muy buena forma se pone de rodillas martilleando una estaca en la tierra rocosa no lejos de las dos tiendas que su familia beduina ha levantado. Pusieron las tiendas entre tres palmeras solitarias en las vastas y áridas planicies a las afueras de Sicar.

—Este es el lugar, hijos —dice Jacob sudando, justo cuando observa a un desconocido que sube desde la ciudad, un hombre y calvo y de color con una túnica con rayas rojizas y con un tosco bastón para caminar. Cuando sus hijos empiezan a cavar, Jacob se pone de pie y se acerca para dar la bienvenida al desconocido.

—¡*Shalom*, amigo!

—No conozco esa palabra —dice el hombre.

—Es algo que decimos en mi familia. Es un saludo de paz.

—Me temo que no encontrará mucha paz aquí.

Ah, un opositor. Está bien. No hay necesidad de dejar de ser cordial.

—Soy Jacob.

—Yo soy Asib.

—¡Asib! Le ofrecería algo de beber, pero, como verá, recién empezamos a cavar nuestro pozo.

—¿Les compró esta tierra a los hijos de Hamor?

—Solo por cien *kesitá*, ¿puede creerlo?

—Lo creo cada vez que los príncipes de esta tierra engañan a otro extranjero. Maldecirá el día que pagó los cien *kesitá*.

Jacob lucha por mantener la sonrisa, decidido a seguir en un tono amigable.

—¿Y cuál cree que hubiera sido un precio justo?

—Cero *kesitá*. Cero ovejas. Cero...

—Tengo doce hijos para trabajar la tierra, y cuando saquemos agua...

—Nunca sacarán agua. Sí, las lluvias recientes hacen que la tierra parezca abundante, pero el río subterráneo bordea la montaña, no la sube.

—Nuestro Dios se ocupa de nosotros.

—Esto es Canaán —dice Asib—. Los dioses no son buenos aquí.

—No estaremos aquí por mucho tiempo. Somos peregrinos.

—Ah. ¿Y qué buscan?

—Una tierra que nuestro Dios le prometió a mi abuelo, Abraham.

—¿Su abuelo? —pregunta Asib sonriendo intencionalmente—. ¿Ha notado que los dioses siempre nos prometen cosas, pero realmente nunca vemos que ocurran?

—A veces tarda generaciones.

—Como desee —dice Asib—. Y dígame, ¿qué nombre tiene su supuesto dios?

—El Shaddai.

—No lo conozco.

—No lo conocen muchos, pero creo que algún día lo conocerán.

—Bueno, no tiene hogar. ¿Dónde está el templo de su dios?

—Él no tiene un templo.

—Entonces, ¿dónde lo adoran?

—Construimos altares dondequiera que vamos.

—¿Y no lo llevan con ustedes?

—No —sonríe Jacob—. No tenemos ídolos tallados de él.

—¿Es invisible?

—Sí. Bueno, por lo general. Hubo una vez que rompió mi cadera.

Asib se ríe y se despide.

—Oh, no, no, ya escuché suficiente. De todos los dioses que pudieron elegir, ¿eligen uno que es invisible, cuyas promesas tardan generaciones en cumplirse, que les hace viajar a sitios extraños y te rompe la cadera? Es una extraña elección. Ah, inmigrantes.

Jacob sonríe.

—Nosotros no lo elegimos a Él...

—¡Padre! —grita uno de sus hijos, y Jacob acude corriendo al hoyo, con Asib siguiéndolo de cerca.

Acaban de encontrar agua, solo a centímetros de la superficie rocosa. Jacob se agacha y estira su mano, dejando que el líquido borbotee entre sus dedos. Se pone de pie para mirar a Asib.

—Él nos eligió a nosotros.

• • •

El mismo lugar, casi dos mil años después

Cargar cántaros de agua vacíos de treinta litros de capacidad, uno en cada extremo de un palo puesto sobre sus hombros, es muy agotador bajo el implacable sol del mediodía. Potina ni siquiera quiere pensar en tener que cargarlos de regreso hasta Sicar llenos hasta el borde, ya que solo el agua añade treinta kilos a cada cántaro.

El hecho de tener que hacerlo todos los días no hace que este trabajo sea más fácil. *En esto se ha convertido mi vida*, piensa ella, *y no puedo culpar de ello a nadie salvo a mí misma*. No sabe por qué se molesta ni siquiera en ponerse aretes y maquillaje, ya que con el calor ardiente se agrieta y se derrite. Además, ya nadie se fija en ella, salvo su nuevo hombre y los lascivos ocasionales de la ciudad. Se ha hecho mayor a pesar de su relativa juventud.

La carpa levantada sobre el Pozo de Jacob ofrece un poco de alivio, pero es ahí donde empieza el verdadero trabajo. Sacar el agua y llenar los cántaros requiere toda su fuerza, y cuando termina no puede entretenerse en la sombra. Debe llevar sobre sus hombros ese palo, cargado con esos pesados cántaros, y comenzar el tambaleante camino de vuelta.

Sin embargo, hoy tiene una misión. Antes de llevar el agua a su nuevo hogar, se dirige a la casa de su esposo más reciente. Elia le dobla la edad y no está bien, es un viejo miserable del que le encantaría deshacerse para poder casarse de nuevo. Todos han perdido la cuenta ya de cuántas veces ella ha hecho eso, aunque hace mucho que ya no le importa lo que otros piensen. Su vida es asunto solo de ella, y lo único que espera ahora es una pizca de felicidad.

Potina ahorró *shekels* desde hace mucho tiempo para conseguir que un abogado le ayudara, aunque incluso él le advierte que no es probable que su plan funcione. Aun así, ella tiene que intentarlo.

• • •

Finalmente, de regreso en la ciudad, empapada y agotada, usa su llave para entrar en la casa de Elia. Como es de esperar, él está cubierto con una manta y acomodado cerca del fuego, de espaldas a ella. Nadie más tiene llave de la casa, así que sabe que es ella.

—Sabes —dice él, con su voz teñida de resignación—, cuando se abrió la puerta, honestamente esperaba que fuera un ladrón o un asesino, para que me sacara de esta miseria.

—Lamento decepcionarte —dice ella—, pero antes necesito algo de ti.

Él tose.

—Acércate más. No puedo verte.

Por alguna razón, mientras Potina se acerca, se descubre el cabello. ¿A quién trata de impresionar, y por qué algo sobre su despeinada apariencia impresionaría a alguien?

—Tienes el cabello hecho un desastre y la cara roja. ¿Por qué?

—Ya sabes por qué.

—Si regresaras a vivir conmigo, podrías ir al pozo con las otras mujeres por la mañana temprano.

—Te equivocas en eso. Podría ir con ellas si me hubiera quedado con Rahmin.

Pero ¿cómo iba a hacerlo? Ninguna mujer lo hubiera hecho.

—Dímelo ya. ¿Cuánto necesitas?

—No estoy aquí para pedirte dinero.

Ella saca un documento de su faja.

—Traje un certificado de divorcio. Solo necesito que lo firmes.

—Solo un hombre puede divorciarse de su mujer, no es al revés Potina.

—Y por eso el certificado está a tu nombre, Elia.

—¿Y por qué debo divorciarme?

¿Habla en serio? ¿Tiene que preguntarlo?

—¡Porque vivo con otro hombre!

—¿Y qué? Es lo único que hiciste conmigo. Vive aquí.

—Tú sabías por qué me casé contigo.

Él asiente.

—Estabilidad. El brillo se desgastó rápido, ¿verdad?

—El Pentateuco autoriza a un hombre a divorciarse de su esposa si ella vive con otro hombre.

—Escúchate, hablando sobre el Pentateuco.

—¿Qué debo hacer, traerlo aquí?

—¡Sí! Quiero ver al último baboso idiota al que embrujaste. Corre, antes de que se aburra. Como los demás.

¡Esto es suficiente!

—¿Vas a firmarlo o no?

—Dámelo.

Por primera vez, ella siente esperanza. Contiene la respiración mientras él lo lee detenidamente. Pero no le hace esperar mucho.

—No.

¿No? ¿Ya está? ¿Sin lástima? ¿Sin compasión?

—¡Por favor!

Él la mira, con gesto disgustado.

—¿Por favor? —dice él imitándola.

Él se inclina hacia delante y lanza el papel al fuego.

—Eres mi propiedad, Potina, y no me deshago a la ligera de mis posesiones.

Mientras el documento se oscurece y se convierte en cenizas, ella ve su vida elevarse con el humo también.

Capítulo 74

CENA DE PECADORES

Mateo recuerda bien haber comprado su casa preciosamente decorada cuando se dio cuenta por primera vez de cuánto ganaría con su nueva profesión. No se podía imaginar que alguna vez le fuera a faltar espacio, ya que nunca había reunido el valor para hablar con mujeres, y mucho menos soñar con casarse. Y el enorme salón con su mesa de banquetes, ¡que parecía infinita! Había invitado a un par de recaudadores de impuestos amigos algunas veces, ayudado con mucho agradecimiento por su equipo de sirvientes. Había aguantado largos e incómodos silencios, agradecido con que los invitados se sintieran lo suficientemente cómodos como para gastarse bromas y entretenerlo con sus hazañas. Cuando finalmente se fueron, él se sintió aliviado como nunca.

Pero ¿ahora esto? ¿Cómo ha sucedido? Tan extraño como que Jesús de Nazaret lo llamara, Mateo organiza una cena esa misma noche. Su mesa está llena de una diversidad de invitados que nunca habría imaginado tener, y mucho menos que él los hubiera invitado. Además de los otros dos recaudadores de impuestos, varios son los estudiantes más cercanos de Jesús, muchos de ellos antiguos pescadores y aún recelosos de Mateo. Pero también está Bernabé, el mendigo de una sola pierna, y Shula, su amiga ciega. ¡Y Rivka del famoso Barrio Rojo! Mateo pensaba que ser denigrado como traidor era malo, pero...

Sin embargo, de algún modo, simplemente tener a Jesús allí hace que todo parezca estar bien. Tal vez esta no será la horrible experiencia que terminan siendo para él la mayoría de los encuentros sociales. Él solo quiere que todos estén cuidados, que disfruten, que estén atendidos. Sabe que el verdadero anfitrión es Jesús, pero al ser esta su casa, se enorgullece de proporcionar una cena y un buen tiempo.

Todos comen sentados, se ríen y hablan, mientras él está inquieto junto a la mesa para servirse que hay cerca. Mateo disfruta de la ingeniosa conversación. Rivka recuerda la historia del encuentro de Nicodemo con María, antes conocida como Lilith.

—La forma en que salió corriendo del Barrio Rojo, ¡casi tropezándose con sus vestiduras!

—¿Un fariseo corriendo? —dice Shula—. ¡Hay que verlo para creerlo!

Todos explotan de risa, y Rivka añade:

—Estaba segura de que se iba a tropezar y a caer, ¡y que me arrestarían a *mí*!

—¡Oh, con tu suerte, Rivka! —dice Jesús—, probablemente sucedería, ¿eh?

—Estaba casi segura de que Lil se iría ese día.

—Ahora es María —dice la Magdalena con una sonrisa.

—Siempre lo fue —dice Jesús.

Mateo trae una bandeja a la mesa.

—¿Alguien quiere unas uvas? Bernabé, tú comes mucho.

—Muy observador, Mateo.

—Gracias.

Se mueve por la fila.

—¿Simón?

El pescador mira hacia otro lado, meneando la cabeza, y Mateo de repente se vuelve a sentir notorio. *¿Qué hacer para ganarme a Simón?*

—Sabes, Mateo —dice Bernabé—, cuando no estás tras las rejas, ¡eres muy apuesto!

Rivka parece estudiar a Mateo.

—¡Estoy de acuerdo! —asiente ella.

—¡Rivka! —dice María, riéndose.

—¿Qué ocurre aquí?

Perplejo, Mateo se gira y ve a dos fariseos en la puerta. Se acerca rápidamente.

—¿Puedo ayudarlos?

Yusef y un fariseo anciano observan.

—Estábamos caminando —dice Yusef—, y oímos voces. Y pensé que se parecía a la de... pero seguro que no.

—Pero *eres* tú —dice el anciano, mirando por encima de Mateo a Jesús y Simón, que se han levantado y están detrás del recaudador de impuestos.

—¿Les gustaría entrar? —dice Jesús.

Yusef da un paso atrás.

—Nosotros nunca... nunca nos atraparán en...

—¿En dónde? —dice Jesús—. ¿En la casa de un recaudador de impuestos?

—No solo eso —dice Yusef haciendo un gesto hacia Rivka—. Sino también con una... ¿sabes lo que ella... y él...? —señalando a Mateo ahora.

—Parece que te cuesta trabajo encontrar las palabras —dice Simón cruzando los brazos. Mateo se siente extrañamente animado. ¿Realmente Simón lo está defendiendo ahora?

—¿Por qué tu maestro come con recaudadores de impuestos y pecadores? —dice Yusef.

—Los sanos no necesitan un médico —dice Jesús—, sino los enfermos.

—Debo decir que estoy sorprendido. Ella es del Barrio Rojo. Mucho de lo que se hace allí ni siquiera puedo pronunciarlo con mi boca ni decirlo con mis labios, por lo impuro que es. ¡Solo mencionarlo me contaminaría!

—Eso parece más bien un problema personal —dice Simón.

—Pero él —dice Yusef, señalando con la cabeza a Mateo—, y los demás con quienes trabaja, traicionan a nuestra gente por dinero. Y ni siquiera se disculpan.

—Si estás tan ofendido, ¡vete! —dice Andrés desde la mesa.

—Déjalo hablar, Andrés —dice Jesús.

—Ellos nunca han ofrecido sacrificios por la culpa en el templo —dice Yusef.

—¿Qué? —dice Santiago el Joven.

—El sacerdote lo registra —dice el fariseo mayor, asintiendo con la cabeza—. Nosotros los controlamos.

—Los recaudadores de impuestos no son bienvenidos en el templo —dice Mateo.

Juan dice algo.

—¿Les agradarían más si hicieran los sacrificios?

—¡Esto no se trata de mí! —dice Yusef—. ¡Se trata de lo que Dios quiere!

—Se les olvida el rollo de Oseas —les dice Jesús—. Vayan y aprendan lo que significa: «Porque más me deleito en la lealtad que en el sacrificio».

Yusef mira fijamente a Jesús.

—Hay hombres justos buscándote. Y están midiendo cada palabra que dices.

—¿Es una amenaza? —dice Simón.

—Por favor, diles lo siguiente, Yusef —dice Jesús con mucha calma—. No he venido a llamar a los justos, sino a los pecadores.

Gayo aparece detrás de los fariseos.

—¿Está todo bajo control por aquí?

—¡Sí! —dice el fariseo mayor—. Ya nos íbamos, centurión.

—Soy *Primi Ordine* para usted.

—*Primi Ordine.*

Yusef se inclina mientras se van.

Gayo se acerca hasta la puerta y mira fijamente a Mateo.

—Todos sigan comiendo —dice Mateo mientras mantiene la puerta abierta—. Yo hablaré con este hombre.

• • •

Gayo está perplejo con todo el charloteo del populacho en la mesa en la sala contigua.

—Cometes un error —le dice—. Aún puedes arrepentirte.

Mateo ladea la cabeza, pero mantiene el contacto visual, algo nuevo.

—Tomé mi decisión.

Impresionante, de verdad. *¿Qué le ha pasado?* De un modo extraño, Gayo aprecia este nuevo aspecto de Mateo. Pero debe mantenerse enfocado.

—Mira esa sala. Aparte de Rom y Jahaz, que sé que son recaudadores de impuestos que cumplen con la ley, todos los demás… son las sobras de Capernaúm…

—¡Gayo! ¡Baja la voz!

—…el fondo del barril.

Mateo parece estar armándose de valor para decir algo.

—Germánico, ¿correcto? —espeta finalmente—. ¿No es eso lo que le dijiste a Quintus?

—No cambies de tema.

—Tu pueblo se rindió. Yo también me estoy rindiendo.

¿Qué? ¿Quién es este?

—Tu ascenso fue bien merecido —continúa Mateo—. Te irá bien sin mí. Incluso mejor.

Gayo mueve la cabeza, intentando buscarle el sentido a todo esto.

—¿Cómo? Fuiste tú quien consiguió mi ascenso.

—Eso no es cierto.

—No te hagas el tonto. Tú sabes cómo fue todo esto.

Mateo se anima.

—Podrías decir: «Gracias».

—Bueno, no voy a hacer eso.

—Si no puedes decirlo, entonces habrá algo que puedas hacer por mí. Te pagaré si es necesario.

—No necesito tu dinero.

Él estudia a Mateo. ¿Realmente va a extrañar a esta criatura tan peculiar? Está en deuda con él. Además, tiene mucha curiosidad.

—¿Cuál es el favor?

Capítulo 75

ADONAI EL ROI

Casa de huéspedes de Capernaúm

Nicodemo sabe sin lugar a dudas quién es Jesús y, sin embargo, no se atreve a decírselo ni siquiera al amor de su vida. Ella pensaría que se ha vuelto loco. Él mira al techo, orando desesperadamente, buscando sabiduría.

Zohara entra como si nada, con una de las vestiduras de él doblada sobre su brazo.

—No has ensayado el discurso conmigo.

—Oh, es fácil.

—Quieren honrarte por las grandes cosas que has hecho aquí —dice ella, tomando un peine y peinando su barba—. Dales emoción.

—Mis comentarios serán improvisados.

—Eres uno de esos hombres raros que sobresalen tanto en el discurso preparado como en el improvisado.

Ella acomoda una túnica bordada metiéndola a través de su cabeza, una de las dieciocho partes de todo su atuendo.

Él sonríe.

—Y tú no eres culpable de ser imparcial, ¿verdad?

—No son palabras mías —dice ella, estirando sus vestiduras.

—¿No?

—Caifás dijo eso de ti en nuestra última cena de *sabbat*.

—Solo me estaba halagando.

—No hay nadie por encima del sumo sacerdote aparte de Dios. ¿Qué ganaría él halagándote? Nunca ha elogiado mi comida.

Eso hace reír a Nicodemo.

—¿Recuerdas en esa última cena cuando Eliel le cantó a Havila? —dice ella—. Ella brillaba, y la voz de él era muy dulce por el niño que había en su vientre.

¿Cómo lo podría olvidar?

—Me hizo llorar.

—¿Te imaginas a Moisés y Gedeón, con sus barbillitas descansando sobre la mesa cuando tú dices el Eshet Chayil? Así es como debe ser el *sabbat*. La familia… unida alrededor de la mesa. Los platos dorados de mi madre. Los candelabros de tu abuela, que en paz descanse.

Hablando de mujeres de valor.

—La extraño mucho.

—Y si ella pudiera verte ahora, recibiendo el más alto honor jamás otorgado por nuestra orden —dice ella, mientras cuelga un sobrecargado medallón sobre su cuello—. ¡Explotaría de orgullo!

—Recuerdo la inscripción que tenía en la puerta de su cuarto —dice él—. *Adonai El Roi*. «El Señor. El Dios que me ve».

Zohara lo dice con él y añade:

—Palabras de Agar.

Nicodemo asiente.

—A ella le encantaba que Agar estuviera involucrada en algo tan complicado y tenso, pero no por su decisión.

Él se pone emotivo mientras la verdad de todo eso resuena en su corazón. Una decisión monumental, y él mismo podría verse atrapado en algo igualmente complicado.

—Y, sin embargo, ¡Dios la vio! —dice él—. Y Él sabía que el camino que le forzaron a tomar no sería fácil.

Se pierde en sus pensamientos, deseoso de decirle a Zohara lo que sabe, lo que ha visto, *a quién* ha visto. Pero no se atreve.

—Cuando nos hallamos en caminos difíciles —dice ella—, Él nos encuentra y consuela.

—¿O Él nos llama a ellos?

Jesús lo ha llamado, pero ¿cómo podría ir?

Zohara parece estudiarlo, y después le pone en el cuello bálsamo de un pequeño vial.

—Mirra de Persia y alcanfor para conmemorar nuestro último día en Capernaúm.

Abruptamente, su respiración sale a trompicones y se ve incapaz de encubrir su tormento.

—El último día.

—Nicodemo —dice Zohara, con su rostro lleno de preocupación—. Amo nuestra vida.

A él le brotan las lágrimas.

—Yo también.

Él sabe que la está sorprendiendo, preocupando.

—Llévame a ella otra vez —dice ella.

Pero cuando los ojos de ella lo buscan, él tiene que mirar a otro lado.

—Cambié de opinión. Prepararé mi discurso. Necesitaré un momento.

Mientras la deja, no tiene que mirarla para saber que le está mirando fijamente, insegura y temerosa.

Capítulo 76

SE FUE

Cuartel general de la autoridad romana, Capernaúm

Gayo regresa de su turno con varios otros cuando Quintus lo llama desde el vestíbulo. Gayo se queda helado y se inclina.

—Pretor.

—Justo el hombre que quería ver. Ven, entra.

Gayo sigue a Quintus a su oficina, donde el pretor se queda de pie mirándolo desde el otro lado de su escritorio.

—¿Qué métodos estamos usando para sofocar y dispersar las muchedumbres que obstruyen el tráfico? —dice Quintus.

Sorprendido por la pregunta, Gayo intenta no dar la impresión de estar inventándose la respuesta mientras habla.

—Patrullas regulares. Oficiales montados. Y cuando es necesario, la fuerza.

—No es suficiente fuerza. ¿De qué sirven los oficiales montados si la gente nunca ha visto a nadie pisoteado?

¿Pisoteado? ¿Qué está...?

—¿Pretor?

—La caravana de Herodes se retrasó. Él era un rival de la infancia... tú estuviste allí. Le pregunté a Mateo y dijo que le mostrara algunos planos de infraestructura.

—Espero que eso fuera efectivo, Dóminus.

—Bastante. Hasta que Silvio fue retrasado por una muchedumbre cuando salía. Tuve que aguantar una charla bastante petulante. Que no vuelva a suceder.

—Sí, Pretor.

Tras un incómodo silencio, Quintus habla.

—Veo que estás solo. Asumo que significa que encontraste un reemplazo para vigilar a nuestro amigo.

—Eh, un nuevo soldado fue entrenado e instalado.

—Bien.

Mejor contarle lo sucedido ahora y no que Quintus se entere después.

—Y estoy revisando solicitudes para un nuevo publicano para ese distrito.

—¿Qué distrito?

—El distrito de recaudación previamente asignado a Mateo.

—¿Por qué haces *eso*?

Ahora no hay forma de adornarlo.

—Mateo renunció.

Ante la sorprendida mirada de Quintus, Gayo añade:

—Se fue, Dóminus.

—¿Qué quieres decir con que se fue? ¿Por qué dejaste que lo hiciera?

—Él solo estaba contratado. Yo… yo no podía retenerlo.

—Entonces, renunció para hacer ¿qué?

—Quiere ser un estudiante.

—¿De qué? ¡No hagas que siga preguntando, *Primi*!

—Va a estudiar al dios judío. Se fue para seguir a un hombre santo. El hombre del gueto del este. Eso es todo lo que sé.

Quintus parece furioso.

—La verdad es que no me agrada ese hombre.

Capítulo 77

PRESCIENCIA

Simón, con Jesús y varios de los otros, ayuda a levantar el campamento cuando llegan Santiago el Grande y Juan, cargando dos bolsas en lo alto.

—¡Hermanos! —grita Santiago.

—Comida extra de nuestra Ima —dice Juan.

—Hizo mucho —les dice Santiago el grande—. Está convencida de que tendremos hambre en nuestro viaje de seis días de camino.

—Tres —dice Jesús.

—¿Tres? —repite Juan.

—¿Iremos corriendo a Jerusalén? —dice Tadeo.

—¡Eso no funcionará con Simón! —se ríe Andrés—. Es un pésimo corredor.

—Sí, bueno, no tengo buenas piernas.

—Bueno —dice Santiago el Grande—, tal vez si no te pelearas con Abe y con Josafat cada semana…

—Tranquilos, chicos —dice Jesús.

—Mis días de peleas acabaron —dice Simón.

Jesús le lanza una mirada.

—Simón, pareces callado esta mañana.

—Bueno, tenemos por delante un largo viaje.

—Aparentemente solo la mitad de lo que pensábamos —dice Andrés.

—Lo explicaré luego —les dice Jesús—. Simón, ¿qué te preocupa?

—Nada. Solo que estoy emocionado por el viaje, ¿sabes?

—Puedes decirme la verdad.

Allá vamos. Puedo, pero ¿cuál es el punto?

—¿Me estás diciendo que no sabes ya lo que estoy pensando?

—Esa es una conversación para otro momento. Pero por ahora...

De acuerdo, si insiste.

—Soy el único de todos que está casado.

—Ah. Claro, ¿y crees que debería llamar solo a gente soltera?

—Claro que no. Y me alegro de que no lo hicieras. Pero Edén estará sola con su Ima, y...

—Te asusta que las cosas puedan empeorar y tú no estés allí.

—¿Ves? A eso me refería con que tú ya lo sabías.

—Simón —sonríe Jesús—. Todos aquí saben lo que piensas la mayoría de las veces. No se necesita sabiduría de Dios.

Capítulo 78

LA CONFRONTACIÓN

Nicodemo sabe que debería animarse con el generoso elogio que le conceden en la ceremonia, pero se siente extrañamente impasible. Preocupado, de hecho. Si el Mesías ha venido, se puede imaginar lo que significa para todos los hebreos... para el mundo. Lo que ha visto hacer a Jesús, y lo que Jesús le ha enseñado, pone toda su vida y su ministerio en la balanza.

Mientras Zohara interactúa con dignatarios en el interior, Nicodemo vaga por el pórtico contemplando el patio exterior. Lleva en sus manos un hermoso pergamino conmemorativo escrito en su honor. Es hermoso, ciertamente, pero...

Yusef lo encuentra allí.

—Felicitaciones por su profunda contribución, Rabino —dice el joven—. Estamos en deuda con usted.

Cuántas veces se había alegrado en el pasado con tal adulación, ¡y qué vacía y falsa le parece ahora! Sin embargo, Yusef parece sincero, y Nicodemo debe reconocerlo.

—Alabado sea, Adonai —dice él.

—Alabado sea, Adonai —dice Yusef, y se va.

Nicodemo vuelve a poner un rostro serio. Por años creyó que sus motivos eran puros y que se había ganado su posición manteniéndose devoto, comprometido con su trabajo y su estudio. Si no siempre fue privadamente humilde, trató de no dejar que se exteriorizara. *Agradecido...* así es como quisiera que lo vieran. Quería que Zohara y la familia se sintieran orgullosos, pero ¿qué le deparará ahora el futuro? Lo que no hacía mucho tiempo que parecía ser un final de etapa de su vida bastante predecible, ahora podría volverse caótico. ¿Quién sabe qué sucederá cuando Jesús sea reconocido por quien es en verdad?

—La ceremonia fue gloriosa, Maestro —dice Shemuel, interrumpiendo su ensimismamiento—. Sus actos de fidelidad y discernimiento serán debidamente recordados por siempre.

Eso es muy amable, y Nicodemo espera que también sea sincero, viniendo de un antiguo protegido con el que últimamente ha tenido algunos altercados intelectuales. Nicodemo responde felizmente de la misma manera.

—Gracias, Shemuel. Yo también agradezco su servicio.

—Gracias.

Nicodemo puede ser generoso con el hombre en un día en el que él mismo ha sido objeto de tanta atención.

—Presagio que serás un líder importante en nuestra orden durante muchos años.

Shemuel parece humillarse con una mirada hacia el piso.

—Tal vez no solo aquí en Capernaúm, Rabino. Quizá un día enseñe por toda Judea. Quizá incluso en Jerusalén.

Bueno, ahí está. No tan humilde, después de todo.

—Quizá así lo hagas, Shemuel.

—No es una idea ridícula, ¿verdad, Rabino? Estudié bajo su venerado tutelaje, después de todo. Si crece su reputación, también crecen mis posibilidades.

Eso es más de lo que Nicodemo puede consentir.

—Creo que quizá es atrevido —dice él sin ninguna expresión—, asumir los resultados. Nuestro trabajo es para Dios. Él escoge dónde nos lleva.

Shemuel parece escéptico, pero dice:

—Tiene razón, como siempre, Rabino.

Pero aún no ha terminado.

—Pero bajo su guía, encontré una parte de la Ley que me apasiona profundamente. Una que resuena entre muchos, incluso tan lejos como en Jerusalén.

—¡Me agrada escuchar tu fervor, Shemuel! Dime, ¿con qué te has vuelto tan apasionado?

—Falsas profecías —dice él, como si hiciera un pronunciamiento—.

Cuando escuché que el hombre de Nazaret le dijo al paralítico que sus pecados eran perdonados, pensé: *Solo Dios puede perdonar pecados.* En ese mismo momento, él se giró hacia mí y recitó mis pensamientos como si los leyera de un pergamino. ¿Usó la adivinación, me pregunté? Pero es obvio. Claro que yo tendría esos pensamientos. Se hace llamar el Hijo del Hombre, al igual que el profeta Daniel. ¡Aquí, en el pueblo de mi orden!

Reticente a ceder, y especialmente no queriendo que el hombre de los milagros sea golpeado por sus propios colegas, Nicodemo se cubre bajo una sonrisa.

—¡Él vino de Nazaret! ¡No del cielo!

Y, sin embargo, es exactamente de donde Nicodemo cree que viene Jesús. Él mismo se lo ha dicho al nazareno... que tenía que ser un maestro que viene de Dios, porque ningún hombre podría hacer esos milagros si Dios no está con él.

Pero Shemuel no deja de hablar.

—«Y le fue dado dominio, gloria y reino, para que todos los pueblos, naciones y lenguas le sirvieran» —recita.

—¡Él es simplemente un hombre! —dice Nicodemo—. No lo entiendo más que...

Shemuel sigue citando las Escrituras.

—«Su dominio es un dominio eterno que nunca pasará, y su reino uno que no será destruido».

Nicodemo cree eso, lo cree acerca del Mesías. Él cree que Jesús *es* el Mesías. ¿Por qué Shemuel no puede verlo?

El hombre más joven se acerca aún más, solemne.

—El hombre afirmó ser Dios, y tú no dijiste nada. Enviaré una petición a Jerusalén, solicitando permiso para investigar los archivos respecto a todos los asuntos tocantes a tal falsa profecía. ¿Se opondrá a mi petición, Rabino? La pregunta en la mente de cada hombre que lea mi relato tendrá que ser: ¿Y qué hizo Nicodemo?

Ahora Shemuel ha volcado su verdadera motivación.

—Ya veo —dice Nicodemo—, todo se trata de política y de ascensos para ti, ¿cierto? No es por servir a Dios.

—Por el contrario, Maestro. Se trata de la Ley. Y la Ley *es* Dios. Si me recompensan por eso es porque aprendí del más sabio.

Entendiendo todo el peso y las posibles consecuencias de tal investigación, Nicodemo sabe que ha llegado el momento de marcar su línea en la arena.

—No me opondré a tu petición.

Él comienza a alejarse, habiendo terminado con la conversación, y con este hombre. Pero mira hacia atrás y dice:

—Y, Shemuel, no aprendiste nada de mí.

Capítulo 79

CURADA

Casa de Simón

La madre de Edén, Dasha, tose mientras Edén retira una toalla de su frente.

—¿Dónde está Simón? ¿Podría hacernos un fuego?

—No está, Ima —le dice Edén.

—¿Está pescando?

—No, haciendo otras cosas. Descanse.

No funciona nada. Su querida mamá está cada vez más débil. Edén entra en la cocina, apoyándose contra una mesa. Cansada y devastada, no sabe qué hacer. Agacha la cabeza y se aguanta las lágrimas mientras oye más toses en la habitación.

—Edén.

Ella se estremece al oír una voz familiar.

—¿Jesús? Yo... yo no te esperaba por aquí.

—Les suele pasar a las personas.

—¿Puedo prepárate algo caliente para beber? Acabo de encender el fuego.

—Tú lo viste primero, ya sabes —le dice él tiernamente.

—¿Qué quieres decir? —dice ella.

—Lo que veo en Simón. Tú fuiste la primera en darse cuenta, cuando nadie más lo vio. Eso nos conecta.

Ella se aguanta un sollozo.

—Mi madre dice que me atrajo su lado salvaje, y que lo lamentaría. Me pregunto qué dirá ahora.

Simón y Andrés entran, cargados con aparejos de pesca.

—Vamos al centro a vender estas redes —dice Simón—. Volveremos enseguida.

—Quédate aquí un momento, Simón —le dice Jesús.

—Solo quiero dejarle algo de dinero extra a Edén y su Ima mientras estoy fuera.

—Deja ahí tus redes y ve a sentarte con tu suegra.

Edén sabe que Simón no está acostumbrado a que le digan lo que debe hacer, pero Andrés deja inmediatamente sus cosas y se dirige a la habitación. Simón lo sigue, y Jesús le da una palmadita en la espalda al pasar.

—Tranquilo —dice Jesús.

Jesús regresa con Edén.

—Le pedí a Simón que hiciera sacrificios y dejara cosas atrás para seguirme. Tú eres una misma carne con Simón. Él no puede hacer sacrificios sin que tú también los hagas. Tienes un papel que jugar en todo esto.

Abrumada, ella susurra:

—¿Yo? ¿Cuál es?

—Lo sabrás a su tiempo. No puedo hacer que todo esto sea más fácil para ti.

Ella asiente con la cabeza.

—No sería como suele vivir nuestro pueblo.

Él se ríe.

—No, no ha sido fácil. Y seguirá siendo así.

Él se acerca un paso más a ella.

—Pero te veo. ¿Lo entiendes? Sé que no es fácil quedarte en casa cuando tu esposo está fuera haciendo todo… esto. Incluso aunque te emocione esto y estés orgullosa de él.

Edén siente profundamente todo lo que dice el maestro, y eso le consuela. Él continúa.

—Así que no te pediría que hicieras esto sin ocuparme antes de algunas cosas.

Dasha tose, y Jesús asiente mirando hacia la habitación, como si fuera de eso de lo que está hablando. *¿Será posible?*, se pregunta Edén. *¿Podrá ser cierto?* Casi le da miedo creerlo.

—¿Te refieres a…?

—Además —añade Jesús—, el Simón normal ya es suficientemente difícil. ¿Crees que quiero viajar con el Simón preocupado?

Riéndose entre lágrimas, Edén dice:

—No.

—No —dice él—, no quiero.

Ella lo sigue hasta la cama de su mamá, donde Andrés observa mientras Simón cuida de la mujer inconsciente.

—La fiebre le subió —susurra él—. Me quemo la mano al tocar su frente.

—Deberíamos llamar a un médico —dice Andrés.

—No es necesario.

Jesús se acerca a la cama mientras Simón le abre paso. El Rabino toma su mano, mira al cielo, cierra sus ojos y vuelve a bajar su mirada hacia ella.

—Déjala —le dice a la fiebre.

Dasha reacciona al instante, después toma aire y se sienta, mirando fijamente a Simón, Edén y Andrés. De repente, parece fuerte y llena de energía. Edén la mira asombrada, con lágrimas en los ojos, y los demás parecen tan asombrados como ella por lo que Jesús acaba de hacer.

Su madre parece observar al desconocido por primera vez.

—¿Y tú quién eres? —dice ella.

—Él es Jesús de Nazaret —dice Andrés.

—Todavía no lo conoces —añade Simón.

—Bienvenido a la casa de mi yerno.

—Gracias —dice él sonriendo.

—¿Qué estoy haciendo aquí tumbada?

—Tenías una fiebre terrible —dice Andrés.

—Y todos ustedes mirando…

Ella aparta a un lado la manta y se baja de la cama.

—¡Dasha! —dice Andrés— No…

—¡Que nadie se mueva! Volveré enseguida con algo de beber.

Mientras se mete en la cocina, Jesús se encoge de hombros, y Edén recuesta la cabeza en el cuello de Simón, llorando.

Desde la cocina, Dasha grita:

—¡Andrés! ¡Sé bueno y enciende el fuego!

—¡Ya voy!

Mientras Edén le agradece a Jesús, su mamá recita todo lo que está buscando.

—Pan de centeno y mantequilla para Simón. Algunas granadas, queso de cabra. ¿A tu amigo le gusta el queso de cabra?

—¡Sí! —grita Jesús—. ¡Me encanta el queso de cabra!

Edén mira profundamente a los ojos de Simón.

—Debería ir —dice Jesús, mientras se aleja—, y ver ese queso de cabra.

—Gracias —le dice Edén a Simón.

—¿A mí? ¿Por qué?

—Por obedecerlo y seguirlo. Eso lo trajo aquí.

—¡Simón! —grita Dasha desde la cocina—. ¿Nectarinas o ciruelas?

Capítulo 80

DE VIAJE

Mercado de Sicar, Samaria

Potina se abre paso entre los puestos abarrotados, atraída como de costumbre a las naranjas frescas. Solo olerlas le trae uno de los recuerdos que más disfruta. El dolor del remordimiento también le apuñala, pero no puede ignorar el olor agrio, dulce.

Es consciente de los ojos de los hombres mientras avanza deprisa, pero también de los gestos de las cabezas, e incluso algunas mujeres que escupen... algunas que sabe que no son mejores que ella.

El vendedor de naranjas le da la espalda cuando ella se acerca.

—No servimos a las de tu tipo —dice él.

—¿Y de qué tipo soy? —dice ella mientras se acerca una naranja para olerla.

—Tú sabes lo que eres.

—Bueno, tienes suerte —dice ella, dejando caer una moneda en su cubo—, puedo servirme yo sola. Sabes, para detenerme deberías mirarme.

Pero él no le dará esa satisfacción.

• • •

Cuartel general de la autoridad romana, Capernaúm

—Pon este decreto en arameo, latín y griego, así nadie alegará ignorancia —le dice Quintus al escriba—. «Por orden de Roma, y penado con detención y prisión, las reuniones religiosas fuera de las sinagogas y las escuelas hebreas están estrictamente prohibidas. Se busca a Jesús de Nazaret para interrogación».

• • •

Amanecer

Vienen de toda Capernaúm, dirigiéndose a encontrarse con Jesús en el pozo en la zona sur. Él les ha dicho que un viaje que, por lo general, se hace en seis días solo durará la mitad del tiempo. Nadie sabe por qué.

Mateo sale de su casa, y por primera vez en mucho tiempo echa la cerradura de su casa solo una vez.

Andrés sale con una bolsa enorme sobre sus hombros.

Santiago el Grande y Juan, a quienes Jesús llama los hijos del trueno, se abrazan a sus padres, Zebedeo y Salomé.

María Magdalena besa sus propios dedos y toca la *mezuzá* del marco de su puerta al salir.

Zohara supervisa el cargamento de las pertenencias de ella y de Nicodemo para su viaje de regreso a Jerusalén. Nicodemo se va inadvertidamente por detrás de ella, llevando una bolsa de tela morada.

Simón abraza a su suegra, Dasha, y besa a Edén. Se va con un paso danzarín.

• • •

Nicodemo mira desde detrás de una pared cuando llega Jesús al pozo con dos de sus seguidores. Los otros aparecen casi simultáneamente, María y cinco hombres más, todos saludándose calurosamente. Nicodemo no puede evitar imaginarse entre ellos, y cuán diferente que sería su vida, si tan solo...

Sus días con el Sanedrín terminarían. No más reuniones, deliberaciones, investigación. Y no más túnicas sobre túnicas.

—Creo que estamos todos —dice un joven.

—¿Estamos todos aquí? —dice Jesús, escaneando la plaza.

—Sí —dice María mirando a su alrededor—. Estamos todos.

¿Todos? Nicodemo se pregunta si estará cometiendo algún error. ¿Debería aparecer, dar el paso? No puede. ¡Pero cuánto le gustaría!

—¿Hay alguien más? —dice Jesús en voz alta, mientras aquel a quien llaman Simón se moja la cara con el agua del pozo y salpica un poco a Juan, jugando.

Nicodemo sabe que Jesús le está mirando, esperándolo, con la esperanza de que se una a ellos.

—¡Miren esto!

Simón se agacha para agarrar una bolsa morada de la base de la fuente.

—¿Qué es eso? —dice otro.

—No lo sé —dice Simón—. Averigüémoslo.

Lo abre para ver que son monedas.

—Oro.

Uno de los hombres, vestido distinto a los demás, se acerca más para verlo.

—Un amigo mío dejó eso para nosotros —les dice Jesús.

—Alcanza para dos semanas de comida y alojamiento —dice el que va muy bien vestido.

Jesús mira hacia la pared y mueve su cabeza.

—Estabas tan cerca —dice Jesús susurrando, mientras Nicodemo se dobla de dolor mientras llora.

—¿Qué quieres decir? —le pregunta María a Jesús.

—Tenemos que irnos —dice Simón—, si queremos acampar en Tiberíades a la caída de la noche.

—Simón tiene razón —dice Jesús—. Nos vamos.

Simón parece estudiar al hombre que va vestido elegantemente.

—¿Irás así vestido? ¿En el viaje?

—Esta es mi ropa. ¿Debería tener otra?

Simón menea la cabeza.

Nicodemo, aún detrás de la pared, se cubre la boca con la mano y llora.

Capítulo 81

EL FAVOR

Capernaúm, el crepúsculo

Gayo piensa que puede concederle este favor a Mateo. Llama a la puerta de Alfeo. La madre de Mateo abre.

—Hola —dice Gayo.

Ella se limita a mirarlo fijamente.

Desde el interior, grita un hombre:

—Isabel, ¿quién es?

—Un romano —dice ella.

Algo se cae y se rompe mientras el hombre se apresura a la puerta y se interpone entre su esposa y Gayo.

—¿Pasa algo? ¿Qué ocurre?

Gayo les explica que su hijo le pidió que hablara con ellos. Ellos lo invitan a entrar, y los tres se sientan a la mesa, donde el guardia les cuenta la historia de Mateo lo mejor que se acuerda.

—¿Qué quiso decir con «Sígueme»? —pregunta Alfeo.

—Es lo único que dijo. Mateo no lo dudó.

—Seguirlo, ¿a dónde?

—Mire, seguro que entrará en razón.

Alfeo se ríe.

—¿En razón? ¿Conoce usted a mi hijo?

—¿Y *usted*? —dice Gayo, y el padre de Mateo deja de reírse—. En este momento, Mateo cree que ese hombre es un profeta.

Isabel agarra el brazo de su esposo.

—¡El hombre que curó al paralítico en casa de Zebedeo!

La mirada de Gayo se enfoca.

—Yo tendría cuidado con la palabra *curó*. No sabemos qué tipo de engaño o ilusión pudo usar.

Alfeo mueve la cabeza.

—A Mateo no le interesa la ilusión.

—Ni a tu dios —dice Gayo—. O al menos eso pensaba yo.

Alfeo se levanta y camina de un lado a otro.

—Mateo cambió drásticamente su vida por estar con él. ¡Su malvada vida!

Isabel asiente.

—Él no toma decisiones a la ligera.

—Eso es cierto —dice Gayo.

—Cuando lo vi hace dos días —dice Isabel— no parecía el mismo. Pero nunca habría imaginado que se estaba preparando para esto.

—Me pidió que les entregara algunos efectos personales.

—¡Adonai en los cielos! —dice ella, claramente angustiada.

—La llave de su casa.

Gayo se la entrega a Alfeo.

—Ese lujo se compró a costa de mi gente —dice Alfeo—. No lo aceptaré.

Él me dijo que no lo haría —dice Gayo, deseoso de soltar la llave. Se pone de pie—. Véndala, regálela, quémela, no me importa.

Alfeo se acerca por la llave, pero Gayo duda antes de entregársela.

—No la queme.

Tras una incómoda pausa, Gayo dice:

—Lo demás está afuera.

Un minuto después los tres están mirando fijamente al perro negro.

—Mateo —dice Isabel.

—¿Qué? —dice Alfeo—. ¿Por qué?

—Mateo dijo que los ladrones les obligaron a cerrar su negocio —responde Gayo.

—Sí, pero…

—Y que además usted ha hecho largos viajes por su trabajo.

—Sí. Tengo todos los permisos.

¿Tenía que decirlo?

—¿No lo entiende? Los caminos son peligrosos. Su esposa se queda sola largos periodos de tiempo. La gente con malas intenciones lo odia.

—Yo... ¿cómo funciona?

Gayo no sabe qué decir. ¡Es un perro guardián!

—Una última cosa: si oyen algo de él o reciben noticias de su paradero, déjenmelo saber de inmediato.

—¿Es un fugitivo? —dice Alfeo.

—No oficialmente. Pero si Jesús de Nazaret regresa a Capernaúm, al pretor le gustaría... interrogarlo. Y creo que sería mejor para todos que se pusieran en contacto conmigo.

—Lo entendemos.

Ahora, ¿cómo expresar esto último?

—Y, esto, sepan que yo... bueno.

Gayo guarda silencio, buscando las palabras. Alfeo e Isabel fruncen el ceño.

—Conozco gente que aprecia mucho a su hijo.

Gayo se va apresurado, aliviado de haberse acercado a lo que realmente quería decir y sorprendido de oír al perro gimotear e imaginarse que los padres de Mateo harían lo mismo.

Capítulo 82

DESVÍO

El grupo de Jesús llega a lo alto de una colina por la mañana temprano, y Mateo se sorprende al ver que disfruta de sí mismo, aunque ahora se da cuenta de lo que le quiso decir Simón cuando cuestionó su ropa. Los demás llevan la mitad de ropa que él, y todos brillan del sudor. Él se está cociendo.

Los demás suelen recurrir a él con las cuestiones de los detalles, así que Mateo los dirige, consultando un mapa. Al llegar a un cruce, Andrés se detiene y señala lejos en la distancia.

—¿Qué ciudad es esa?

—Jezreel —dice Mateo—. El pueblo más al sur de Galilea. Desde allí nos desviaremos al este hacia el río Jordán.

Sin embargo, Jesús da la espalda al pueblo y sigue caminando.

—Rabino —dice Juan—, ¿a dónde vas?

—¿Necesitas algo? —dice Andrés.

—Por aquí, amigos —grita Jesús por encima del hombro.

—Lo siento —dice Mateo, acelerando para alcanzarlos—, pero el mapa dice que Jezreel está a tres kilómetros y medio al sur de aquí y tiene un camino al este que lleva al Jordán. Tenemos que ajustar nuestro curso treinta grados al...

—No iremos por el Jordán.

—Jesús se vuelve para ponerse frente a ellos, pero continúa caminando de espaldas. Claramente, está deseoso de seguir avanzando.

—Iremos por Samaria.

Se da la vuelta de nuevo y dirige el camino.

—¿Estás bromeando? —dice Andrés.

—Hay un lugar en donde quiero parar. Además, esto es lo que hace que nuestro viaje se acorte casi a la mitad.

—Y aumenta la probabilidad de que nos ataquen con violencia casi al doble —dice Mateo.

Jesús sonríe.

—¿Es un número exacto?

—Perdóname, Maestro.

Andrés le arrebata el mapa a Mateo y se lo enseña a Jesús.

—Es más seguro bordear Samaria por el río Jordán en la Decápolis.

Jesús sonríe.

—¿Se unieron a mí por motivos de seguridad?

—Pero Rabino —dice Santiago el Grande—, ¡son samaritanos!

Jesús se detiene.

—Buena observación. ¿Cuál es el punto?

—Rabino, esta es la gente que profanó nuestro templo con los huesos muertos. Nos odiaron.

Juan se une.

—Lucharon contra nosotros con los seléucidas en las guerras macabeas. Yo ni siquiera he hablado con un samaritano...

—Y nosotros destruimos su templo hace cien años atrás —dice Jesús—. Y ninguno de ustedes estuvo presente en ninguna de esas cosas. Escuchen, si vamos a tener una sesión de preguntas y respuestas cada vez que hacemos algo a lo que no estén acostumbrados, será un viaje bastante molesto para todos. Estaremos bien. Y si nos atacan, Simón estará feliz de demostrarnos lo que sabe hacer.

—¡Absolutamente! —dice Simón con una sonrisa.

—De acuerdo. Ahora, síganme.

• • •

Al día siguiente, avanzada la mañana

Jesús y sus seguidores caminan por una colina de hierba alta, tostándose bajo un sol incesante, con sus rostros enrojecidos. Él se detiene a cien metros de un pozo bajo una carpa y sabe que este es el lugar. Mientras lo mira, Tadeo habla.

—Anoche nos comimos el último pan de Salomé.

—Maestro —dice Simón—, tenemos que ir a buscar comida.

—Podemos usar el oro que nos dejaron en la fuente —dice Andrés.

—Muy bien —dice Jesús.

—Hay un pueblo a un kilómetro y medio al oeste —dice Mateo—. Sicar.

—Vayan ustedes. Yo esperaré aquí.

—Alguien debería quedarse contigo —dice Santiago el Grande—. En el caso de que...

—Estaré bien. Los esperaré en ese pozo cuando regresen.

• • •

Otro día, otro viaje de subida a mediodía al pozo para Potina. El fuego de Elia consumió cualquier esperanza de alivio de su miserable existencia, junto con su carta de divorcio. Se zafa de debajo del yugo y lo deja donde tiene acceso a los cubos. Por lo general, ella esperaría, guardando una distancia respetuosa del desconocido que está sentado ahí... con un aspecto tan cansado como el de ella. Pero él no está usando el pozo, y ella tiene trabajo que hacer. Se limpia la frente y da un suspiro.

—¿Me darías de beber? —dice el hombre.

Ella lo ignora.

—¿Me oíste?

—¿Tan mal estás? —dice ella.

—¿Qué?

—¿Tú, un judío, pidiéndole de beber a una samaritana? ¿A una mujer?

—Lo siento. Debí haber dicho: *por favor*.

¿Una disculpa? ¿De un hombre? ¿Un hombre judío? Ella lo examina brevemente y regresa a su trabajo.

—Sabes que no es seguro que estés solo aquí.

—Para ti tampoco —dice él—. ¿Por qué no has venido con las demás? ¿Y por qué tan tarde en el día? ¿Acaso las mujeres no vienen a los pozos en el frescor de la mañana?

—Bueno, nadie quiere que la gente las vea conmigo, así que tengo que venir a mediodía con el calor, como tan amablemente me has recordado.

Ella introduce su cubo de agua en el pozo.

—¿Por qué no quieren que las vean contigo?

—Es una larga historia.

—Aún me gustaría un poco de agua, si no te molesta.

—Increíble lo que una garganta seca puede hacer. ¿No soy sucia para ti? ¿No te contaminará este jarrón?

—Quizá algunos de los míos digan eso de las mujeres, pero yo no.

—¿Y tú qué dices?

—Te digo que si supieras quién soy, tú me pedirías de beber.

—¿En serio?

—Y yo te daría agua de vida.

—Lo haría, salvo que no tienes cómo sacar el agua, y este pozo es muy profundo. Además, ¿qué necesitas de mí si tienes tu suministro de agua de vida?

—Es una larga historia —dice Jesús, sonriendo.

—Pero el agua judía es mejor que el agua samaritana, ¿no?

—No es eso lo que digo.

—¿Eres tú mejor que nuestro ancestro Jacob, el que cavó este pozo? ¿Tu agua es mejor que esta?

—Conozco a Jacob.

¿Qué está diciendo? ¿El calor lo ha vuelto loco?

Él continúa.

—Y cualquiera que beba de esta agua volverá a tener sed, pero el que beba del agua que yo le doy nunca más volverá a tener sed.

Está diciendo tonterías.

—¡Eso sería genial!

—El agua que yo doy se convertirá dentro de la persona en un manantial de agua que le dará vida eterna.

—¿De verdad? —ya ha escuchado bastante.

—Sí, de verdad.

Lo dice con mucha autoridad y confianza. Ella deja de llenar su cántaro y lo mira.

—Demuéstralo.

Con tal de no tener que vivir como lo hace, a Potina le encantaría la vida eterna.

—Primero —dice él—, ve y llama a tu esposo y vuelve aquí. Se lo demostraré a ambos.

—No tengo esposo —dice ella, y le da la espalda.

—Es cierto —dice él—. Tuviste cinco esposos.

Ella se gira.

—Y el hombre con el que vives ahora no es tu esposo.

¿Cómo es posible que él...? Ella fuerza una sonrisa.

—¡Oh, ya veo! Eres profeta. Estás aquí para predicarme.

—No.

—Por lo general, lo bueno de venir aquí sola es que puedo librarme de que me condenen.

—Yo no vine aquí para condenarte.

—Cometí errores, demasiados.

Sus ojos destellan.

—Pero son hombres como tú los que hacen imposible que yo pueda hacer algo al respecto.

—¿Cómo?

—¡Nuestros ancestros adoraron en este monte! Pero los judíos insisten en que Jerusalén es el único lugar donde se puede rendir un verdadero culto.

—Ellos dicen eso, porque el templo está ahí.

—Sí, exactamente donde no podemos ir.

—Estoy aquí para romper esas barreras.

¿Quién se cree este hombre que es? Y no ha terminado.

—Pero llega la hora en donde ni en esta montaña ni en Jerusalén adorarás al Padre.

¿Dónde me dejará eso a mí?

—Entonces, ¿dónde se supone que iré cuando necesite de Dios?

¿Para qué estoy aquí hablando con este hombre?

—Nunca recibí nada de Dios. Pero no podría agradecerle si lo recibiera.

—¡A cualquier lugar! Dios es espíritu, y llega la hora y la hora ya está aquí en la que no importa dónde adores, sino que lo hagas en espíritu y en verdad. Corazón y mente, esa... *esa* es la clase de adoración que él está buscando.

Después sigue hablando tiernamente.

—No importará de dónde seas o lo que hayas hecho.

¿No importará? ¡Apenas puede imaginárselo! Él ha hablado locuras, pero esto le llega al corazón. *¡Oh, si tan solo tuviera razón!* Pero... Ella niega con la cabeza.

—¿Crees lo que te digo? —dice él.

Con la garganta llena de emoción, ella responde.

—Hasta que venga el Mesías y lo explique todo, y arregle este lío, yo incluida, no confiaré en nadie.

—Te equivocas cuando dices que nunca recibiste nada de Dios.

Oh, ¿en serio? ¿Cómo lo sabe él? Sus cántaros están llenos, así que ella levanta el yugo.

—Ese Mesías del que hablas, soy yo.

Ella debía haberlo sabido. *¿Qué es esta locura?* Potina se dirige hacia el camino.

—El primero se llamaba Rahmin.

Ella se detiene.

—Eras una mujer de pureza...

¿Cómo puede él saber eso?

—...emocionada por estar casada.

Lo era, pero...

—Pero él no era un buen hombre. Te hizo daño.

¿Quién le ha contado eso?

—Y te hizo cuestionar el matrimonio...

¡Es cierto! ¡Es cierto! Pero nunca se lo dije a nadie.

—...e incluso la práctica de tu fe.

Ella deja el yugo, y el agua comienza a verterse.

—Ya basta.

¿Es posible que este hombre sea quien dice ser? Para conocer a su siguiente esposo tendría que ser... eso o un brujo.

—El segundo era Farzad. En tu noche de bodas su piel olía a naranjas, y hasta este día cada vez que pasas junto a las naranjas en el mercado, te sientes culpable por haberlo dejado, porque fue el único buen hombre con el que estuviste. Pero no te sentías digna.

Sus lágrimas brotan.

—¿Por qué haces esto?

Él se acerca lentamente hacia ella.

—Aún no me he revelado en público como el Mesías. Tú eres la primera. Sería bueno que me creyeras —dice él volviendo a sonreír.

¿Yo la primera? ¿Por qué? ¿Por qué una mujer como yo?

—Escogiste a la persona errónea.

—Vine a Samaria solo para conocerte.

¿Cómo puedo no creer? Solo la divinidad podría conocer incluso mi *corazón.*

—¿Crees que es un accidente que esté aquí a mediodía? —dice él.

Esto es demasiado. Demasiado. Sus lágrimas brotan.

—Todos me rechazan.

—Lo sé. Pero no el Mesías.

Potina respira con dificultad.

—¿Y sabes todas estas cosas porque tú *eres* el Cristo?

Él asiente.

Ella sabe que es cierto. De repente, se siente ligera como una pluma y se lleva las manos a la cabeza, sonriendo entre lágrimas.

—¡Iré a decirles a todos!

—Contaba con eso —dice él sonriendo.

Ella se ríe.

—¿Espíritu y verdad?

—Espíritu y verdad.

—¿No serán solo montañas o templos?

—Pronto, solo el corazón.

—¿Lo prometes?

—Lo prometo.

• • •

Simón y los demás aparecen por la loma para encontrar a Jesús con la mujer samaritana.

—Este hombre —les dice ella, radiante entre lágrimas—, ¡me dijo todo lo que he hecho! ¡Debe ser el Cristo!

Ella pasa junto a ellos corriendo por el camino hacia abajo.

Andrés la llama para que se detenga, señalando a los cántaros en el suelo. Ella solo saluda y sigue corriendo.

—¡Tu agua! —grita Santiago el Grande.

—Olvidaste tus… —dice Juan.

Pero ella va saltando, muy alegre, gritando.

—¡Vengan a ver a un hombre que me dijo todo lo que hice!

Jesús se ríe con deleite mientras la ve alejarse, con sus ojos radiantes también.

—Rabino, conseguimos comida —dice Santiago el Joven—. ¿Qué te gustaría comer?

—Pues, yo tengo una comida que ustedes no sabían que tenía.

Andrés, con la boca llena, dice:

—¿Quién te trajo comida?

Simón observa y escucha asombrado. Esto es lo que ha estado esperando... ¡finalmente, acción!

—Un momento —dice él—. ¿Se lo dijiste? ¿Y ella se lo puede decir a otros?

—¿Qué comida? —dice Tadeo.

—Mi comida es hacer la voluntad del que me envió, y cumplir con su obra.

Olvídate de la comida, piensa Simón.

—¿Le dijiste quién eres?

—Hum-hum.

—¿Significa eso...?

—Significa que nos vamos a quedar aquí un par de días. Hemos sembrado por mucho tiempo, y los campos están listos para la cosecha.

A Simón le cuesta creerlo.

—Entonces, ¿es la hora?

—Vámonos —dice Jesús.

—¡Sí!

El pescador se convertirá ahora en pescador de hombres, y está impaciente por ello.

FIN

RECONOCIMIENTOS

Tengo una profunda deuda de gratitud con mis anteriores asistentes, Lynn y Debbie Kaupp, cuyos años de servicio desinteresado me dieron la libertad y el espacio para crear.

Y a mi nueva ayudante, Sarah Helus.

A mi agente, el incontenible Alex Field.

A Larry Weeden y Steve Johnson de Enfoque a la Familia, cuyo apoyo entusiasta me ha alentado desde el principio.

Y a Dianna, mi casa y mi corazón por más de medio siglo.

EPÍLOGO

Por Brad Powell

Pastor principal de NorthRidge Church, Plymouth, Michigan

Los elegidos es un proyecto audiovisual cristiano fenomenal.

Y eso es inusual.

Quienes conocen al Creador deberían ser las personas más creativas del planeta. Por desgracia, aunque las personas tienen corazones buenos y sinceros y se esfuerzan, la mayoría de los medios cristianos no avergüenzan al mundo con su calidad y excelencia; el mundo los avergüenza a ellos.

El Creador y su creatividad tienen que estar representados por su pueblo, y por eso, *Los elegidos* es algo tan importante para mí. Para ser brutalmente honesto, no me gustan la mayoría de los medios cristianos. Sencillamente no están a la altura de la excelencia que creo deberían tener.

Mi hijo, Blake, quien está metido de lleno en video y también tiene estándares elevados acerca de esto, me dijo: «Tienes que ver *Los elegidos*. ¡Es lo mejor en la historia del planeta!».

Francamente, dije que no.

No estaba interesado. En absoluto.

Blake me presionó por tres meses para que lo viera, y yo no quería hacerlo.

Estábamos juntos en el Mar de Galilea en Israel cuando me agarró por los hombros, me sentó y me obligó a ver el primer episodio de *Los elegidos*.

Y eso fue lo que yo necesitaba. Me cambió. En verdad me conmovió, y no solo espiritualmente sino también emocionalmente. El mayor impacto sale de las narrativas que Dios hace en vidas reales. Soy cristiano desde hace mucho tiempo y pastor por casi 40 años, y ver esta serie me despertó a Jesús de formas nuevas.

Aún más, la historia detrás de *Los elegidos* y de la gente que Dios está usando para crearlo, me inspiró. He esperado por décadas a que llegara algo como esto. Estoy seguro de que, si le das una oportunidad, también te inspirará a ti.

EL FENÓMENO QUE NACIÓ DEL FRACASO

Por Dallas Jenkins

La meta de *Los elegidos* es mostrarte auténticamente a Jesús a través de los ojos de quienes lo conocieron. A menudo, cuando Jesús es el personaje principal de un espectáculo, es difícil identificarse con Él, porque es el Hijo de Dios perfecto. Pero cuando ves a Jesús a través de los ojos de otros, personas como Simón Pedro, María Magdalena, Nicodemo y Mateo, encuentras personas con las que sí te puedes identificar.

Uno de los temas principales de *Los elegidos* es que Jesús nos hace ser lo que no somos. Si podemos ver a Jesús con los ojos de quienes lo conocieron físicamente, podemos ser cambiados de la misma forma que lo fueron ellos. Creo esto porque lo he oído de muchos que han visto la serie y han dicho: «La Biblia ha cobrado vida para mí, y mi vida ha cambiado debido al modo en que fueron cambiadas estas personas».

Los elegidos no tienen miedo a llevarte por circunstancias difíciles. El primer siglo fue un tiempo de opresión, y mostramos el dolor que soportaron aquellas personas. Así, cuando se encuentran con Jesús y él toca sus vidas como lo hace, crea una experiencia incluso más emocional para nosotros.

Con esta serie tratamos de encontrar momentos de dolor, opresión y tristeza que han sido convertidos en un gozo indescriptible. Puedes ver a estas personas reales transformadas, simplemente por haber sido llamados por el Hijo de Dios.

Los elegidos se ha convertido en un movimiento que no nos esperábamos. Cuando decidimos financiarlo a través de la colectividad (*crowdfunding*) y terminamos rompiendo todos los récords de financiación colectiva, nada menos que con una serie sobre Jesús, de inmediato todos sentimos que se trataba de algo más grande. Más de 19 000 personas de todo el mundo invirtieron más de diez millones de dólares solo por el primer episodio.

Irónicamente, *Los elegidos* nació del fracaso.

Al principio de mi carrera, Dios corrigió una actitud orgullosa que yo había tenido contra el cine cristiano. Francamente, me sentía orgulloso de decir que yo no era un cineasta cristiano, sino más bien un cineasta que resultaba ser cristiano. Muy pocas películas cristianas eran suficientemente buenas para mi gusto, así que no me gustaba demasiado ese género.

Pero un día, al poco tiempo de comenzar mi carrera en Hollywood, Dios me hizo entender esto claramente: «Mi pueblo también merece tener buenas películas». Castigado por mi actitud desdeñosa hacia los medios cristianos, sentí un llamado definitivo al cine como ministerio. Aún me apasionaba hacer películas de gran calidad, pero no negaba quién era yo o cuál era la verdad. De hecho, la verdad de Dios es la *única* verdad real, y la gente dentro y fuera de la iglesia la necesita. Y si se hace con calidad, puede salir de la iglesia y pasar también al mundo.

Quizá creas que responder a un llamado de Dios hace que la vida de uno sea más fácil, pero he aprendido que el dolor y el sufrimiento a menudo vienen con el llamado; de hecho, son una parte necesaria.

Un momento inolvidable

Tras varios años en Hollywood, siguiendo mi nuevo llamado a hacer películas descaradamente basadas en la fe, me invitaron a unirme a un equipo de una gran iglesia suburbana de Chicago que quería hacer películas. Aquí estaba la mezcla perfecta de mi amor por la iglesia (que al principio pensé que tenía que dejar para ser cineasta), mi amor por las películas, y la visión de la iglesia de hacer películas cristianas. Ellos tenían los recursos para hacerlo, y eso me dio la oportunidad de mudarme con mi joven familia a la zona donde me crié. ¿Qué podía ser mejor que eso?

Pero en los primeros años allí, hice de todo *menos* películas. Grabé videos de testimonios y ayudé a producir reuniones de fin de semana; estaba ocupado, pero también frustrado. Creía que mi llamado era hacer películas, así que le dije al liderazgo de la iglesia que necesitaba un proyecto de una película para que mi creatividad siguieran fluyendo, aunque solo fuera un cortometraje para nuestras reuniones del día de Navidad.

Cuando accedieron e hice un cortometraje llamado *The Ride* [El viaje], un relato moderno de la parábola del Hijo Pródigo, de inmediato reconocí que todos los videos transformadores que había hecho, mientras temía estar en un desierto cinematográfico, me habían hecho ser un mejor narrador de historias y cineasta. De manera extraña, ese trabajo también me hizo ser mejor hombre, ya que estos relatos de transformación de personas me hicieron sentir humilde.

Para no alargar la historia, esa película corta para mi iglesia se abrió camino hasta llegar a las manos de uno de los principales productores de Hollywood, paradójicamente un hombre conocido por un gran éxito en películas de terror. Él no tenía interés espiritual alguno en películas basadas en la fe, por supuesto, pero tras ver *The Ride*, reconoció el potencial económico de ese mercado.

Naturalmente, yo estaba dudoso cuando él insistía en que quería asociarse conmigo para hacer tales películas, especialmente cuando financiaba cosas como World Wrestling Entertainment. No me podía imaginar lo que estas dos entidades podrían significar para el contenido que yo quería en esas películas. En Hollywood, la regla de oro es que «el que tiene el dinero, pone las reglas».

Pero él me aseguró: «Todo el contenido es tuyo. Tú controlas todo eso».

Les mostré el siguiente proyecto que estaba desarrollando, una película titulada *La resurrección de Gavin Stone*. Les encantó el guion. Así que una empresa de cine de terror, una empresa que apoya la lucha libre y una iglesia suburbana de Chicago unieron fuerzas para hacer una película sobre Jesús que contiene el evangelio, está ambientada en una iglesia y, de hecho, se filmó en la iglesia.

Resultó ser una experiencia increíble en la que Dios era muy evidente, e hizo varios milagros durante la producción. Resultó mejor que cualquier película que esas dos empresas habían financiado nunca; tanto, que presagiaron que produciríamos juntos películas durante los diez siguientes años.

Parecía el escenario perfecto. Soñábamos con lo que podríamos hacer con otros guiones que estábamos desarrollando. Walden Media se involucró. Universal Studios se involucró. Después de casi veinte años ya de cinematografía, por fin verdaderamente había tenido éxito en Hollywood. Anticipaba seguir mi llamado y ejercitar mis dones, haciendo lo que amaba y creía que debía hacer.

Hasta que se proyectó *La resurrección de Gavin Stone*.

El viernes por la mañana del estreno de una película puedes ver los números que empiezan a entrar, y al instante proyectar cómo va a funcionar. *Gavin Stone* fue un petardo, un completo y total fracaso.

En dos horas, pasé de ser un director con un futuro brillante a ser un director sin futuro alguno. Los tipos de la empresa de terror y los de WWE reconocieron su error al meter los pies en aguas basadas en la fe, y volvieron a hacer lo que mejor hacen. Sin rencores, pero me dijeron adiós.

Solo en casa con mi esposa, Amanda, en este punto bajo tan extremo, lloramos y oramos. Parecía que todo había sido dirigido por Dios de forma tan clara que genuinamente no podía entenderlo.

Ninguno de nosotros proviene de una tradición de oír la voz de Dios audiblemente, pero sentí un rayo de esperanza cuando Amanda me dijo que el Señor había puesto en su corazón dos cosas de una forma muy profunda. Primero, se sentía impulsada a abrir su Biblia y leer la historia de la alimentación de Jesús de los cinco mil. Y segundo, sentía que él le estaba diciendo: «Yo hago matemáticas imposibles».

¿Qué era todo eso? No teníamos ni idea de lo que significaba.

Pero volvimos a leer la historia de la alimentación de la multitud que habíamos oído cientos de veces desde nuestra infancia, y vimos cosas en ella que nunca antes habíamos visto. Nos impactó que Jesús sabía exactamente lo que se necesitaba para llegar al milagro. De hecho, él fue responsable de lo que hizo que el milagro fuera necesario.

Los discípulos le dijeron que la gente tenía hambre y que tenían que despedirlos, y él dijo: *No, si hacemos eso, se desmayarán por el camino.* Irónicamente, eso fue culpa suya. Él había estado hablando por tanto tiempo y la gente estaba tan hambrienta, que no tenían otra opción salvo alimentarlos milagrosamente.

Por supuesto, como el Dios Creador que es, podía haber movido su mano y haber hecho aparecer panes y peces en el regazo de cada uno. Pero hizo que los discípulos fueran a buscar comida, cinco panes y dos peces, y después hizo que lo juntasen. Cuando él lo multiplicó, hizo que ellos lo distribuyeran. En breve, quiso que ellos hicieran todo aquello para lo que Jesús no era necesario.

Lo único que faltaba hacer era lo único que solo Él podía hacer.

Esa verdad nos impactó a Amanda y a mí, aunque no estábamos seguros de qué hacer con ello. A la luz de la frase, «Yo hago matemáticas imposibles», nos dimos permiso para tener esperanza en que Dios nos diría que los números de taquilla iban a cambiar mágicamente ese fin de semana para impactar a nuestros socios de Hollywood. Porque Dios hace matemáticas imposibles.

Eso no sucedió.

Los números empeoraron.

Tras haber estado de pie todo el día y sufriendo, Amanda se fue a la cama, y yo estaba delante de mi computadora a las cuatro de la mañana. Estaba tecleando un análisis de diez páginas de lo que creía que había hecho mal, lo que mis socios habían hecho mal, cualquier cosa que pudiera haber contribuido al mayor fracaso de mi carrera.

Un mensaje de Facebook apareció en mi pantalla de alguien que nunca había conocido, solo un tipo con el que intercambié algunos comentarios en línea quizá hacía un año atrás. Sin saludos previos, simplemente decía: «Recuerda, tu trabajo no es alimentar a los cinco mil, sino solo hacer tu parte para proveer los panes y los peces».

Era tan extraño que tuve que preguntarme si mi computadora de alguna forma habría escuchado mi conversación con Amanda. Respondí de inmediato: «¿Por qué me enviaste este mensaje?».

«No lo sé. Dios me dijo que lo hiciera».

Mi vida se puede definir ahora como quién era yo antes de ese momento y quién soy desde ese momento. Sé más que nunca que Dios es real, y supe que estaba en todo aquello, por doloroso que fuera. Por primera vez en mi carrera, estaba perfectamente dispuesto a no volver a hacer nunca otra película, si eso era lo que Dios quería.

Durante las siguientes semanas, llegué a ese lugar elusivo de gozo profundo que solo lo entienden quienes lo han experimentado. No estaba feliz por tener un futuro totalmente incierto, pero sentía ese gozo que viene de estar dispuesto a hacer cualquier cosa que Dios quiera que haga, aunque incluyera renunciar a mi pasión por hacer cine, porque mi trabajo ahora se había convertido solamente en proveer los panes y los peces. El trabajo de Él es hacer los milagros y producir los resultados.

Eso me hizo abrirme a lo que vino después, que resultó ser otro cortometraje para mi iglesia. Sin largometrajes en el cajón ni socios con millones de dólares, era el momento de contar una historia sobre el nacimiento de Jesús desde la perspectiva de los pastores, a quienes se les anunció el nacimiento y lo conocieron en el pesebre.

La idea era sencilla: la historia de Jesús a través de los ojos de personas corrientes que se encontraron con Él. Y como alguien que había crecido en la iglesia, quería contar esta vieja historia de una manera que hiciera que los espectadores sintieran que la estaban viendo por primera vez.

Fue un gusto hacerlo porque tenía sentido, y creí que funcionaría para nuestra iglesia. Mientras la grababa, tuve la idea de hacer una serie de televisión con varias temporadas sobre Jesús desde las perspectivas de otros que se encontraron con Él. El cortometraje *El pastor* llegó a las manos de una empresa de distribución a cuyos líderes les impresionó. Pero además, les intrigó mi idea de una serie de televisión y querían involucrarse también en eso.

Me emocioné mucho hasta que me dijeron que querían financiarla a través de la financiación colectiva. *Eso raras veces funciona*, pensé yo. Presagié que no recaudaríamos más de 800 dólares cuando necesitábamos millones para hacerlo bien. Pero el resto, como dicen, es historia. Diecinueve mil personas que inviertan más de 10 millones se convierte en matemáticas imposibles. La primera temporada ya la han visto en más de 125 países más de 50 millones de personas en 50 idiomas.

Tienes en tus manos la primera de una serie de novelas basadas en la serie de televisión, que expanden el episodio piloto y los ocho primeros episodios de la serie. Es mi oración que te conmuevas al encontrarte a Jesús de nuevo, desde las perspectivas de personas como tú y como yo: somos *Los elegidos*.

Creemos que el propósito de la vida es conocer y glorificar a Dios a través de una relación auténtica con Su Hijo, Jesucristo. Este propósito se vive primero dentro de nuestras propias familias y luego se extiende, enamorando, a un mundo cada vez más roto que lo necesita desesperadamente.

A través de nuestras transmisiones de radio, sitios web, conferencias, foros interactivos, revistas, libros, asesoramiento y mucho más, Enfoque a la Familia equipa a padres, hijos y cónyuges para prosperar en un mundo siempre cambiante y cada vez más complicado.

Si cree que hay una forma específica en que podemos ayudar a su familia, o si simplemente desea saber más sobre nosotros, visítenos en enfoquealafamilia.com (sitio web).

ENFOQUE A LA FAMILIA. | Los ELEGIDOS

enfoquealafamilia.com

Endosos para la videoserie *Los elegidos*:

Al final, cuando salían los créditos, tenía lágrimas en mis ojos y después llegaron los sollozos... «Esto es muy poderoso», fue lo único que pude decir... Gracias por contar la vieja, vieja historia de una forma tan imposiblemente fresca.
— **Joni Eareckson Tada**, Joni and Friends.

Me puse a llorar... y a adorar... mientras la veía.
— **Anne Graham Lotz**, oradora y autora de *La oración de Daniel*

La serie *Los elegidos* nos ofrece la promesa de ver la vida de Jesús desde una perspectiva totalmente nueva. Me conmovió mucho el episodio piloto. Estoy deseando que tu familia lo experimente y sea cambiada por ella.
— **Dra. Alveda King**, sobrina del Dr. Martin Luther King, Jr.

Soy muy fan de esta serie increíble, *Los elegidos*. Es mi oración que haga que la vida de Jesús salte de las páginas y llegue a tu vida como llegó a la mía.
— **Mandisa**, artista discográfica internacional

¡Creo que te encantará! Está hecha de una forma muy hermosa, y captura el espíritu.
— **Kirk Cameron**, actor

La nueva serie original del director Dallas Jenkins, *Los elegidos*, es revolucionaria. Ofrece a los telespectadores un destello de lo que podría haber sido la vida diaria y extraordinaria de Jesucristo y sus discípulos hace dos mil años, e invita a los televidentes a su historia... *Los elegidos* hace eso de una forma increíblemente persuasiva.
— **Pastor Samuel Rodríguez**, presidente de la Conferencia Nacional de Liderazgo Cristiano Hispano

En Hollywood, los libros épicos se convierten en imágenes móviles en marquesinas y en series de televisión memorables. Por lo tanto, ¿por qué el libro más épico de la historia humana no se ha convertido en una serie de televisión? Con tanta oscuridad procedente de la comunidad creativa de Hollywood, esta serie se debe hacer, sin duda alguna, y Dallas Jenkins ha demostrado que es capaz de hacerlo bien.
— **Tim Winter**, Parents Television Council

La interpretación, la narración... es creíble y está hecha de forma excelente.
— **Kirk Cousins**, defensa de la NFL

Tienes que ver *Los elegidos*. ¡Es increíble! He llorado en cada episodio.
— **Kari Jobe**, cantante y compositora laureada